KB045958

"나는 『이름 없는 존재』.
커틀러스 안에 있는
또 한 사람의 인격이지"

소마 나기

"……넌, 누구지?"

커틀러스 양이 아니다.
말투가 다르다.
눈동자 색도 다르다.
커틀러스 양은 파란색이었는데,
눈앞에 있는 소녀는 붉은 보라색 눈동자다.

이세계에서 스킬을 해체했더니
치트급 아내가 7
증식했습니다
개념 교차의 스트럭처

"해룡이라는 초월 존재와 대등하게 이야기할 수 있는 무녀 —
그 호위 분과 이야기하게 되다니,
영광일 따름입니다!"
엄청나게 귀여운 목소리였다.
……남자인지 여자인지, 도무지 모르겠네.

"처, 처음 뵙겠쭙니다!"
아, 혀 꼬였다.

커틀러스
뮤트란
수습 기사. 유난히 예의 바르다.

이세계에서 스킬을 해체했더니

치트급 아내가
증식했습니다

개념 교차의
스트럭처

센게츠 사카키 지음 | 토자이 일러스트

Contents

제1화 「주인님의 머리카락을 감겨주고 싶어 하는 소녀를 위해, 여행 전에 장 보러 가기로 했다」

"『호신술 LV3』을 4개념 치트 스킬로 다시 조합한다! 실행!『능력 재구축 LV5』!!"

"──! 오…… 오빠아────응. 아, 아아아아아아앙!"

내 무릎 위에서 이리스의 작은 몸이 움찔, 움찔 떨렸다.

이리스는 힘이 빠져서 축 늘어진 채, 날 보면서─.

"부탁드려요, 오빠…… 조금 더, 이어진 채로……."

젖은 이마를 내 가슴에 대고, 웃었다.

"『치트 스킬』을 주셔서 정말 감사합니다, 오빠."

벅벅벅.

이리스의 작은 손가락이 내 머리카락을 휘저었다.

"이걸로 이리스는 안심하고 항구도시 이르가파로 돌아갈 수 있어요."

여기는 휴양지의 별장. 그 욕실.

지금은 욕실 의자에 앉아 있는 내 머리카락을, 이리스가 감겨주고 있는 중이다.

"이리스는 오빠 머리 감겨 드리는 것, 정말 좋아해요."

내 머리카락에 허브가 들어간 비눗물을 적시면서, 이리스가 말했다.

"평소에는 올려다보기만 하니까, 오빠 얼굴이 저랑 같은 높이에 있으면 안심이 돼요."

"확인 좀 하려는데 말이야, 이리스."

"예."

"이르가파의 영주님─ 이리스네 아버님은 『양자를 들이기 위한 의식에 이리스도 참석하기를 바란다』고만 하신 거지?"

"예, 맞아요. 편지 내용은 확인했어요."

히드라 사건이 끝나고 며칠 후.

우리가 있는 곳에, 항구도시 이르가파의 영주님이 보낸 사람이 왔다.

영주님의 편지에는─

『차기 영주로서, 친척 집안에서 양자를 들이기로 했다. 그러려면 「해룡의 무녀」의 서명이 필요하니까, 이리스는 일단 돌아와 줬으면 싶다. 끝나면 다시 나가도 되니까. 부탁한다. 다시는 가두지 않겠다. 날 도와준다 생각하고 돌아와다오오오오오오오』

─라고 적혀 있었다는 것 같다.

편지를 읽은 이리스는 곤란해하는 표정으로 길게 한숨을 쉬었다.

마음은 이해한다. 예전에 이리스는 계속 감금 상태였으니까.

이리스는 이르가파에서 중요한 인물인 『해룡의 무녀』고, 이르가파의 수호신인 『해룡 케르카톨』과 커뮤니케이션이 가능한 유일한 인재다. 영주 가문은 그런 이리스를 잃는 것을 두려워했었다.

　게다가 이리스의 오빠 노이엘 하페우메어는, 이세계에서 온 내방자와 손을 잡고 이리스를 납치하려고 했다. 목적은 이리스를 마법 실험체로 사용하는 것. 이세계에서 온 내방자는 이리스한테 있는 용의 피를 이용하려고 했던 것 같다.

　결국 그 야망은 우리 파티가 부숴버렸고, 이리스는 내 노예가 되면서 자유를 손에 넣었다. 이리스의 오빠는 영주 가문의 분가에 유폐 당하게 됐고.

　그리고 차기 영주였던 이리스의 오빠가 실각하게 되면서, 영주 가문은 양자를 들이기로 했다.

　이번에, 그 의식에『해룡의 무녀』인 이리스의 입회가 필요하게 됐다는 것 같다.

　공적인 의식을 할 때, 무녀인 이리스가 없는 건 상당히 창피한 일이라나 뭐라나.

　편지를 훑어본 이리스는 잠시 생각에 잠겼지만,

　"그런 일이라면 어쩔 수가 없네요."

　그렇게 말하고는, 한 발 먼저 이르가파에 돌아가기로 결심했다.

　나는 데리릴라 씨와 작별 인사도 하고『천룡의 날개』에게 인사할 필요도 있고 해서, 돌아가려면 조금 시간이 걸린다.

　그래서 우리는 여기서 파티를 둘로 나누기로 했다.

　나와 세실, 리타와 레기는 우회하는 경로로 이르가파에.

　아이네와 라필리아는 이리스의 호위 겸 동료로서, 이르가파에

서 온 사람들과 같이 먼저 돌아가는 쪽으로.

이리스에게 새로운 스킬을 『재구축』해준 것도, 따로 행동하는 게 걱정되기 때문이었다.

마침 쓸 만한 『개념』이 있었기에, 이리스의 『호신술 LV3』에 넣어줘 봤다.

"정말로…… 이리스는 오빠에게…… 받기만 하고 있어요……."

내 머리카락을 감겨주면서, 이리스는 "하으" 하고 한숨을 쉬었다.

"이리스가 어른이 돼서, 이리스의 전부를 오빠께 바치면, 보답할 수 있을…… 아니, 안 돼요. 그건 이리스만 혼자 기쁠 뿐이에요……."

"그건 서로 마찬가지잖아. 나도 이리스와 다른 사람들의 도움을 받아야 살아갈 수 있으니까."

나는 이쪽 세계의 초보자다. 아직 모르는 것들이 너무나 많다.

그래서 이쪽 세계 사람인 이리스와 다른 동료들이 지식이나 조언이 큰 도움이 되고 있다. 다른 사람들이 없으면 나도 모르는 사이에 블랙한 힘에 사로잡혀서 빠져나오지도 못하게 돼버릴 가능성도 있다.

"그래서 우리는 서로 돕고 사는 관계야. 그렇게 생각하면 되지 않을까."

"오빠가 그렇게 말씀하신다면."

박박.

"하지만, 왠지 납득할 수 없으니까. 오빠 머리를 감겨드리는 걸로 은혜를 갚을까 해요.”

“그 역할, 마음에 들었어?”

“예. 오빠 머리카락은 최고예요. 계속 이러고 있으면 좋겠다고 생각할 정도예요. 그러니까, 오빠 머리를 감겨드리는 역할은 이리스가 계속 맡아도 될까요?”

“나야 좋지만. 이리스는 정말 그래도 되겠어?”

“예. 거기에 관련된 일로, 조금 제안 드릴 게 있어요.”

이리스는 내 눈앞에서 무릎을 꿇었다.

“여기, 휴양지 미슈릴라에는 신기한 시장이 열리는 때가 있어요. 같이 장 보러 가주시겠어요?”

“신기한 시장?”

들어본 적이 있다.

여기는 휴양지다보니 귀족들과 그 관계자들이 많이 머물게 된다. 귀족들의 의뢰를 기대하는 모험자들도 잔뜩 있고. 돈을 가지고 있는 사람들이, 다른 도시보다 많다.

그래서 그것을 노리고, 신기한 물건을 들여오는 배가 정기적으로 시장을 연다, 는 얘기였다.

“그 시장에서 『해초가 들어간 고체 비누』를 사도 될까요?”

이리스가 내 머리카락을 쓰다듬으면서 말했다.

“따로 행동하기 전에, 오빠 머리카락을 매끄럽게 해드리고 싶어요.”

『해초가 들어간 고체 비누』

특수한 해초를 섞어서 만든 비누.
보습 효과가 좋고, 사용하면 머리카락이 매끄러워진다.

"……시장에 가는 건, 그다지 권하고 싶지 않아."
목욕하고 나온 나와 이리스에게, 아이네가 말했다.
"상인분께서 주의하라는 연락을 주셨어. 시장에『소매치기 군단』이 나타난다는 것 같더라고."

『소매치기 군단』
소형 단검으로 다른 사람의 지갑(주로 가죽 주머니)를 찢고 동전을 훔치는 프로 소매치기 집단.
실력이 좋은 소매치기는 상대가 돈을 도둑맞았다는 사실을 알아차리지도 못하게 처리한다고 한다.

"……그런가요."
이리스의 어깨가 축 늘어졌다.
"아쉽네요. 길 떠나기 전에 새 비누를 사서, 오빠를 매끈매끈하게 씻어드리고 싶었는데…… 아이네 언니랑 같이."
"——?!"
"하긴, 길 떠나기 전에 위험을 무릅쓸 필요는 없겠죠. 그런 이유 때문이라면 포기하겠어요……."
"하, 하지만, 조심하면 괜찮을 것도 같거든!"
……아이네, 왜 갑자기 눈이 반짝거리는 거야?

"대책은 마련할 거야. 그리고, 이리스는 눈에 띄지 않게 변장하는 거야. 아이네가 도와줄게!"

"고맙습니다, 아이네 님!"

서로 손을 맞잡는 아이네와 이리스.

그러한 사정으로, 어느새 이야기가 정리돼서—

우리는 시장에 장을 보러 나가게 됐다.

"……여기가 시장. 사람이 정말 많네요……."

나와 아이네의 손을 잡으며, 아리스가 말했다.

오늘 이리스는 긴 머리카락을 땋았고, 머리에는 반다나를 둘렀다. 옷은 길이가 짧은 원피스. 시프(주 : thief 판타지 세계의 직업, 도적)같은 차림새다. 항구도시에서 이리스를 호위하러 온 사람들도 있으니까, 들키지 않기 위해서.

항구에는 대형 선박이 정박하여 있다.

그 앞에서 상인들이 물건을 진열하고 있다. 팔고 있는 물건들도 다양하다. 귀금속부터 말린 생선, 옷과 장식품에 채소 절임, 우리에 들어가 있는 동물까지 있다.

잘 팔리는 물건들이 있는 곳은 시장 중앙. 비누와 허브를 취급하는 가게도 그쪽에 있다는 것 같다.

"……그나저나, 거기까지 가는 것만 해도 상당히 힘들 것 같은데."

"……마치 사람으로 만든 벽 같아."

"……오빠와 아이네 언니가 있어서 다행이네요. 이리스 혼자 왔으면 휩쓸려버릴 것 같아요……."

덤으로 조금 전부터 경비병 분이 큰 소리로 외치고 있다.

"하이 스펙의 소매치기 집단이 출몰하고 있습니다! 조심해 주세요"라고.

원래 살던 세계와 마찬가지다. 사람이 붐비는 곳은 소매치기나 날치기들이 나타나기 쉽다. 치안이 좋지 않으면 더더욱 그렇고.

이 상황에서 무난하게 물건을 사기 위한 작전을 생각해봤는데…….

응. 내 스킬과 아이네의 인간 관찰용 스킬, 이리스의 관찰력을 쓰면 되려나.

"대열을 짜자. 아이네가 제일 앞에. 내가 제일 뒤에. 각자 스킬을 살려서 인파를 최대한 빠르게 지나가는 거야. 아이네는 스킬을 상시 발동, 이리스는 만약에 대비해서……."

내가 지시를 내렸다.

아이네와 이리스는 진지한 얼굴로 고개를 끄덕였다.

둘 다 바로 이해해줬다. 우리 파티는 팀워크가 좋기로 정평이 나 있으니까.

"그럼 『인파 침투, 초고속 쇼핑 작전』을 개시한다."

그리고 우리는 일렬종대를 짜고서 인파 속으로 돌입했다.

하이스펙 소매치기 군단은 자신들의 스킬에 자부심을 가지고 있다.

시장에 있는 사람들 속에 섞여들어서 본인도 모르게 동전을 훔친다. 그것이 그들의 일이다.

최고위급 소매치기는 지갑에 칼집을 내고 제일 비싼 동전 하나만 가져간다. 그러려면 체술, 손놀림— 그야말로 예술적인 기술이 요구된다.

이번에 그들은 어떤 의뢰를 받고 시장에 잠입했다.

내용은 단순하다. 실패할 리가 없는 임무였다.

그런데—.

"틀렸습니다! 다가갈 수가 없어요! 어떻게 하면 이렇게 사람이 많은 데서 저렇게 움직일 수가 있는 거야?!"

『스틸』의 범위 안에 들어오지도 않아! 너무 멀다고!"

"움직임이 너무 빨라……. 마치 좁은 틈새를 빠져나가는 뱀 같아. 뭐지 저놈들은……."

                                    ·

그들의 포위를 간단히 빠져나간 세 명을 보고, 소매치기 군단은 당황하고 있었다.

멍한 느낌의 메이드와 이 동네에 대해 잘 모르는 것 같은 소년과, 어딘가 우아한 분위기의 작은 소녀. 대단한 사냥감도 아닌데, 소매치기 군단은 그들을 건드릴 수도 없었다.

"틀렸다…… 나, 자신감이 사라졌어." "나도 고향에 돌아가서 농사나 지어야겠다." "우리가 지금까지 해온 수행은 대체 뭐였냐고……."

　자아 붕괴를 일으키는 자, 겁먹는 자, 퇴직을 결심하는 자—.

　이미 소매치기 군단 중에 절반이 탈락했다.

　"알았다…… 내가 직접 나서겠다."

　"두목님?!"

　"우리가 받은 퀘스트는『그 물건을 가진 소녀』를 찾아라, 였다. 가능성이 있는 자를 방치할 수는 없지."

　그렇게 해서 소매치기 군단의 장로가, 최강의 적에게 도전하게 됐다.

『발신 : 아이네 (수신 : 나 군, 이리스)

　내용 : 스킬「동체 관찰」에 반응이 있어. 진로를 막고 있는 두 사람 중에 하나가, 이쪽 방향을 향해서 몸을 움직이고 있어. 접촉할 위험이 있어. 지시를 부탁해.』

『발신 : 이리스 (수신 : 오빠, 아이네 님)

　내용 : 비누와 허브 노점을 발견했어요. 장소는 전방 왼쪽인데, 그쪽 코스로 가면 다른 분과 접촉할 가능성이 있습니다. 우회하는 쪽이 좋을 것 같아요.』

『발신 : 나기 (수신 : 아이네, 이리스)

내용 :「고속 분석」으로 주위의 사람 숫자를 파악했어. 사람이 적은 2시 방향으로 코스를 변경할게. 그 뒤에 3시 방향으로 열 걸음 걸어간 뒤에, 단숨에 직진!』

『『알겠습니다!』』

우리는 빠른 걸음으로 인파 속을 헤치고 걸어갔다.

선두는 아이네, 중심은 이리스, 제일 뒤에 나.

아이네는 스킬『동체 관찰』을 계속 쓰고 있다. 그 스킬은 시야에 들어온 상대의 근육이 긴장되는 부분을 판별할 수 있다. 그 것을 이용해서 사람의 움직임을 미리 읽는 스킬이다.

중앙에 있는 이리스는 시장을 관찰하는 역할이다.『해초가 들어간 고체 비누』를 파는 노점을 찾고 있다.

제일 뒤에 있는 나는『고속 분석』을 사용 중.

이 스킬은 주위에 있는 사람들을 실시간으로 창을 열어서 표시해준다. 표시된 창의 숫자를 보면 사람들이 많은 지역을 알 수 있다. 난 그걸 보고『진행하기 쉬운』방향을 파악하여,『의식 공유·개량형』으로 아이네와 이리스에게 전달한다.

그리고 거기에 따라서 코스를 변경한다. 몇 초마다. 빈번하게.

인파 속을 누비는 뱀처럼, 우리는 시장에서 빠르게 걸어갔다.

『발신 : 이리스 (수신 : 오빠, 언니)

내용 : 발견했어요~! 저희가 찾던 「해초가 들어간 고체 비누」
예요!』

우리는 시장 중심에서, 찾던 물건을 발견했다.

"의외로 힘들었네요. 오빠가 작전을 세워주지 않았으면 어떻
게 됐을지."
"고마워. 나 군. 덕분에 소매치기랑 마주치지 않았어."
두 사람은 활짝 웃으면서 노점의 물건을 보고 있다.
다행이네.
그럼, 빨리 장을 보고 돌아가자.
"이리스는 물건을 고르고, 아이네는 가격 교섭을."
내가 그렇게 말한 순간─.

"감히 우리를 여기까지 몰아붙였구나."

목소리가 들려왔다.

"우리는 긍지 높은─ 하이스펙 소매치기 군단 『서풍의 잔돈
사냥꾼』!!"

긍지 높은 소매치기가 나타났다?!

"너희에게는 빈틈이 없다. 훌륭한 움직임이었다. 우리의 호적수로 인정하겠다!"

"하지만 거기까지다. 우리가 스승님의 길을 열도록 하겠다!"

"그 메이드와 작은 소녀가 우리가 찾는 자인지 아닌지, 우리가 확인하도록 하겠다!"

목소리는 들린다. 상대의 위치는 모른다.

『고속 분석 LV1』으로 확인은— 안 되겠다. 사람이 너무 많아서 적인지 아군인지 구별도 못 하겠다.

하는 수 없지. 비상시니까. 이 스킬은 웬만하면 안 쓰려고 했는데…….

"발동, 『초월 감각 LV1』."

내가 스킬을 발동한 순간— 시야가 블랙아웃 해버렸다.

이 스킬은 오감을 차단해서 직감을 극한까지 높여준다. 그래서 빛도 소리도, 주위의 모든 일을 알 수 없게 돼버린다. 게다가 사용한 뒤에는 몇 분 동안 움직이지 못하게 된다는 부록까지 딸려 있다.

자, 그럼. 어떻게 할까~.

적은 소위 말하는 소매치기 집단이다. 최대한 자연스럽게 쫓아내자.

일단 발을 내밀, 고.

……신발 끈이 풀리지는 않았나 신경이 쓰인다. 앉아서 확인 해보자.

아니, 사람들 많은 데서 앉으면 민폐가 되겠네. 일어나자.

스킬을 발동한 뒤로…… 59…… 60…… 1분이 지났다.

슬슬 스킬의 효과가 끝나겠네.

눈이 보이게 됐다. 자, 그럼. 어떻게 됐으려나~.

"우와아아아아아아아아아!!"

눈앞에 있는 노점에, 체격이 작은 남자 네 명이, 머리를 처박 고 있는 모습이 보였다.

"대단해! 나 군, 소매치기 군단을 순식간에 격퇴했어!"

"오빠, 정말 반해버릴 것 같은 움직임이었어요!"

좌우를 봤더니, 아이네와 이리스가 눈을 반짝이면서 날 보고 있었다.

"두 사람한테 질문."

""예?""

"내가 어떻게 이 사람들을 격퇴했어?

""(나 군이) (오빠가) 해치웠으면서?""

두 사람 모두 깜짝 놀랐다.

어쩔 수 없잖아. 『초월 감각』은 일단 발동하면 내가 뭘 하는지 도 모르게 돼버리니까. 내가 뭘 어떻게 했는지는 주변 사람들에게 물어보는 수밖에 없다.

"정말 대단했어. 마치, 상대의 움직임이 다 보이는 것 같았어."

"오빠가 발을 앞으로 내밀었더니, 덤벼들던 사람이 발이 걸려서 넘어졌고―."

아이네와 이리스가 설명해줬다.

"나 군이 앉았더니, 칼로 찌르려던 두 사람이 제풀에 넘어져버렸어."

"이건 나쁜 사람이라고 생각했거든."

"마지막 한 사람은, 아이네가 『마력 봉술』로 찔러줬어."

아이네가 꼬치구이용 막대를 들고 있는 건 그것 때문인가. 꼬치로도 『마력 봉술』을 발동할 수 있구나.

"오빠…… 이분들은?"

"긍지 높은 하이스펙 소매치기 집단 『서풍의 잔돈 사냥꾼』이라나."

"멋있는 건지 쪼잔한 건지 알 수가 없는 이름이야."

"아이네와 이리스한테 싸움을 걸려고 해서, 어쩔 수 없이 『초월 감각』을 써버렸네."

동료에게 해를 끼치려고 해서 그만, 반사적으로.

가끔은 이런 일도 있지.

"……우리가 이겼다."

가게 앞에서, 쓰러져 있는 남자가 말했다.

"그 소녀는 이미 두목님의 『스틸』 범위 안에 들어와 있다. 우리에게 정신이 팔리면서, 너희에게 빈틈이 생겼다. 『서풍의 잔돈 사냥꾼』의 이름을 걸고, 지갑을 가져가겠다!"

"나 군!"

아이네의 목소리가 들려왔다.

고개를 돌려보니— 어느새, 이리스의 등 뒤에 체격이 작은 노인이 서 있었다.

그 녀석이 마른 나뭇가지 같은 손을, 이리스를 향해 뻗었다. 아이네가 이리스를 끌어당기자, 그 노인의 팔이— 뻗었다. 마치 무술의 달인처럼.

노인은 단검을 들고 있다. 칼날이, 이리스가 들고 있는 가죽 주머니에 닿았다. 끈을 자르고 빼앗아갈 셈인가?

『발신 : 나기 (수신 : 이리스)
내용 : 이리스, 긴급 사태다. 그 스킬을 써!』

『발신 : 이리스 (수신 : 오빠)
내용 : 알겠습니다! 발동 「반격 점혈(點穴) LV1」!』

따악.

이리스의 주먹이 카운터처럼 들어가서, 노인의 팔을 때렸다.
힘이 실린 주먹처럼 보이지는 않다. 하지만—.

"끄어으아아아아아아아악!!"

노인은 팔을 붙잡으면서 자빠졌다.
"끄아아악! 으어르어어어어──!!"
그대로 입에 거품을 물고 데굴데굴 굴렀다.
아프겠지~.『반격 점혈』은 충격이 분산되지 않으니까~.

『반격 점혈 LV1』(4개념 치트 스킬)
『반격』으로『신체 일부』에『주는 대미지』를『늘리는』스킬

『반격 점혈』은 이리스의『호신술』을 강화한 스킬이다.『호신술 LV3』(『반격』으로『주는 대미지』를『늘리는』스킬)에, 남아 있던 개념『신체 일부』를 추가했다.

원래『호신술』은 자기 몸을 지킬 때 상대에게 주는 대미지를 늘려주는 게 전부인 스킬이었지만, 그걸 4개념 스킬로 만든 덕분에 자동 반격형 스킬이 돼버렸다.

"으어, 파, 팔이! 내 팔이이이이!!"
노인의 팔이 이상한 모양이 돼서 떨리고 있다.
스킬에『신체 일부』를 붙여버린 덕분에,『반격 점혈 LV1』은 충격이 분산되지 않는다.

이 스킬로 입힌 대미지는『신체 일부』에 머물면서 계속 아픔과 충격을 준다. 소위 말하는『인체의 숨겨진 혈』이나『비공』을 찌른 느낌이 되는 것이다.

"끄아아아아. 히이이이이익⋯⋯."

노인은 아직도 발버둥 치고 있다.

진짜 아파 보이네. 정말이지, 등 뒤에서 다른 사람한테 칼을 들이대니까 그런 꼴을 당하는 거라고.

"이 자식⋯⋯ 혹시 대륙간 소매치기 군단 『서풍의 잔돈 사냥꾼』 두목 아닌가?!"

"잠깐만. 내 지갑이 없잖아. 어? 그쪽 주머니에는 어느새 구멍이?!"

주위에 있는 사람들이 소란스러워졌다. 경비병들도 이쪽으로 오고 있다.

내 몸도 움직이게 됐으니까, 오래 있을 필요는 없겠지.

"⋯⋯잠깐만. 우리의 사명은 지갑을 빼앗아서, 이 동전의 절반 부분을 가지고 있는 소녀를⋯⋯."

노인은 우리 쪽을 향해서 손을 내밀었다.

그 손에 있는 건⋯⋯ 반달 모양의 동전이었다. 한가운데에서 깔끔하게 두 쪽으로 잘려있다.

"⋯⋯너희는⋯⋯ 이걸⋯⋯ 가지고⋯⋯."

"그런 건 없어요. 그럼, 안녕."

우리는 다시 일렬종대로.

『인파 침투』 모드를 발동해서 사람들 사이를 빠져나가며, 재빨리 그 자리를 벗어났다.

"아까 그 사람들, 대체 뭐였을까요?"

"이 동전의 나머지 절반을 가지고 있는 사람을 찾는다나봐."

나는 이리스와 아이네에게 금색 동전의 이미지를 보냈다.

어딘가 도움이 될지도 모른다 싶어서 『의식 공유·개량형』으로 저장해뒀다.

"이건…… 『왕가의 동전』이려나요."

"왕가의 동전?"

"책에서 본 적이 있어요. 왕자나 공주가 태어나면, 그걸 기념해서 특수한 동전을 만드는 경우가 있다는 것 같아요. 일반적으로 유통되지는 않아서, 가지고 있는 사람은 극히 한정된다고 들었어요."

『왕가의 동전』인가.

그렇다면 『하이스펙 소매치기 군단』은 왕가와 관련된 누군가를 찾고 있다는 뜻이려나.

……엄청나게, 엮이기 싫다. 잊어버리자. 그래.

그 뒤로 우리는 곧장 집으로 돌아갔고―.

"그럼 『해초가 들어간 고체 비누』의 성능을 시험해보겠습니다."

"해볼 거야~."

"왜 저한테 하는 건가요?!"

""(나 군을) (오빠를) 매끈매끈하게 해주기 전에 연습 (이야) (이예요)!""

"아, 안 돼요오. 여러분과 같이 목욕하는 건 기뻐요오. 하지만, 서로 씻어주는 건…… 아니, 좋, 기는 하지만— 이 아니라! 가능하다면 마스터께— 도 아니고! 정말~ 제가 이상해져버리니까요오……..!"

이리스와 아이네가 라필리아의 온몸을 매끈매끈하게 씻어주는 모습을 지켜보면서— 휴일의 하루가 지나갔다.

제2화 「작은, 기사 지망생에 의한, 자격 취득 매뉴얼」

이리스를 배웅한 뒤에, 나는 성녀님의 『데리릴라 미궁』을 찾아왔다.

이르가파로 돌아간다고 말했더니, 성녀님은 우리에게 등을 돌리고는―.

"흐응~ 그렇구나~. 뭐 그래도 되지만~. 데리릴라 씨는, 당분간 연구 생활을 할 거니까~."

어깨너머로 우리를 흘끗흘끗 보면서 그렇게 중얼거렸다.

"또, 만나러 올게요."

그 모습이 너무나 쓸쓸해 보여서, 나도 모르게 그렇게 말해버렸다.

"정말로?!"

성녀님을 빙글, 활짝 웃는 얼굴로 몸 전체를 우리 쪽으로 돌렸다.

"정말이지? 데리릴라 씨를, 잊어버리면 안 된다?!"

"안 잊어버린다니까요."

나와 세실과 리타와 레기가 동시에 고개를 끄덕였다.

성녀님은 귀중한 『친구』니까. 그리고 세실의 조상님과도 관계가 있고.

"또 언젠가, 반드시 만나러 올게요."

"아, 미안. 그러고 보니까 데리릴라 씨, 이제 누군가를 기다리는 건 그만두기로 했어."

그렇게 말하고, 성녀님이 빙긋 웃었다.

"그래서, 이번에는 데리릴라 씨가 만나러 갈게. 그때까지 잘 지내야 해! 이상한 주인님이랑 그 일행!"

그렇게 말한 뒤에, 바위가 입구를 막고 있는 『데리릴라 미궁』 안으로 스윽, 하고 들어갔다.

"……정말로 갈 거니까! 잊어버리면 싫어! 잘 지내…………."

"정말 고맙습니다. 성녀님."

세실은 지팡이를 손에 들고, 언제까지고 고개를 숙이고 있었다.

성녀님의 목소리가 멀어지고― 완전히 안 들리게 될 때까지, 계속.

다음으로 나는 그동안 신세 졌던 상인분을 찾아가기로 했다.

상인 도르골 씨는 사우나도 소개해주고, 말을 맡아 주기도 했으니까. 이리스의 대리로서, 인사는 확실하게 해둬야지.

"―그렇게 해서, 저희도 내일 출발하게 됐습니다."

저택 응접실에서, 나는 상인 도르골 씨께 그렇게 말했다."

"그러십니까……. 아쉬울 따름입니다만, 어쩔 수 없는 일이지요……. 아, 그렇지."

도르골 씨는 뚱뚱한 팔을 들고, 뭔가가 생각났다는 것처럼,

"실은 저도 내일, 왕도 쪽으로 짐마차를 보낼 예정입니다. 괜

찮으시다면 동행하시는 건 어떻겠습니까?”

"그래도 될까요?”

"가도를 따라가려면 사람이 많은 쪽이 마음이 놓이겠죠? 사양하실 것 없습니다. 호위를 맡을 자들은 따로 고용해뒀으니까요.”

도르골 씨가 미소를 지으며 말했다.

하긴, 사람이 많으면 마물도 잘 공격해오지 않으니까. 우리 일행의 부담도 줄어든다.

그리고 도르골 씨가 후의를 베풀어주는 이유도 이해가 된다. 해룡 오타쿠인, 좋은 사람이니까.

"알겠습니다. 감사히 받아들이겠습니다.”

"저는 해룡을 숭배하는 자이니까요. 이 정도는 당연한 일입니다.”

"출발 시간이 정해지면 말씀해주세요. 저희가 거기에 맞추겠습니다.”

나는 그렇게 말하고 도르골 씨에게 고개를 숙였다.

"아버지, 손님이 오셨습니다.”

마침 그때 문 두드리는 소리가 났고, 도르골 씨의 따님이 들어왔다.

"오, 마침 짐마차와 동행할 예정인 사람이 온 것 같습니다. 소개해드리지요.”

일어나려는 우리를 말리고, 도르골 씨가 말했다.

"호위를 겸하여, 시험을 치러 왕도에 가는 자입니다. 검사로서 그럭저럭 실력이 괜찮기에, 이번에 짐마차의 호위를 맡게 됐습니다. 자— 들어오게, 커틀러스."

문밖에서 갑옷을 입은 사람이 들어왔다.

머리카락은 회색 숏 커트. 파란 눈동자를 깜박이면서, 긴장한 얼굴로 우리를 보고 있다.

피부색은 투명할 정도로 하얗고, 팔과 다리도 가늘다. 키는 세실보다 조금 큰 정도.

이 사람이 짐마차의 호위인가.

너무 날씬한 것 같기도 하지만, 아마도 실력 있는 소녀 검사겠지.

"소개해드리겠습니다. 이쪽은 커틀러스 뮤트란. 기사 후보생이 되고자 하는 소년입니다."

'남자였어?!'

나도 모르게 튀어나오려던 말을 황급히 삼켰다.

의자에 기대 세워뒀던 마검 레기가 흔들리고 있다. 레기도 깜짝 놀란 것 같다.

"자, 인사드리게. 커틀러스."

"처, 처음 뵙겠쭙니다!"

아, 혀 꼬였다.

자기소개를 하려던 **소년** 커틀러스 씨는 얼굴이 새빨개졌고, 손으로 얼굴을 가렸다.

그리고는 고개를 흔든 뒤에,

"처음 뵙겠습니다, 기사 후보생인 커틀러스 뮤트란이라고 합니다. 『해룡의 무녀』의 호위 여러분에 대해서는, 도르골 님께 말씀 많이 들었습니다! 해룡이라는 초월 존재와 대등하게 이야기할 수 있는 무녀 ― 그 호위 분들과 이야기하게 되다니, 정말 영광이지 말입니다!"

엄청나게 귀여운 목소리였다.

소년 검사 커틀러스 씨는 차렷 자세로, 나를 향해서 고개를 깊이 숙였다.

그리고는 무릎을 딱 맞댄 자세로 내 맞은편 의자에 앉았다.

……남자인지 여자인지, 도무지 모르겠네. 뭐, 도르골 씨는 『소년』이라고 했지만 말이야. 본인의 태도도 왠지 남자 같고.

『주인님. 내기를 하자.』

의자에 기대 세워놨던 마검에서 작은 소리로, 레기의 목소리가 들려왔다.

『이 몸은 「여자아이」 쪽에 한 표다. 이 몸이 지면 주인님의 등을 씻어주겠다. 이 몸이 이기면 주인님이 등을 씻어주는 것이다.』

"……이봐."

찰싹, 하고 레기의 칼집을 때려서 조용히 하라고 했다.

하지만 레기가 그런 소리를 할만도 했다.

눈앞에 있는 검사 커틀러스 씨를 보면 정말로 이상한 느낌이 든다. 성별이라는 게 대체 뭘까, 라는. 미소년처럼 보이기도 하고, 미소녀로 보이기도 한다. 레기는 『여자아이에 한 표』라고 했는데, 나는 어느 쪽이라고 확신을 가질 수가 없다.

……아니지, 처음 만난 사람한테 이러는 건 실례려나.

"처음 뵙겠습니다. 저는 소마 나기라고 합니다. 파티 동료들과 함께『해룡의 무녀』이리스 하페우메어 님의 호위를 맡고 있습니다."

그렇게 말하고, 나도 커틀러스 씨에게 고개를 숙였다.

"이번에는 이리스 님이 먼저 돌아가셨기에, 별장을 정리한 뒤에 따라갈 예정입니다. 이쪽에 남은 것은 파티의 절반뿐이다 보니, 커틀러스 씨처럼 실력 있는 검사분과 동행하게 돼서 정말 다행입니다."

"무슨 말씀이십니까! 저는 그렇게 실력 있는 검사가 아닙니다. 그저, 기사 후보생일 뿐이지 말입니다."

커틀러스 씨가 쑥스러워하는 얼굴로 손을 흔들었다.

……기사 후보생이라. 아까도 그런 말을 했었지.

이쪽 세계의 기사에 대해서는 들어본 적이 없는데. 대체 어떤 걸까?

예를 들어서, 내가 원래 살던 세계의 기사는…….

"기사라고 하면, 고결하고 주군에 대한 충성을 중히 여기는, 귀족과도 같은 지위에 있는 분이시라고 들은 적이 있습니다만."

"그렇습니다! 진짜 기사란, 바로 소마 님이 말씀하신 그런 자이지 말입니다. 뭐, 저는 도르골 님의 지원을 받아서 겨우 시험을 받게 된 자이니, 기사라고 자처할 수도 없는 입장입니다만."

커틀러스 씨는 얼굴이 새빨개져서 열심히 손을 흔들어댔다.

정답인 것 같다.

"저는 시골에서 올라온 지도 얼마 안 됐고, 기사가 될 수 있을지 아닐지도 아직 잘 모르지 말입니다."

"기사가 되는 건, 많이 힘든가요?"

일단 말을 맞춰봤다.

"저는 먼 섬나라에서 온 탓에, 그런 정보를 잘 모릅니다만…… 역시 기사가 되려면 힘든 조건 같은 게 있나요?"

"예. 기사가 되려는 자는, 1년에 한 번 왕도에서 시험을 봐야만 합니다. 그걸 통과했을 때 비소로 기사라는 자격을 얻게 되지 말입니다!"

"시험, 인가요. 힘들겠군요."

"그 전에 면접도 봐야 하지 말입니다."

……어느 세상이나 마찬가지구나.

제대로 된 기업에서 일하려는 것이나 마찬가지니까. 나름대로 절차를 거쳐야 하는 건 당연한 일이려나.

"면접이라면…… 역시 높은 분 앞에서?"

"예. 먼저 선배 기사의 면접을 받고, 다음으로 중견 기사의 면접, 은퇴기사의 면접, 귀족분들의 면접, 마지막으로 왕궁에 계신 분의 면접을 받아야 하지 말입니다!"

잠깐만.

뭐야, 그 실무자 면접에서 임원 면접까지 가는 화려한 콤보?!

"물론 각 면접관 분들께 사전에 이력서를 제출해야 하지 말입니다. 서식도 상대에 따라 다르고, 한 글자라도 잘못 쓰면 전부 다시 써야 합니다만……. 기사는 귀족분들의 문서를 다루는 일도 많으니까, 그 예행연습이라는 뜻이겠지 말입니다!"

그렇구나, 이쪽 세계에서도 수기 이력서 다시 쓰기라는 지옥은 존재하는구나.

게다가 서식이 다섯 종류라니, 생각만 해도 악몽을 꿀 것 같다…….

"무엇보다 면접을 받기 위해서는, 왕도 근처에 있는 도시에서 하는 설명회에 참가해야만 합니다. 경쟁률이 상당히 높지만, 간신히 받을 수 있게 됐습니다."

설명회를 듣는 것만 해도 난이도가 상당히 높았다.

"설명회에 참가하려면 규정된 갑옷, 무장, 방어구를 갖춰야 하지 말입니다. 그 규정도 엄격해서 방패 길이가 짧거나, 칼자루가 굵기만 해도 떨어진다는 것 같습니다. 그리고 방패 윗변 『오른쪽이 위로 올라가게』하면, 운이 좋다는 이유로 채용되기 쉽지 말입니다!"

싸우기 편한 것보다 심증이 중요한 거야? 기사 심사 기준이 그래도 되는 건가?

"……참고로 『원형 방패 (라운드 실드)』를 사용하는 사람은 어떻게 되나요?"

"문전박대 당하지 말입니다."

"하긴, 집단전을 해야 하니까 장비를 통일할 필요도 있겠죠."

"아뇨, 협조성이 없다는 이유지 말입니다."

규칙이 쓸데없이 엄격했다.

이거 기사 자격 취득 이야기 맞지. 기사라는 건, 고결한 직업이지?

그런데…… 어째서 이렇게 블랙한 냄새가 나는 걸까…….

"그래도, 저는 기사가 되고 싶습니다. 나라를 지키기 위해서 검을 휘두르는 것은, 돌아가신 어머니의 꿈이셨으니까요. 저는 도르골 님의 지원을 받아서, 겨우 설명회에 나갈 수 있게 됐습니다. 그것만으로도 행복하지 말입니다."

"……열심히 하세요."

나로서는, 그것밖에 해줄 말이 없었다.

커틀러스 씨의 눈이 엄청나게 반짝이고 있어서.

기사가 블랙한 일인지 아닌지는 별개로 치더라도, 기사를 동경하는 커틀러스 씨의 마음은 진짜 같으니까.

"나도 응원하고 있다네, 커틀러스."

도르골 씨는 만족스런 얼굴로 고개를 끄덕였다.

"젊은이를 응원하는 것이 내 취미이기도 하니까. 성공하건 다른 길을 선택하건, 후회가 없도록 열심히 하게나."

"옛!"

도르골 씨의 말에, 커틀러스 씨가 힘차게 고개를 끄덕였다.

커틀러스 씨는 짐마차를 지키는 모험자들의 보조를 맡는다는 것 같다.

그 대신에 여비와 식비를 부담하기로 했다고, 도르골 씨가 말했다.

"여행하는 동안 여러모로 폐를 끼치게 될지도 모르지 말입니다."

기사 후보 커틀러스 씨가 나를 향해 고개를 깊이 숙였다.

"그리고, 실력 있는 모험자 분들의 싸우는 모습을 보면서 많은 참고가 되리라고 생각하지 말입니다. 부디, 잘 부탁드리지 말입니다!"

"아뇨, 저는 어디까지나 이리스 님의 호위 모험자니까요."

"입장 같은 건 상관 없지 말입니다. 기사는 사람들을 지키기 위해서 존재하는 법이지 말입니다."

커틀러스 씨는 내 눈을 보면서 음, 하고 주먹을 꽉 쥐었다.

"돌아가신 어머님은, 제게 아버지 같은 기사가 되라는 명령을 남기고 돌아가셨습니다. 아버지는 뵌 적이 없지만, 틀림없이 사람들을 지키는 훌륭한 기사였을 것입니다. 저는 그렇게 되는 것이 꿈이지 말입니다."

"……대단하네."

나도 모르게 진심이 흘러나왔다.

이렇게 긍정적인 사람은— 왠지 눈이 부시다니까.

기사 일이라는 게, 구직 활동 절차만 귀찮을 뿐이고, 사실은 정말 훌륭한 일일지도 모르니까.

"응원하겠습니다. 저야말로 같이 여행하는 동안 잘 부탁드리겠습니다. 커틀러스 뮤트란 씨."

"예! 잘 부탁드리겠지 말입니다. 소마 나기 님!"

커틀러스 씨가 손을 내밀어서, 나도 그 손을 맞잡았다.

가늘고, 부드러운 손이었다.

그리고 다음 날.

항구도시 이르가파로 향하는 마차 안에서―.

"그래. 나기 말이 맞아. 기사는 귀족을 섬기고, 영지 일부를 맡는 대신에 방위의 주축이 되는 거야. 먼저 왕가가 내려주는 기사 자격을 손에 넣고, 그 뒤에 수습 기사가 돼서 경력을 쌓고, 그중에서 우수한 자가 귀족에게 채용되는 거야."

"그렇다. 주인님이 말한 대로다. 성별은 알 수 없었지만, 미소녀일 가능성을 생각해두는 쪽이 좋겠지. 일단 주인님이 그 정체를 확인하고, 우수하다면 채용하는 것도 좋겠지."

"그 외에도 귀족을 섬기지 않고 사람들을 지키는 『자유 기사』라는 것도 있어. 모험자 파티에 들어가는 경우도 있지. 기마 전투 전문가니까, 꽤 믿음직하거든."

"그 외에도, 미소녀이면서도 자기 본성을 숨기고 있는 거라면, 너무나 슬픈 일이다. 이건 주인님이 그 본성을 파헤치고, 숨겨진 자신을 해방시켜 줘야 마땅하다."

"물론 자유 기사는 영지도, 거기서 나오는 수익도 얻을 수 없어. 하지만 사람들한테 존경은 받을 수 있지. 그 길을 걸어가면서 사람들의 신뢰를 얻고, 결과적으로 자신의 영토를 개척해나가는 기사도 있어."

"물론 남장 미소녀라면 미(美)도 쾌락도 얻을 수 없다. 하지만 억누르고 있는 욕정은 쌓여만 간다. 내면의 갈등에 괴로워하고, 결과적으로 길에서 벗어나 버리는 남장 기사의 이야기도 있지."

"잠깐만, 머릿속이 혼란스러워졌거든."

리타와 레기, 동시에 말하지 말라고.

"뭐? 기사에 대해서 물어봤잖아?"

"음. 기사에 대해 물어본 것이 아니던가?"

두 사람이 동시에 고개를 갸웃거렸다.

"분명히 내가 물어보기는 했는데, 넌 혼자서 다른 얘기 하고 있잖아, 레기."

"어제 만났던 기사 후보생 얘기를 하고 있었다만?"

"내가 물어본 건 『기사』라는 클래스에 대한 거야. 커틀러스 씨의 개인정보에는 관심 없다고."

"그러한가? 남장 기사라는 것은 꽤 군침이 도는 존재라고 생각한다만."

……하긴, 원래 살던 세계의 게임에도 남장 미소녀가 꽤 많긴 했지만 말이야.

"그렇다고 해도, 겨우 한 번 본 사람에 대해 이런저런 이상한 생각을 하는 것도 실례잖아."

그리고 커틀러스 씨의 정체는 우리와 아무 상관도 없다.

그 사람은 귀족을 섬기는 기사가 되려고 한다. 하지만 우리는 몇 번이나 귀족과 적대시했다.

아마도, 앞으로는 다른 세상에서 살아가는 사람이 되고, 서로 관여할 일도 없겠지.

"커틀러스 씨네 짐마차, 먼저 출발했지……."

지금 우리가 있는 곳은 마차 안. 여기는 항구도시 이르가파로 가는 가도다.

좌우가 숲으로 둘러싸여 있기는 하지만, 가도는 저 멀리까지 다 보인다.

원래는 도르골 씨가 왕도를 향해서 보내는 짐마차와 같이 출발할 예정이었지만, 약속한 시간에 집합 장소로 간 우리를 기다리고 있던 건 미안하다는 것처럼 고개를 숙이고 있는 도르골 씨의 모습과—.

『죄송합니다. 고용한 모험자가 성질이 급해서, 먼저 출발해버렸습니다…….』

그런 사과의 말이었다.

고용한 모험자들이 『무녀의 우수한 호위』? 짐마차를 지키는 데, 우리만 가지고는 불안하다고? 아무리 고용주라고 해도 실례가 아닌가?" 라는 말을 남기고는 짐마차와 함께 출발해버렸다는 것 같다. 기사 후보 커틀러스 씨도 데리고.

그렇다면 뭐, 우리도 딱히 상관은 없지만.

"그렇게 됐으니까, 미안하지만 돌아갈 때도 잘 부탁할게."

내가 말고삐를 당기면서 말했다.

『그래! 맡겨만 두라고, 나리!』

『이 역할을 기다리고 있었습니다! 말 그대로 마차를 끄는 말처럼 열심히 일하겠습다!』

마차를 끄는 말들한테서, 기세 좋은 대답이 돌아왔다.

출발하기 전에 스킬『생명 교섭』으로 이야기를 나눠봤더니, 말들은 의욕이 넘쳐흘렀다. 이 정도면 오늘 안에『날개의 도시 샤르카』에 도착할 수 있으려나.

데리릴라 씨와의 작별도 마쳤다. 신세를 졌던 도르골 씨한테도 인사를 했고.

이제『천룡의 날개』에게 시로에 대해서 보고하기만 하면, 우리의 여행은 일단 종료된다.

『천룡의 날개』에서 시작된 사원 여행이니까,『천룡의 날개』에서 마무리하고 싶다.

"세실도 리타도 느긋하게 있어도 돼. 집에 도착할 때까지가『사원 여행』이니까."

"……예, 그런데 말이죠."

"……뭔가 이상한 기척이 느껴져."

마부석에서 뒤쪽을 봤더니, 세실이 리타를 쳐다보고 있었다.

리타는 동물 귀를 쫑긋 세우고, 눈을 감고 있다.

"둘 다 멈춰봐. 마차 소리 때문에, 리타한테 방해되지 않게."

『……알겠슴다.』

나는 고삐를 당겨서 마차를 세웠다.

세실도 손으로 입을 막고, 가만히 리타를 쳐다보고 있다.

그렇게 기다리기를 수십 초. 그리고——.

"———나기…… 전투하는 소리가 들려!"

리타가 눈을 크게 뜨고, 말했다.

"칼 부딪치는 소리랑, 마물 소리가 들려. 누군가가 이 앞에서 싸우고 있어. 주인님!"

제3화 「에너지 절약형 사역마를 깨작깨작 조작해서, 『운 좋게』 마물을 쫓아냈다」

"세실. 『마력 탐지』 부탁해. 마법의 기척은 느껴져?"

세실에게 그렇게 물었다.

"반응은 없어요. 하지만, 느껴지지 않는다는 건, 강력한 마법은 안 쓰는 것 같아요."

그렇다면 평범한 마물이 공격해왔을 가능성이 크겠네.

분명히, 도르골 씨가 수배한 짐마차가 우리 앞에서 가고 있을 텐데. 그쪽은 상품을 잔뜩 실은 만큼 속도가 느리니까, 따라잡았다고 해도 이상할 건 없지.

그리고, 그쪽이 마물한테 공격받고 있다는, 그런 얘긴가.

"……어쩔 수 없지."

우리는 그냥 이대로 대기해도 아무 일도 일어나지 않겠지만 말이야.

하지만 가도를 따라갔더니 너덜너덜해진 모험자들과 커틀러스 씨…… 또는 시체를 보게 될 수도 있다.

말도 안 된다.

기껏 손에 넣으려는 『일하지 않고 살아가는 인생』에, 그런 트라우마를 추가할 수는 없지.

"세실, 리타. 우리는 지금부터 『아주아주 평범하게』 짐마차를 구원하러 갈 거야. 알겠지?"

"예. 나기 님."

"아주 평범한 모험자처럼 말이지. 알았어!"

상황을 확인하자.

주변은 숲. 마물 소리는 이 앞의 가도와 숲속에서 들려오고 있다. 적의 전력은 불명이다.

아무튼 기습해서 적에게 피해를 주고, 그 틈에 모험자들을 구출하자.

그러려면 이쪽의 전력을 늘리는 게 좋겠지.

"세실. 전에 썼던 『화정 소환』 말인데."

"예. 나기 님."

기다렸다는 것처럼 폴짝하고 뛰어서, 세실이 내 앞으로 다가왔다.

"마물의 숫자를 모르니까, 이쪽도 전력을 늘리고 싶어. 하지만 여기서 마력을 다 써버릴 수는 없잖아? 그래서, 고대어 마법 『화정 소환』 말인데, 샐러맨더를 소환하는 숫자를 줄이면 마력 소비도 줄일 수 있으려나?"

"여섯 마리까지라면, 나기님이 마력을 공급해주시지 않아도 괜찮아요."

역시 대단하네, 이해가 정말 빨라.

내가 뭘 하려는 건지 알아차려준 것 같다.

"일반 마법의 『화정 소환』으로도 세 마리까지 불러낼 수 있으니까, 나머지를 숨겨두고 싸우면, 저희의 비밀도 들키지 않고 넘어갈 수 있을 거예요."

고대어 마법 『화정 소환』의 메리트는 세밀한 지시가 가능하다는 점이다.

보통은 샐러맨더에게 『모두 힘내라』『저 녀석을 노려라』 정도의 지시만 내릴 수 있지만, 고대어로 소환한 녀석들은 패러미터 설정도 가능한 데다, 매 턴마다 명령도 할 수 있다.

그걸 이용하자. 기습에는 기습으로, 말이지.

"그럼 말이야, 말이랑 마차를 연결하는 하네스를 벗기자."

나는 세실과 리타에게 지시를 내렸다

마물이 설치고 다니는 세계니까, 급한 상황이 벌어졌을 때를 대비하여 말과 마차를 연결하는 하네스는 벗기기 쉽게 되어 있다. 말들에게 안장을 올려놓은 건, 최악의 경우에는 짐을 버리더라도 재빨리 도망치기 위해서, 라는 상인분들의 지혜라는 것 같다.

"리타도 말에 탈래? 아니면—"

"수인의 속도를 얕보지 마! 말 따위한테는 안 진다고!"

리타는 흥, 하는 느낌으로 꼬리를 부풀렸다.

"알았어. 그럼 미안하지만 너— 그러니까, 포클이었나. 나랑 세실을 태워줄래."

『알겠슴다!』

『나리! 저는요?! 저는 일 없슴까?!』

"너— 피클한테는 다른 역할이 있어."

나는 세 사람과 두 마리에게 작전을 전해줬다.

자, 그럼.

여행은 이제 막 시작된 참이니까, 무리하지 말고 평범하게 구원해줘 볼까.

커틀러스 일행의 짐마차는 이미 포위당해 있었다.

수십 분 전, 가도를 따라가고 있던 짐마차를 향해, 숲속에서 고블린들이 화살을 쐈다.

모험자들을 놀리려는 것처럼 화살을 쏘고, 숲에 숨고, 화살을 쏘는 짓을 반복. 쫓아가면 도망친다. 포기하고 그냥 가면 또 화살을 쏜다. 귀찮은 상대였다.

화가 난 모험자들의 리더가 "해치워!" 라는 결단을 내린 것이 그 직후. 리더 씨는 성질이 급하다. 커틀러스가 보고 있는 앞에서 파티를 둘로 나누고, 리더가 선두에 선 전위가 숲을 향해 돌격했더니—.

숲에서 튀어나온 오크에게, 측면에서 기습 공격을 받았다.

오크는 사람보다 커다란 몸에 멧돼지 같은 머리를 가진 마물이다. 손에는 도끼를 들고 있다.

정면에서는 고블린의 화살, 좌우에서는 오크의 근거리 공격. 그리고 놈들은 자기편이 당하거나 말거나 신경도 안 쓴다. 혼전 상태에서도 고블린은 아무렇지도 않게 화살을 날렸고, 오크는 피하지방으로 그 화살들을 막아내면서 앞뒤 가리지 않고 모험자들을 공격했다.

그리고 전위를 붙잡아놓은 상태에서 재빠른 고블린들이 짐마차를 직접 공격하니, 파티가 혼란 상태에 빠진 것도 당연한 일이었다.

"헉…… 헉."

그리고 전투는 지금도 계속되고 있다.

커틀러스는 정면에 있는 고블린을 보면서, 두 다리에 힘을 주고, 달려 나갔다─.

"간다, 지 말입니다!『호순 격파 (실드 차지)』!"

쿠웅!

오른쪽 윗부분이 높은 방패에 맞고 날아간 고블린이 가도 바닥에 뒹굴었다.

커틀러스는 숨을 거칠게 쉬면서 숏소드를 들었다.

자신의 작은 몸이 원망스럽다. 온 힘을 다한 돌격 스킬이었는데도 결정타가 되지 못했다.

커틀러스 뒤쪽에는 짐마차가 있다. 상인 도르골 씨가『지켜달라』고 부탁한 것이다. 하지만 거듭된 공격에 포장은 찢어졌고, 짐 일부는 파괴됐다. 주위에는 동료 두 명이 쓰러졌다. 기습을 당하고 정신을 잃은 것이다.

커틀러스를 둘러싸고 있는 것은 녹슨 칼을 든 고블린들.

숲 근처에서는 전사들과 오크가 싸우고 있다. 숲에서 화살이 날아오는 것은, 나무 사이에 숨은 고블린들 짓이다.

"……연계해서 싸우는 마물은…… 정말 귀찮지 말입니다."

정면에 있는 고블린을 보면서, 커틀러스는 칼을 고쳐 쥐었다.

이쪽의 전력은 커틀러스까지 포함해서 7명.

전위 네 명은 숲 근처에서 싸우고 있다.

마차를 지키는 건 후위 세 명. 하지만, 지금 싸울 수 있는 건 커틀러스 혼자뿐이다.

"—그래도, 저는 모두를 지킬 것이지 말입니다."

커틀러스가 소리쳤다.

"덤벼라, 지 말입니다, 고블린! 마물 따위가 제 기사 혼을 부술 수는——!!"

소리치면서, 커틀러스가 돌격하려고 한, 그때,

"평범 키————익!!"

옆에서 날아온 아주아주 평범한 발차기가, 눈앞에 있는 고블린을 날려버렸다.

고블린은 몸이 꺾인 채로 날아가서 나무에 격돌. 그대로 움직이지 못하게 돼버렸다.

"우와, 깜짝이야! 우연히 크리티컬이 들어갔네!"

금색 머리카락을 휘날리며, 수인 소녀가 커틀러스를 봤다.

"평소에는 이렇게까지 잘 들어가지 않거든. 착각하지 말라고!!"

"아, 예."

"좀 더 확실하게 고개를 끄덕여. 이쪽 보고. 자, 주목."

"죄, 죄송합니다. 알았습니다. 알았으니——."

"평범 베기. 에잇."

수인 소녀에게 정신이 팔린 순간, 커틀러스 바로 옆에서 또 한 마리의 고블린이 두 쪽이 나버렸다.

"……어?"

커틀러스는 자기도 모르게 눈이 휘둥그레졌다.

순식간이었다. 일격이었다. 커틀러스가 고전하던 고블린이, 말 그대로 몸통을 중심으로 두 쪽이 나버려서 땅바닥에 쓰러졌다. 그러는 동안에도 수인 소녀가 마지막 한 마리에게 돌려차기. 고블린은 몸이 ㄱ자 모양으로 구부러졌고, 그대로 움직이지 않게 돼버렸다.

'……저, 분은…….'

커틀러스가 털썩, 하고 무릎을 꿇었다.

긴장이 풀린 탓이겠지. 그대로 의식이 흐릿해져 간다.

'저분…… 어제, 도르골 님의 저택에서 만났던 분이, 도와주셨어…….'

'……말을 타고—— 마치 기사님 같지 말입니다.'

'꽤나 긴 검을 들고 계시지 말입니다. 그리고, 갑자기 길어진 것 같은데? 그렇구나~. 저도 피곤하니까 시야가 흐릿해진 것이겠군요. 익숙하지 않은 싸움 때문에——.'

너무나 지친 커틀러스는, 땅바닥에 무릎을 꿇은 채로 의식의 끈을 놓아버렸다.

"안 늦었다……."

말에 탄 건 처음이지만, 어떻게든 됐네.

말이 『생명 교섭』으로 말을 나눌 수 있는 포클이 아니었다면 떨어졌을지도 모른다. 의외로 많이 흔들리네, 말에 타면.

모험자들의 전위는 숲 쪽에서 오크와 전투 중. 게다가 화살 공격까지 날아오고 있다.

후위와 싸우던 고블린은 쓰러트렸다. 이제 오크를 쓰러트리고, 숲속에서 화살을 날리는 놈들만 처리하면 클리어다.

"리타는 커틀러스 씨랑 다른 사람들을, 화살이 못 미치는 곳까지 옮겨줘. 전투는 세실 쪽 사역마들한테 맡기자. 부탁해, 세실."

나는 말에서 내렸다.

그리고 손을 뻗어서 세실을 안아 들고, 땅에 내려줬다.

"고맙습니다. 그럼…… 나기 님 말씀대로— 갑니다."

세실이 눈을 감고 흐읍, 숨을 들이쉬었다.

고대어 마법 『화정 소환』의 영창은, 여기까지 오는 동안에 완료했다.

내 앞에 표시된 창에는 6마리 몫의 패러미터가 표시되고 있다. 패러미터 옆에 비치는 것은 샐러맨더들의 시야다. 이걸 보고서 사역마를 콘트롤하는 것이다. 듀얼 디스플레이 정도가 아니라, 6화면 디스플레이다.

아무튼, 할 수 있는 데까지 해보자.

"전위 부대. 정렬!"

『오오오오오오오오!!』

나와 세실 앞에, 샐러맨더 세 마리가 나란히 섰다.

샐러맨더는 등에 박쥐 날개가 달린 도마뱀이고, 온몸이 심홍색 불꽃에 휩싸여 있다.

보통 마법사라도 샐러맨더를 세 마리까지는 불러낼 수 있다. 그리고 모험자도 오크도 **여기에 없는** 샐러맨더는…… 알아차리지 못했다. 숲속에 있는 고블린은 모르겠지만, 화살이 짐마차를 향해서 날아오고 있는 건, 이쪽을 주목하고 있다는 뜻이 된다.

이 정도라면 잘 될지도 모르겠네.

"모험자들을 구조하러 가자. 보통 샐러맨더들이여! 전진!"

내가 호령하자 샐러맨더가 전진하기 시작했다. 나는 "같은 편입니다~. 일반적인 모험자가 도우러 왔습니다~"라고 소리친 뒤에, 창을 손가락으로 건드려서 샐러맨더를 조작하기 시작했다.

마법 유지는 세실 담당. 조작은 내가 담당한다.

"―작전 개시!"

『오오오오오오오오오!』

『부오? 부오오오오오오오!!』

돌격해오는 샐러맨더를 향해, 오크― 멧돼지 머리의 마물이 도끼를 내리쳤다.

하지만 그 도끼는 샐러맨더의 불길을 깎아냈을 뿐.

샐러맨더는 오크의 공격을 가볍게 피하고, 그 코끝을 때렸다.

『부우우우오오오오오오오!!!』

얼굴을 덮치는 불꽃과 열기에, 오크가 비명을 질렀다.

"회피 루틴을 우선. 속도 중시. 달라붙어─ 불꽃으로 상대를 때리는 것처럼."

나는 샐러맨더에게 지시를 보냈다.

오크의 공격을 회피하며, 샐러맨더가 오크의 가슴, 등, 목줄기를 발톱으로 때렸다. 공격력은 상대가 더 좋다. 이쪽의 무기는 속도와 숫자. 그리고 온몸을 감싸는 불길이다.

하지만 아무래도 **여섯 마리** 동시 조작은 힘드네. 오랫동안 조작하면 손가락에 쥐가 날 것 같다.

빨리 끝내자.

"오크는 도끼를 세로로 내리치고 있어. 이쪽은 가로 방향 회피 중시로! 무리는 하지 말고!"

『오오오오오오!』

『부우우우아아아아아아!!!』

적 오크는 네 마리. 그 중에 두 마리는 모험자들과 교전 중이다. 이쪽은 나머지를 3대 2로 상대하고 있다.

샐러맨더들이 오크 주위를 뛰어다닌다. 힘은 오크가 더 좋아도, 이쪽은 속도를 한계까지 높여 놨다. 달라붙고. 끌어안는다. 지방이 많아 보이는 오크의 몸에 불을 붙인다!

"부어어어어어어!!! 부오어! 부오어어어어!!"

오크의 배에 화살이 맞았다.

숲속에 있는 놈들이 잘못 쏜 것이다. 온몸을 감싸는 불꽃 때문에 샐러맨더한테는 맞지 않는다. 상처를 입는 건 오크뿐이다.

『오오오오오오오오오오———!』

『부오어어어아아아아아아아아! 꺄아아아아아아!!!』

움직임이 둔해진 오크를, 샐러맨더가 끌어안았다.

불꽃이 적에게 옮겨붙었다. 그리고, 절규. 적이 겁먹기 시작했다. 이만하면 됐으려나.

"마물 놈들아, 들어라! 너희는 이미 포위당했다! 숲으로 들어간 우리의 동료가 불을 지르는 것이 안 보이는가?!"

내가 소리쳤다. 말은 통하지 않아도, 숲을 가리키고 있다는 건 알아볼 테니까.

『부어?!』

오크들의 움직임이 멈췄다.

숲속에서 연기가 피어올랐다. 고블린들의 화살도 어느샌가 멈췄다.

『부어어? 부어? 부어어어어어어어?!!』

오크들은 숲에서 피어오르는 연기와 샐러맨더가 끌어안고 있는 동료를 봤고, 그대로—

뒤로 돌아서 도망쳤다. 작전 성공이다.

포위당했다고 생각하게 만들었다.

사실은 아니었다. 세실이 불러낸 샐러맨더 중에 나머지 세 마리가 날뛰고 있을 뿐이다.

우회해서 몰래 숲으로 들어간 샐러맨더들이 풀을 살짝 태우고 있다. 하는 김에 숲에 숨어 있던 궁병 고블린들을 마구 위협했다. 그리고 고블린 궁병들은 뿔뿔이 흩어져서 도망쳤다.

내 눈앞에는 창이 있어서, 샐러맨더가 보는 것들이 비치고 있다. 고블린 궁병이 도망친 것도, 그대로 돌아오지 않는 것도 전부 확인했다.

『부어어어어어어!』

남은 오크 두 마리가 비명을 질렀다. 하지만 놈들은 이미 도망칠 수가 없다. 샐러맨더의 불이 팔다리에 완전히 옮겨붙었다. 제대로 뛸 수도 없다. 샐러맨더가 달라붙어서 불덩어리가 돼버렸고, 그냥 다 타버릴 뿐이다.

"좋았어. 작전 성공. 이 틈에 여기서 떠나자!"

내가 그렇게 말했을 때, 말발굽 소리가 들려왔다.

『나리~! 기다렸슴다! 찾아서 데리고 왔슴다요!』

보통 사람한테는 "히힝~"이라고만 들릴 목소리가 들려왔고, 우리 말— 피클이 달려왔다. 그 뒤에는 다른 말 두 마리가 따라오고 이다. 짐마차를 끌던 말들이다. 우리가 싸우는 동안, 피클한테는 말들을 찾아달라고 부탁했다. 같은 말이니까 도망칠 만한 곳도 잘 알 테고, 말도 통한다. 역시나 이르가파 영주 가문의 마차 끄는 말. 정말 우수하네.

"우와~ 이거 진짜 우연이네~."

"우리 말이 짐마차 말을 찾아서 데리고 온 것 같아요~."

"이런 일도 다 있네~. 깜짝이야~."

"…………그, 그래."

모험자 파티 리더의 눈이 점처럼 작아져 있기는 했지만, 일단
은 무시~.

그들을 재촉해서 말들을 짐마차에 매게 하고, 우리는 우리 마
차가 있는 곳으로.

마물이 돌아오기 전에 재빨리 출발했다.

제4화 「설명회에 늦을 것 같은 후보자의 구제 처치 와 봐서는 안 되는, 떨어트린 물건」

"······미, 미안하다. 덕분에 살았다··········."

짐마차 호위 파티의 리더는 숨을 헐떡이면서 우리한테 고개를 숙였다.

마차에 머리를 부딪치는 건지, 퍽퍽 소리를 내면서 몇 번이나 고개를 숙였다.

"창피하군······ 너희를 얕보고는······ 이 꼴이다. 용서해다오······."

"아뇨, 저희는 운 좋게 적의 허를 찔렀을 뿐이니까요."

그 뒤로 약 한 시간이 지났다.

우리는 매우 서둘러서 가도를 따라 달려갔고, 주위가 탁 트인 곳에서 마차를 세웠다.

그리고 지금은 휴식 중. 마차 주위에서는 상처 입은 모험자들이 상처를 치료하고 있다.

"생각했던 대로, 동료들의 상처가 심하군······. 아니, 이 정도로 끝나서 오히려 감사해야 하려나."

짐마차 호위 파티의 리더가 말했다.

멤버 일곱 명 중에 절반이 부상.

짐마차도 차축이 휘어서 수리하는 쪽이 좋을 것 같은 상황이었다.

"자네들에게 감사한다. 나 자신이 너무나 창피하다. 쓸데없는 고집을 부려서 위기에 빠지고, 게다가 도움까지 받다니……."

"아뇨 뭘. 저희가 늦지 않게 도착한 것도, 도와드릴 수 있었던 것도, 그냥 우연이거든요. 운 좋게 적한테 크리티컬이 들어갔을 뿐이고요."

"숲에서 연기가 피어오른 건?"

"샐러맨더가 중간중간 나뭇가지에 불을 붙여서 집어던졌어요. 마법으로 갑자기 소환했으니까, 걔들도 스트레스를 받았겠죠. 그걸 이용해서, 숲속에도 모험자가 있다고 생각하게 만들었어요."

"…………알았다."

파티의 리더(심홍색 반다나가 잘 어울리는 검사)는 고개를 끄덕여줬다.

이제 됐다고 했는데 몇 번이나 고개를 끄덕인 걸 보면, 나쁜 사람은 아닌 것 같다.

"우리는 오늘 하루 근처 마을에서 쉴까 하는데, 자네들은 어쩔 건가?"

"이대로, 다음 도시로 갈 생각입니다."

지금부터 가면, 해가 지기 전에는 도착한다.

맞은편에서 오는 캐러밴이 있을지도 모르니까, 마물의 정보도 전해주는 게 좋겠지.

좀 더 빨리 전할 방법도 있기는 한데―.

…………전파(?)가 아직도 닿으려나……?

『발신 : 나기 (수신 : 이리스)

내용 : 가도를 따라가다가 마물과 만났어. 뭔가 조직적으로 공격해오는 놈들이었고. 이리스가 아직 「샤르카」에 있다면, 「해룡의 무녀의 직감으로 삐리링, 하고 느낌이 왔다!」고 하면서, 마물의 소문을 퍼트려줘.』

『발신 : 이리스 (수신 : 오빠)

내용 : 괜찮습니다. 지금부터 샤르카에서 출발하─── 뭐요! 마물───?! 괘, 괜찮으신가요? 오빠, 세실 님, 리타 님이랑 레기 님, 다친 데는요?! 이리스도 지금 당장 그쪽으로 가겠습니다! 제발 떨어지세요 아이네 님, 라필리아 님! 이리스는. 이리스 느────은!』

그런 내용과 함께, 이리스가 걱정하는 얼굴의 아이네와 라필리아의 첨부 사진을 보내왔다.

『굿』하고 엄지손가락을 세우고 있는 세실과 리타의 사진을 보냈더니 진정됐지만.

"자, 그럼."

나는 몰래 창을 닫고, 커틀러스 씨 쪽을 봤다.

"그러고 보니까, 커틀러스 씨는 지금부터 기사 자격 설명회에 가신다고 했죠?"

"……예. 그래서, 근처 마을에서 하룻밤 묵게 되면……."

커틀러스 씨가 손꼽아 숫자를 세기 시작했다.

"솔직히, 시험 때까지 왕도에 도착하기 힘들 것 같지 말입니다. 하지만, 저는 짐마차를 지키는 것을 돕겠다고 약속했지 말입니다. 그 약속을 어길 수는……."

그렇게 세상이 끝난 것 같은 얼굴을 해도 말이야.

진심으로 기사가 되고 싶은 거구나…… 커틀러스 씨.

솔직히, 내가 참견할 입장은 아니지만…… 만약에 카틀러스 씨가 제대로 된 귀족을 섬기는 신분이 된다면, 우리 편이 돼줄지도 모른다.

채용 시험은 블랙이라도, 막상 일해 보니 깜짝 놀랄 만큼 화이트였다— 는 일도 없는 건 아니니까. 짐마차가 포위당했는데도 한 발짝도 물러나지 않는 커틀러스 씨라면, 성실한 귀족이 아니면 성격이 맞지도 않을 테니까, 그런 사람의 마음에 들 가능성도 클 것이다.

"커틀러스 씨. 괜찮으시다면, 저희와 함께 다음 도시까지 가시겠습니까."

이 정도는 괜찮겠지.

원래 세계에서 아르바이트하던 곳에서, 취업 활동 채용 면접을 보러 가는 사람을 위해서 근무 일정을 바꿔주는 일 정도는 있었으니까. 그 연장선이라고 생각하자.

"저희의 지원이 너무 늦지 않았던 건, 커틀러스 씨가 짐마차를 지켜준 덕분입니다."

짐마차 호위 파티의 리더에게 말했다.

커틀러스 씨의 일은 어디까지나 호위의 보조고, 보수는 여행의 안전과 그동안의 식사 같은 것들이다.

솔직히 말해서 무보수나 마찬가지고, 도르골 씨의 생각은「젊은이를 돕고 싶다」였다.

"그러니까…… 호위 보조 역할로서는 충분히 하지 않았나 싶습니다. 커틀러스 씨가 정말로 바쁘다면, 저랑 같이 가도 될까요?"

"저기, 저는…… 하지만…….."

탁.

커틀러스 씨의 등을, 짐마차 호위 파티의 리더가, 떠밀었다.

"의뢰주한테는 내가 말해둘게."

"리더 공……?"

"……널 위해서가 아니야. 우리 실수 때문에 미래의 기사님을 방해하기라도 하면, 의뢰주를 볼 낯이 없어서 그래. 멋있는 짓 좀 하게 해줘."

호위 파티의 리더는 쑥스럽다는 듯이 커틀러스 씨한테서 눈을 돌렸다.

이걸로 결정이다.

"그리고, 너희한테는 폐를 끼쳤다. 사죄하는 뜻으로 이걸 받아주게."

그 뒤에 모험자들의 리더가, 우리한테 스킬 크리스탈을 내밀었다.

"어떤 곳에서 입수한 스킬인데, 나한테는 안 맞는 것 같다. 괜찮다면, 써줘."

"……무슨 스킬인가요?"

"내 우유부단을 바로잡기 위해서 손에 넣은 스킬──『과단즉결 LV3』이다."

『과단즉결 LV3』
『행동』을『재빨리』『결정하는』스킬

""""""급하게 출발했다가 마물한테 습격당한 게 이거 때문이었
냐──!!""""""
짐마차 호위 파티의 딴죽이, 리더 분께 작렬했다.

"뭐라고 감사의 말씀을 드려야 좋을지 모르겠지 말입니다!"
우리는 다시 마차 여행을 시작했다.
전투 때문에 시간을 소비했으니까, 오늘 안에『날개의 도시 샤
르카』에 도착하는 건 무리다. 그래서 오늘은 그 앞에 있는 도시
에서 하루를 묵게 됐다. 그 스케줄로 가면, 간신히 시험에는 늦
지 않을 것 같다.
"이 은혜는, 반드시 갚도록 하겠습니다. 나기 공과 노예 여러
분께!"
"신경 쓰지 않아도 돼."
"저희는 나기 님 뜻에 따랐을 뿐이니까요."
"주인님이 돕고 싶다고 했거든. 고맙다는 말은, 나기한테."
세실과 리타는 내 뒤에 앉아서 커틀러스 씨를 관찰했다.

레기는 마검 상태인 채로, 어느새 커틀러스 씨 뒤쪽으로 이동
했다.

······성별을 체크하고 있는 건지도 모르겠네. 레기니까.

"그렇습니다! 동행하게 됐으니까 대금을 지불하고 싶지 말입
니다!"

"됐다니까. 그런 건."

"아닙니다, 제 마음이 편치 않으니──."

커틀러스 씨가 허리에 차고 있던 가죽 주머니 쪽으로 손을 뻗
었다.

주머니를 묶어둔 끈이, 끊어졌다. 아까 싸우던 중에 칼집이
들어갔던 걸까.

지갑 대신 차고 있던 가죽 주머니의 입이 크게 벌어지고─ 수
십 개의 동전이 떨어졌다.

"으아아. 으아아아──!"

바닥에 엎드려서 동전을 줍는 커틀러스 씨.

떨어진 것은 은화와 동화와─ 그리고,

왕관을 쓴 소녀의 옆얼굴이 새겨진, 동전이었다.

나는 반사적으로 『의식 공유·개량형』의 기록을 표시.

지금 내 시야에 있는 동전과 『서풍의 잔돈 사냥꾼』이 가지고
있던 동전을 겹쳐봤다.

─딱 겹쳐졌다. 한 치도 어긋나지 않고.

"……이거…… 왕자나 공주가 태어나면 만드는 기념주화지……?"

그것도, 일반적으로 유통되는 건 아니다.

이리스의 말에 의하면 가지고 있는 사람은 왕가와 그에 연관된 귀족뿐……이라는 것 같은데.

그걸 가지고 있다는 건—.

"커틀러스 씨는…… 왕가의 관계자. 어쩌면 왕자님…… 인가?"

"무, 무슨 말씀을 하시는 건지 말입니다?"

움찔, 하고 어깨를 떨고 나서— 정말로 깜짝 놀랐다는 얼굴로, 커틀러스 씨가 날 쳐다봤다.

"저는 왕가의 관계자 같은 것이 아니지 말입니다! 대체 무슨 말씀을 하시는 겁니까?!"

"그래?"

"당연하지 말입니다!"

커틀러스 씨는 브레스트 플레이트를 입은 가슴을 가리키며 선언했다.

"신께 맹세하겠습니다. 저는 왕자 같은 것이 아닙니다. 예, 절대로. 제가 그런 것이라면, 소마 님의 말을 뭐든지 듣도록 하겠지 말입니다!"

커틀러스 씨는 도리도리도리, 망가져서 떨어지는 게 아닌가 싶을 정도로 고개를 젓고—.

"……어쩔 수 없군요. 이렇게 도움을 받았으니까요. 소마 님 일행에게는 말씀드리겠습니다. 어째서 제가, 이 동전을 가지고 있는지……."

　―눈을 감고, 조용히 말하기 시작했다.

제5화 「모든 것을 드러낸 기사 지원자의 비밀이 의외로 어둠이었다」

여러분, 이 『왕가의 동전』을 잘 봐주세요.

진짜는 금화입니다. 하지만, 이건 동화죠?

이것은 가짜입니다.

왕가에 자식이 태어났을 때, 제 어머니가 기념으로 받은 것입니다.

제 어머니, 말이십니까?

예전에는 왕의 측실 분을 섬기던, 시녀였습니다.

어머니는 ―이유는 말씀하시지 않았지만― 시녀 일을 그만둔 뒤에, 임금님의 소개로 기사였던 아버지의 것이 되었다고 합니다. 낮은 신분인 탓에 정실부인은 되지 못했다는 것 같습니다.

부모님은 사이가 좋았다고 생각합니다. 어머니가 아버지께 시집을 가자마자, 제가 배 속에 있었다는 것 같으니까요. 예, 정말로 금세였습니다.

하지만 아쉽게도, 어머니는 몸이 약하셨습니다. 그래서 몸 상태를 생각해서 날씨가 좋은 곳에서 살기 위해, 서쪽에 있는 시골 마을에 집을 구해서 이사했다고 합니다.

아버지는, 딱 한 번 제 얼굴을 보러 오셨다는 것 같습니다. 가짜 『왕가의 동전』은, 그때 받았다고 들었습니다. 어머니는 눈물을 글썽이면서 제게 그걸 쥐어주셨다고 합니다.

어머니는 왕궁에서 멀리 떨어져 있어도, 왕가에 대한 충성심을 지니고 계셨습니다!

그 뒤로, 아버지는 단 한 번도 뵙지 못했습니다.

아버지께는 정실부인이 계셨으니까, 저를 공공연하게 드러낼 수는 없었겠죠.

어머니는 저를『훌륭한 남자아이』가 되도록 키워주셨습니다.

가짜『왕가의 동전』을 보여주시면서 '기사가 돼서, 역사에 이름을 남기세요'라고, 약골인 저를 격려해주셨습니다. 어머니는 병약하셨지만, 제게는 엄하셨습니다.

그 뒤에 어머니가 돌아가셨고, 저도 기사 자격을 받을 수 있는 나이가 돼서, 이렇게 왕도로 가고 있습니다.

이제 아셨겠지요? 제가, 왕가의 관계자 같은 것이 아니라는 사실을.

저는 어머니가 왕가와 관련이 있는 분을 아주 잠깐 섬겼을 뿐인, 그냥 평민입니다.

어라……?

여러분, 왜 그렇게 다른 곳을 보고 계시는 겁니까? 소마 님? 세실 공? 리타 공? 어째서 식은땀을 흘리시는 겁니까?!

……예? 정말로 왕도에 가도 괜찮겠냐고요? 라는 말씀이십니까?

물론입니다. 제게 있어 기사가 되는 것은, 어린 시절부터의 꿈이었습니다.

섬긴다면…… 그렇군요…… 부하를 생각하고, 노예에게도 상냥하고, 스스로 전선에 나서서 싸우시는 분이 좋습니다.

힘이 있어도 그것을 과시하지 않고, 약간 쑥스러워하면서 '어쩔 수 없지'라고 말하며 다른 사람을 돕는 분이 이상적입니다! 그런 분이 계시다면, 모든 것을 바칠 각오가 되어 있지 말입니다.

이런, 이야기하는 사이에 다음 도시가 보이기 시작했지 말입니다.

저는 도르골 님의 연줄을 이용해서, 내일 출발하는 캐러밴과 같이 움직이겠습니다. 도와주셔서 정말 감사합니다. 이 은혜는 평생 잊지 않겠지 말입니다.

그러니, 소마 님을 일단 『주공』이라고 부르도록 하겠지 말입니다.

아닙니다, 사양하지 마십시오. 진정 섬길 주인을 찾을 때까지, 기사라는 기분으로 있고 싶을 뿐이지 말입니다.

그럼 주공. 여기서 일단 실례하겠지 말입니다.

숙소는…… 서민 지역의 싼 숙소에 묵을 생각입니다. 내키신다면 놀러 와 주시면 감사하겠지 말입니다.

그럼 여러분, 몸조심 하시지 말입니다.

제가 훌륭한 기사가 됐을 때, 다시 뵙게 되면 좋겠습니다! 그럼 이만!

"……가버렸네."

"가버렸네요."

"가버렸어……."

시내의 큰길에서, 우리는 커틀러스 씨와 헤어졌다.

왠지, 엄청나게 피곤하다. 커틀러스 씨의 사연이 너무 무거워서…….

"저기, 세실, 리타."

"……예. 나기 님."

"……응. 무슨 말 하려는지, 알겠어."

"이 세계에서, 임금님이 측실의 시녀한테, 까딱 잘못해서 손을 대는 일이, 있어?"

"옛날이야기 같은 데서도 흔히 있어요."

"이상한 일은 아니지."

"그래서, 덜컥 아이가 생겨서, 그걸 부하한테 맡기는 일은?"

"……그걸 신뢰의 증명이라고 말하는 사람도 있다는 것 같아요."

"……비밀을 공유하는 거니까. 임금님도, 그 상대를 함부로 대할 수는 없겠지."

"""……큰일이네."""

우리는 나란히 한숨을 쉬었다.

솔직히, 사실인지 아닌지는 모른다.

소매치기 군단이 가지고 있던 것은 금화판 『왕가의 동전』의 반쪽이었고, 찾고 있던 것도 『소녀』였으니까. 커틀러스 씨가 가지고 있는 건 동으로 만든 『왕가의 동전』이고, 성별은— 어느 쪽이려나.

"커틀러스 씨가 기사가 되고, 정말로 왕가의 피를 이어받은 사람이라는 걸 알게 되면, 이 나라도 조금이나마 달라지려나. 멀리서나마 응원할게. 커틀러스 씨. 훌륭한 기사가 돼줘."

커틀러스 씨가 걸어간 쪽을 보며 중얼거렸다.

"과연 그렇게 될까."

등에서 마검 상태인 레기가, 뭔가 불온한 소리를 했는데.

커틀러스 씨와 헤어진 뒤에, 우리는 적당한 숙소를 잡았다.

적당하다고는 하지만, 세 사람이 한 방에 묵고 마차까지 맡기려면, 그럭저럭 수준이 되어야 한다. 그래서 커틀러스 씨가 묵는 서민 지역보다 조금 비싼, 이르가파 영주 가문에서 추천하는 숙소를 잡았다.

여기서 나는 오랜만에 세실, 리타와 같은 방에 묵게 됐는데…….

"죄, 죄송해요 나기 님…… 조금만 기다려주세요……."

"그, 왜. 여행이랑 전투 때문에 흙먼지투성이가 됐잖아? 그러니까…… 몸을, 깨끗하게 하려고. 조금만…… 기다려…… 줘."

두 사람은 완전히 긴장해서 "아무튼 몸가짐을 어떻게든 하겠습니다"라고 말하고는, 여관에서 더운 물을 받아서 몸을 씻기 시작했다.

그동안에, 나는 마차에 짐을 가지러 가게 됐다.

마검 상태인 레기를 데리고, 마차의 짐을 뒤지고 있는데—.

"……뭐야 이거."

낯선 물건이 마차 바닥에 떨어져 있었다.

금속제 판이다. 글자가 새겨져 있다.

그러니까……『기사 자격 수험 자격증』—『커틀러스 뮤트란』…… 뭐야.

"수험표잖아?!"

어느새 이런 게…….

아, 알았다.

커틀러스 씨가 지갑 안에 있는 것들을 쏟았을 때, 동전이랑 같이 떨어졌다.

그때, 우리는 전부『왕가의 동전』과 사연 얘기에 정신이 팔려 있었다. 그래서 수험표가 떨어진 걸 알아차리지 못한 건가…….

"저기, 레기."

『뭔가? 주인님.』

마검 상태인 레기가 왠지 즐거워하는 것 같은 목소리로 대답했다.

『혹시, 산책하자는 얘기인가?』

"응. 오늘 안에, 시내를 탐색해두고 싶어서 말이야. 서민 지역이라든지 어떨까?"

『좋구나. 이 몸으로서는 싸구려 숙소들이 모여 있는 곳을 추천

한다.』

"수험생이 묵을만한 곳 말이지. 그래. 그쪽으로 흘러 들어가는 일도 있을지도 모르겠네."

『이 도시는 낯선 곳이니까. 불가항력인가 하는 것이겠지.』

"『그렇겠지~』."

레기와 동시에 말하고 나서, 나는 『수험표』를 집어 들었다.

그리고는 둘이서, 밤 산책을 나가기로 했다.

커틀러스 씨의 숙소는 서민 지역에 있는 작은 곳이었다.

입구에서 이름과 사정을 말했더니, 여관 소녀가 본인에게 물어보러 갔다 와서는 방을 알려줬다.

우리는 바닥이 삐걱거리는 복도를 걸어가서 지정된 방문을 두드렸고, 이름을 말했다.

"주공?"

안에서 커틀러스 씨의 목소리가 들려왔다.

"숙소 분께 이야기는 들었습니다. 문은 조금 전에 열어뒀습니다. 꼴사나운 차림새이지만 용서해 주십시오."

"밤늦게 미안해. 마차 안에 잊어버린 물건이—."

나는 문을 열었다.

하얀 등이, 보였다.

커틀러스 씨는 바닥에 앉아서 몸을 닦고 있었다. 옆에는 김이 피어오르는 더운 물이 든 대야. 커틀러스 씨 손에는 젖은 천. 커틀러스 씨는 그걸로 가슴 언저리를 닦고 있다.

약간 부풀어 오른 것처럼 보이는, 작은 가슴을.

"무슨 문제라도 있지 말입니다? 주공."

눈앞에 있는 **소녀**가 일어서서, 이상하다는 눈으로 날 쳐다봤다.

이렇게 보니 그녀의 모든 것을 확실하게 알 수 있다.

살짝 가슴이, 부풀어 있고. 피부는 하얗고…… 그밖에 다른 부분도— 남자와, 다르다.

하지만, 이상하다.

도르골 씨는 커틀러스 씨를 『소년』이라고 소개해줬다. 본인도 그것을 부정하지 않았고. 여자라는 얘기는, 단 한마디도 안 했다. 이렇게 태연하게, 알몸인 채로 방에 들었다.

"커틀러스 씨 자신은, 자기가 여자라는 걸 모르고 있다……든지?"

"날카롭네. **커틀러스의**, 임시 주공."

그녀는, 감탄한 것처럼 말했다.

"……너는, 누구지?

커틀러스 씨가 아니다.

말투가 다르다. 커틀러스 씨는 온화하고 부드러운 말투인데, 지금 이 사람은 딱딱한데다 이쪽을 경계하는 것 같은 말투다. 강한 시선으로 우리를 빤히 보고 있다.

머리카락을 빗는 손짓도, 몸을 닦는 움직임도 섬세한 게— 여자 같다.

눈동자 색도 다르다. 커틀러스 씨는 파란색이었는데, 눈앞에 있는 소녀는 붉은 보라색이다.

"다른 사람…… 아니, 모습은 같아. 짐도, 우리랑 헤어졌을 때랑 똑같고. 쌍둥이도 아닌 것 같은데. 넌, 대체 누구야?"

"내게, 이름 따위는 없어요."

그녀는 일어나서 나한테 고개를 숙였다.

마치, 여기가 왕궁 복도라도 되는 것처럼.

"나는 『이름 없는 존재』. 커틀러스 안에 있는 또 하나의 인격이야. 역할은 커틀러스를 지키는 것. 그 아이가, 자신의 성별과 자신의 출생을 알아차리지 못하도록."

"그렇다면 커틀러스 씨는…… 이중인격이라는 뜻인가?"

"그래. 하지만, 커틀러스는 아무것도 몰라. 그 아이 안에 있는 『내』가 계속 도와줬으니까.

그녀는 알몸인 채로 무릎을 굽혀서 바닥에 놓아둔 가죽 주머니를 집어 들었다

안쪽에 있는 숨겨둔 주머니에서 작은 동전을 꺼냈다.

"그리고, 이게 커틀러스의 출생을 증명하는 물건."

그리고는 손바닥 위에 얹어놓은 동전을 나를 향해 내밀었다.

금색의, 반달 모양 동전— 하이스펙 소매치기 군단이 가지고 있던 것과 반대쪽, 반쪽이다.

"그 가짜는 어머님의 것. 내가 받은 건, 이거야. 커틀러스는 이게 있다는 걸 모르니까."

"그쪽이 진짜…… 『왕가의 동전』인가."

"맞아, 주공. 모든 이가 잊어버린 내 이야기, 들어주겠어?"
소녀는 미소를 지으며, 그렇게 말했다.

제6화 「이름 없는 공주님은 자기를 『여자아이』로 만들어주기를 바랐다」

"나는 내 이름을 몰라. 아버지가 지어준 이름이 있었다는 것 같지만, 어머니는 단 한 번도 그 이름으로 불러주지 않았으니까."

커틀러스의 얼굴을 한 소녀는 바닥에 앉은 채로 날 보고 있었다.

알몸으로.

"이야기 시작하기 전에, 옷을 입어주면 안 될까."

내가 그렇게 말하자 그녀는 자기 몸의 모양을 확인하려는 것처럼 팔을 들고, 가슴을 보고, 그리고는 내 쪽으로 시선을 옮기고, 천천히 고개를 젓고는―.

"무리야."

"어째서?!"

"나는, 커틀러스가 『여자』를 강하게 의식했을 때 나타나는 인격이니까. 남자 옷을 입으면 마음속 깊은 곳으로 숨어버리게 돼."

……그런 「이 인간이 무슨 소리를 하는 거야」 같은 표정을 지어도 말이야.

"아니, 그래도 좀 불편하니까."

"어쩔 수 없네."

커틀러스 씨 얼굴을 한 소녀는 침대 위에 놓아뒀던 천을 가슴과 허리에 감았다.

"이러면 되지? 그럼, 내 이야기를 들어 줘."

"알았어."

우리는 여관 바닥에 마주 앉았다.

"먼저 이야기를 들어주는 보수로— 이걸 줄게."

소녀는 내게, 손바닥에 올려놓은 물건을 내밀었다.

두 개의 『왕가의 동전』(하나는 가짜)이었다.

"필요 없어!"

"암시장에 팔면 수천 아르샤는 될 텐데."

"위험 부담이 너무 커. 왕가에 알려지기라도 하면 감옥에 들어가는 정도로 끝나지 않을 테니까."

"그렇다면, 충성을."

스윽, 커틀러스 씨 얼굴을 한 소녀가 내 앞에서 무릎을 꿇었다.

"저는 당신을 위해 단 한 번, 제 모든 것을 바칠 것을 『계약』하겠습니다."

소녀는 애원하는 눈으로 날 쳐다봤다

그렇게까지 신뢰받을만한 짓은, 한 적이 없는데.

"……일단 사례 같은 건 됐고. 이야기만 들을 거니까."

"감사합니다, 주공."

소녀는 자세를 바꿔서 앉고, 그러다가 배까지 흘러내린 천을 바로잡고는 날 쳐다봤다

"할 얘기는, 내 출생과 왕가에 대한 것."

그리고는 이야기를 시작했다.

"이룰 수 없는 꿈을 꿔버린 어머니와 거기에 휘둘린 아이의

이야기입니다―."

나에 대해서 알고 있는 사람은 기사인 아버지와 어머니, 왕과 그 측근뿐.

기사였던 아버지는, 어머니에게 『왕가의 동전』을 주고 떠나버렸습니다.

……예, 당연히 진짜 아버지는 아닙니다.

제 아버지는 국왕 리카르도 리그나달. 왕도에 계신 분입니다.

어머니는 그 사실을 자세히 말하지 않았죠.

말한 것은, 어머니가 폐하에게 단 한 번 총애를 받았고, 그때 내가 생겼다는 것.

그 때문에 모시던 분의 시샘을 샀고, 괴롭힘을 받았다는 것.

국왕이 귀찮은 것을 치워버리기 위해서 젊은 기사에게 어머니를 양도했다는 것. 젊은 기사는 명령을 거스르지 못했고, 그러면서도 약혼자가 있는 몸이다 보니 어머니를 아내로 삼을 수도 없어서…… 결국, 집만 주고 내버렸다는 것. 어머니가 거기서 도망쳐서, 아는 사람이 아무도 없는 마을에서 커틀러스와 둘이서 정착했다는 것.

어머니는, 자신이 국왕의 비가 될 거라고 생각했던 것 같더군요.

상식적으로 생각해보면 알 수 있는 일인데. 그런 일은 말도 안 된다는 걸. 정말이지.

하지만…… 소원이 이루어지지 않은 탓에 어머니는 정신의 균형이 무너졌고, 이상한 생각을 하게 됐습니다.

그것이, 커틀러스를 기사로 만드는 것.

커틀러스를 기사로 만들고, 귀족을 섬기게 해서, 출세하게 한다. 그리고 자신이 편하게 살도록 해줬으면 좋겠다. 어머니는 계속 그렇게 말했습니다.

예? 무리라고요? 언젠가 여자라는 게 들킨다고요?

그렇습니다. 들킬 테고, 『왕가의 동전』에 대한 것도 알려지겠죠. 그렇게 되면 어떻게 될까요?

……귀족은, 커틀러스를 이용하려고 생각할 거라고?

예. 정답입니다.

아무래도, 누구에게도 알려지지 않았던 국왕의 딸입니다. 이용할 가치는 얼마든지 있겠죠.

귀족이 커틀러스를 방패로 삼으면, 왕가도 그 아이의 존재를 인정할 수밖에 없게 됩니다.

그리고, 어머니는 국왕의 자식을 훌륭히 키운 여성으로서, 사람들에게 칭찬을 받게 되겠죠…….

그것이 어머니가 바란 일이었습니다.

정말이지! 머릿속에 꽃밭이 펼쳐져 있는 시골 여자가 생각할 만한 일이죠! 그렇게 잘 될 리가 없는데. 암살당하든지, 유폐 당하든지, 외교 도구로 이용당하든지, 그런 게 고작이겠죠.

만에 하나 성공하더라도, 커틀러스 씨의 자유의지는, 말인가요?

……주공은, 좋은 분이군요.

하지만, 뭘 모르시는군요. 외동딸을 『훌륭한 남자아이』로 키울 정도로 망가져 버린 여성이, 자식의 입장 따위를 생각할 리가 없지 않습니까.

예? 애당초, 어째서 커틀러스는, 자기가 여자라는 걸 알아차리지 못했지, 말인가요?

하나는 커틀러스가 남자와 여자의 차이를 전혀 모르기 때문입니다.

참고로 기사의 스킬은, 마을에 있던 몸이 불편한 노기사에게 배웠습니다. 커틀러스와 접점이 있는 상대는, 어머니와 그 사람 정도입니다.

친구? 있을 리가 없지 않습니까?

어머니는 항상 「너는 기사가 돼야 합니다. 천박한 아이들과 놀아서는 안 됩니다!」라고 하면서, 동네 아이들과 사이좋게 지내고 싶어 하던 커틀러스를 때리고 야단치기만 했으니까요~.

그런 교육방침으로 키웠는데, 커틀러스는 정말 착한 아이로 자랐다니까요!

솔직하고 귀엽고, 정의감이 넘치는, 제 자랑스런 저 자신입니다…… 아, 말이 좀 이상하군요.

하던 이야기로 돌아가겠습니다.

이 「커틀러스」라는 이름도 어머니가 지은 것. 처음에 있던 마을을 떠나, 연줄을 더듬어서 다른 마을로 옮겨갔습니다. 기사

아버지는 찾으러 오지 않았습니다.

하이스펙 소매치기 군단이 『왕가의 동전』을 가진 소녀를 찾던 이유, 말인가요?

……아마도, 어떤 이유로, 기사 아버지가 딸을 생각해낸 게 아닐까요.

그래서 어디 있는지 찾으려고 마을로 갔다.

하지만 거기에는 어머니도 커틀러스도 없었죠. 그래서 근처 마을과 도시에서 『왕가의 동전』을 가진 사람을 찾으려고 했겠죠.

저는, 커틀러스가 『나는 여자』라고 알아차리지 못하도록 존재하는 것.

커틀러스가…… 자신이 여자라는 것을 알아차릴 것 같으면, 제가 나와서 도와줍니다. 그래서 「너는 여자다」라고 말해봤자, 커틀러스에게는 전해지지 않습니다.

그동안의 기억은 적당히 조작되는 것 같더군요?

……아니, 딱히 저는 그걸 고생이라든지, 불행이라고 생각하지 않습니다.

커틀러스를, 정말 좋아하니까요.

정말 좋은 아이랍니다~. 솔직하고, 긍정적이고.

꼭 좋은 주인을 만났으면 싶군요. 상냥하고, 친절하고, 그러면서도 서툴고, 어느샌가 신뢰하게 되는. 그런 주인을— 상냥하고, 친절하고— 예? 어째서 두 번 말하냐고요? 중요한 일이니까요. 아뇨, 짚이는 사람이 없다면 됐고요~. 딱~히~요~.

그러니까, 커틀러스는 왕가의, 잃어버린 공주님이었습니다.

짝짝짝.

애기는 여기서 끝입니다.

들어주셔서 감사합니다.

상상보다 훨씬 무거웠다.

그나저나 커틀러스 씨 어머니가 보통 망가진 게 아니었네.

그 사람…… 자기 아이를 이용해서, 왕가에 화풀이라도 하려던 생각이었나…….

"……어라?"

어느새 나는, 내 가슴 언저리를 누르고 있었다.

커틀러스 씨의 이야기를 듣는 사이에, 어째선지 심장 고동이 빨라졌기 때문이다.

……아, 그렇구나. 내 어머니 생각이 나서 그랬나.

커틀러스 씨의 어머니는 자기 아이에게 집착하고, 조종했다. 내 부모님은 날 버리고, 사라졌다. 하는 짓은 다르지만— 어째선지, 닮았다는 생각이 들었다.

"……커틀러스 씨의 사정과 정체는 알겠는데 말이야."

나는 심호흡을 한번 하고, 말했다

옛날 일을 생각해봤자 소용이 없다. 지금은 커틀러스 씨 문제만 생각하자.

"앞으로 너와 커틀러스 씨는, 어떻게 할 거야?"

"아무것도 안 합니다"

소녀는 고개를 가로저었다.

"커틀러스는 어머니의 말에 사로잡혀 있습니다. 이대로 왕도에 가서, 기사 시험을 보겠죠."

"합격하면?"

"기사가 되고, 정체가 들키고, 정치적 도구로 이용당하겠죠. 그걸 막기 위해서는, 기사가 되는 것을 포기하게 만드는 수밖에 없습니다."

"하지만, 커틀러스 씨는 그걸 받아들이지 않겠지?"

"그 아이는, 기사가 된다는 삶의 방식밖에 배우지 않았으니까요."

현재 상황에서, 커틀러스 뮤트란의 존재는 왕가도 소매치기 군단도 모른다.

하지만, 커틀러스 씨가 이대로 기사가 된다면 이야기가 달라진다.

기사로서 귀족을 섬기기 시작하면, 언젠가는 여자라는 사실을 들키게 된다.

귀족을 섬기는 상태에서 정체가 들키면— 틀림없이 정치적 도구가 된다. 귀족이란 사람들은, 이용할 수 있는 건 용이건 성녀의 유산이건 가리지 않고 욕심을 내니까.

"커틀러스 자신이 선택한 길이니까, 저는 딱히 불만이 없습니다."

소녀는 쓸쓸하다는 듯이 고개를 숙였다.

"커틀러스가 제대로, 자신이 여자라는 사실을 알고, 왕가의 사람이라는 것을 자각하고, 그리고 나서도 기사의 길을 선택한다면, 저는 그래도 좋습니다."

"하지만, 지금의 커틀러스 씨는, 아무것도 몰라."

"예. 그 아이는 죽은 어머니의 지시대로 움직일 뿐입니다. 다른 삶의 방식이 있다는 것은 생각도 못 하죠. 크면 기사가 된다. 그리고 평생 주군을 섬기겠다. 그렇게 사는 방법밖에 모릅니다."

"……너무 서투르네."

"그렇게 생각하시죠? 그래서, 주공께 부탁드릴 것이 있습니다."

소녀가 번쩍 고개를 들고, 날 바라봤다.

"들어주시겠습니까."

"내가 할 수 있는 일이라면."

커틀러스 씨가 앞으로 걸어가려는 길은, 솔직히 말해서 지뢰밭이다. 그 전에 자기 정체와 적성을 알아차리고 진로를 다시 생각하는 게 좋을 것 같다.

그것을 권하는 것은 다른 인격이기는 해도, 커틀러스 씨 본인이니까.

조금 지나서, 소녀는 흐읍, 하고 숨을 들이쉬고―.

새빨간 얼굴로, 날 똑바로 쳐다보며, 선언했다.

"커틀러스를 여자로 만들어주세요!"

"『그래, 좋다』!"

"역시 주공! 이해가 빠르시군요! 그런데…… 어째 목소리가 다른 것 같습니다만? 그리고, 어째서 등에 메고 있던 검을 창밖으로 버리려고 하시는 겁니까?"

"……미안해. 한 번 더 부탁해."

나는 날뛰는 마검 레기를 무릎 위에 올려놓고, 다시 앉았다.

"커틀러스를, **자기가 여자라는 걸 깨닫게** 만들어주세요."

"……아, 그런 얘기구나."

『……쳇.』

인마, 마검 상태로 혀 차지 말라고. 레기.

"커틀러스 씨한테 자기 정체를 자각하게 만들라는, 얘기야?"

"예. 그렇게 하면, 스스로 자신의 길을 선택할 수 있게 될 것입니다."

내 말에, 이름도 없는 소녀가 고개를 끄덕였다.

"그런데, 어째서 나한테?"

"그것은 주공이, 커틀러스가 처음으로 틈을 보인 상대이기 때문입니다."

소녀가 말했다.

"지금까지 커틀러스는 몸을 씻고 있을 때, 사람이 다가오지 못하게 했습니다. 그런 짓을 해서는 안 된다고, 어머니가 신신당부를 했으니까. 하지만, 커틀러스는 당신을 방에 들였습니다. 그것은 당신을 신뢰한다는 뜻입니다. 그러니, 부탁드리고 싶습니다."

"구체적으로는?"

"커틀러스에게, 여자의 즐거움을 알게 해주세요."

"예쁜 옷을 입거나, 같이 걷거나, 놀러 간다든지?"

"그런 느낌입니다. 단."

소녀는 진지한 얼굴로, 나를 봤다.

"제가, 나오지 않는 정도로."

"엄청나게 어렵네."

"제가 커틀러스의 분신인 것처럼, 커틀러스도 제 분신입니다. 취향은 같습니다. 커틀러스도 귀여운 것이나 맛있는 것─ 마음에 든 분과 같이 걷는 것을 바라고 있을 것입니다. 그렇게, 여자로서 대해주면, 커틀러스도 자신의 정체를 알아차릴지도 모릅니다."

단, 시간은 한나절.

오후가 되면 커틀러스 씨는 캐러밴과 함께 다음 도시를 향해서 출발해버리게 된다.

자기 정체도 모르는 채로, 기사가 되기 위해서.

"어렵다는 것은 알고 있습니다. 그래서, 보수는 제 안에 있는, 이 스킬을 사용할 권리로."

소녀는 자신의 가슴에 손을 대고, 자신의 스킬에 대해 말하기 시작했다.

『신의 시대 기물 적성』

가장 오래된 시대에 만들어진 매직 아이템 『아티팩트』를 다룰 수 있다.

또한 거기에 새겨진 문자를 읽는 것도 가능.

왕가나 고위 귀족의 피를 이어받은 자에게, 때때로 발현하는 스킬.

"이것을 자유롭게 다룰 권리를 바치겠습니다. 커틀러스는 이 스킬을 인식할 수 없기에, 제가 있을 때로 한정되지만."

"그 보수는 보류해도 돼."

"어째서요?"

"지금으로서는 쓸 일도 없고, 일하고 걸맞지도 않으니까. 보수는…… 그래. 명명권(命名權)이면 돼."

"명명권?"

원래 세계에서는 흔하게 있었던 일이다.

야구장이나 건물 같은 데 이름을 지어줄 권리.

"내가, 너를 원하는 이름으로 부를 권리. 이름이 없으면 불편하잖아."

"……주공은, 신기한 생각을 하시는군요?"

"커틀러스 씨의 어머니는, 너를 뭐라고 불렀어?"

"어머니는 소녀인 저를 싫어해서, 기본적으로 없는 것으로 취급했습니다. 굳이 말을 걸어야 할 때는…… 『텅 빈 것』이라고."

뿌득.

나도 모르게, 이를 갈았다.

없는 것으로 취급. 그래서 이름도『텅 빈 것』…….

그게…… 자기 자식한테 지어줄 이름이냐고.

"……알았어. 좋은 이름을 생각해둘게."

"예, 주공. 커틀러스를, 잘 부탁드리겠습니다……."

그리고 그녀는 옷을 입고, 눈을 감고, 뜨고, 눈을 깜박이고—.

"어라? 주공. 어느새?"

커틀러스 씨로 돌아와 있었다.

역시 눈동자 색이 달라졌다. 조금 전까지는 붉은 보라색이었는데, 지금은 짙은 파란색이다.

마법의 세계니까. 인격이 달라지면 눈 색도 미묘하게 변화하는 건가.

"실례했지 말입니다!"

커틀러스 씨가 나를 향해서 고개를 깊이 숙였다.

"여독 때문인지 꾸벅꾸벅 졸았던 것 같습니다. 그리고…… 제가 어느새 옷을 입은 거지 말입니다? 아, 주공께서 입혀주신 것이지 말입니다?"

그렇구나. 커틀러스 씨의 기억을, 이렇게 도와주고 있는 건가.

"그런데 말이야, 커틀러스 씨한테 부탁이 있는데."

"예, 뭐든 분부만 하시지 말입니다!"

커틀러스 씨가 탁, 하고 가슴을 때렸다.

"주공께는 입은 은혜가 있습니다. 또, 이렇게『수험표』도 전해주셨지 말입니다. 제가 할 수 있는 일이라면 뭐든지 하겠지 말입니다!"

"내일 조금만, 나랑 같이 다녀줄래."

내가 말했다.

"다음 도시로 가기 전에, 커틀러스 씨랑 같이 거리를 걷고 싶거든. 이 도시의 관광 명소라든지 말이야. 커틀러스 씨한테도, 보여주고 싶은 게 있고."

"기꺼이 함께 하겠지 말입니다!"

커틀러스 씨는 작은 주먹을, 천장을 향해서 내질렀다.

"주공의 권유를 거절하는 것은 있을 수 없는 일이지 말입니다."

"다행이네."

"그나저나…… 주공께 꼴사나운 모습을 보여드리고 말았습니다. 옷을 입혀주시다니, 이제 와서 창피해졌지 말입니다."

"괜찮아, 그건."

"하지만, 주공이시라서 다행이지 말입니다. 만약에 여성이 방에 들어와 있었다면, 큰일이 날 상황이었지 말입니다."

"큰일?"

"어머니께서 말씀하셨지 말입니다.『커틀러스, 너는 처음으로 알몸을 보인 이성 주인에게, 몸도 마음도 바치고 섬겨야 한단다』라고. 하지만, 주공이라면 같은 남자이니 문제는 없겠지 말입니다!"

……이봐.

커틀러스 씨네 어머니. 당신, 자식한테 대체 무슨 짓을 시키려고 한 거야…….

"물론, 저는 어머니의 명에 따를 생각— 어라? 주공, 벌써 돌

아가시는 겁니까? 예. 내일 일은 기대하겠습니다. 이거, 너무
두근두근해서 잠이 안 올 것 같지 말입니다. 안녕히 주무십시
오, 저의 주공."

제7화 「정의의 기사에게는 『공주 기사의 리본』이 정말 잘 어울렸다」

우리가 있는 이 도시는, 휴양지 미슈릴라와 날개의 도시 샤르카의 중간에 있다.

구체적인 장소는 비룡 가르페와 만났던 바위산을 지난 곳이고, 가도의 분기점 근처다.

휴양지로 가는 중간에 있는 덕분에, 귀족이나 상인들도 자주 머문다는 것 같다.

그런 이유 때문인지 작은 도시 치고는 꽤 번성하고 있다.

교역도 왕성하고, 휴양지 미슈릴라까지 가지고 가기엔 너무 큰 상품이라든지, 저쪽에서 팔다 남은 물건 같은 것들을 싸게 구할 수도 있다는 것 같다.

"이 도시에 있는 동안에, 커틀러스 씨를 눈뜨게 해야 한다는 건가……."

오늘 정오가 지나면, 커틀러스 씨는 상인 캐러밴과 같이 이 도시를 떠난다.

그 때까지 그녀에게 「여자로서의 즐거움」을 깨닫게 해주는 것이 내 목적이다.

「또 한 사람의 커틀러스 씨」가 제안한 것은 다음 세 가지.

(1) 같이 걷는다.

(2) 귀여운 옷으로 꾸며준다.

(3) 맛있는 것을 먹는다.

이걸 순서대로 시험해보자. 살짝, 치트도 섞어서.

"오래 기다리셨습니까!"

"아니, 지금 막 왔어."

여관 앞에서 기다렸더니, 커틀라스 씨가 딱 제시간에 나타났다.

오늘은 갑옷을 입지 않았다. 바지와 얇은 상의. 숏 소드를 허리에 차고 있다.

"죄송합니다. 짐을 챙기는데 시간이 걸렸지 말입니다. 돌아오면 바로 출발해야 하기에."

"하나 확인할 게 있는데, 괜찮을까."

"예, 괜찮지 말입니다."

"오늘은 아무 말도 하지 말고, 나만 따라와 줬으면 좋겠어."

"물론이지 말입니다!"

"바로 대답하네!"

"주공은 제 은인이시지 말입니다. 따라오라고 말씀하신다면 어디건 따라갈 생각이지 말입니다. 그것이 기사의 충성이라는 것이지 말입니다."

오늘은 그녀가 나오지 않도록 하면서, 커틀라스 씨가 자신의 정체를 자각하게 해야만 한다.

아는 사람이 아무도 없는. 누구도 그 존재를 모르는 소녀. 부탁할 수 있는 상대는 세상에 나 하나뿐이고.

그렇다면 한 번쯤, 그녀의 부탁을 들어줘도 되겠지.

"그런데, 주공."

"왜?"

"세실 공과 리타 공은, 어째서 골목길에서 이쪽을 빤~히 보고 계시는 거지 말입니다?"

"……음…… 그러게. 궁금하네……."

어제, 설명했는데 말이야. 오늘은 커틀러스 씨의 개인적인 문제에 어울려주기로 했다고, 말이지.

그녀의 정체까지는 말하지 않았다. 일단은 의뢰자의 개인정보니까.

"시선이 느껴지지 말입니다. 뜨겁군요. 주공, 저 두 분은 뭘 하고 계시는 것이지 말입니다?"

"호위려나?"

"그렇군요, 몰래 주인을 지키고 계시는 것입니까. 훌륭하신 분들입니다. 기사와 노예, 입장은 다르지만 주군을 섬긴다는 것은 저러한 것이지 말입니다!"

정말 좋은 사람이네, 커틀러스 씨.

"그래서, 오늘 예정은?"

"그러니까아. 이 도시 관광지를 보고, 쇼핑을 하고, 그리고 식사려나."

"그렇군요. 마치 데이트 같지 말입니다!"

"그건 아니지~. 우린 남자잖아~."

"그렇지 말입니다~."

""하~ 하하~.""

그런 느낌으로, 우리는 나란히 걸어갔다.

"일단, 이 도시에 온 사람이 반드시 들르는 곳이 있다는 것 같으니까, 거길 가볼까 하거든."

어제 여관에서 물어보고 얻은 정보다.

『샤르카』처럼, 이 도시에도 여행자들이 『여행의 평온』을 기원하는 장소가 있다는 것 같다.

"혹시, 이 도시의 모뉴먼트 말씀이시지 말입니다?"

"알고 있어?"

"예, 이 도시에서 『샤르카』로 가는 사람들이 반드시 들르는 곳이지 말입니다. 『천룡의 날개』를 만나기 전에 들러야 한다고, 고향 마을에서는 유명했지 말입니다. 장소는……."

커틀러스 씨는 멈춰 서서 길의 위치, 건물의 위치를 확인했다.

목적지의 방향을 알았는지, 내 손을 잡아끌며 걸어갔다.

"가시지요. 주공. 저도 그게 보고 싶다고 생각했지 말입니다. 『천룡의 날개』를 뵀을 때, 실례가 되지 않도록."

"……이게, 이 도시의 모뉴먼트인가."

커틀러스 씨가 (헤매면서) 안내해준 건물 앞에서, 우리는 거대한 벽화를 보고 있었다.

"옛날에, 이 도시에 있던 예술가가 그린 『천룡의 벽화』이지 말입니다."

커틀러스 씨가 말했다.

벽화 주위에는 많은 사람들이 모여 있었다.

하나같이 벽화를 향해 손을 맞대거나 고개를 숙이고 있었다. 벽화 앞에는 헌금통 같은 것이…… 아니, 아무리 봐도 헌금통이네. 다들 돈을 넣고, 손을 맞대고 기도하고 있으니까.

"……전에 지나갔을 때, 여기 들를 걸 그랬네."

그랬으면 미라 비룽 라이지카한테도, 이 그림 얘기를 해줄 수 있었을 텐데.

사람들이 천룡을 잘 기억하고 있고, 인간이 할 수 있는 방법으로 기록을 남겼다고.

그런 생각을 할 정도로, 눈앞에 있는 그림에는 박력이 있었다.

건물 벽에는 다양하게 모양을 바꾸는 하늘이 그려져 있다. 밤하늘에 구름 낀 하늘, 벼락이 치는 하늘과 비 오는 하늘, 말끔한 파란 하늘.

하늘 한복판을 날고 있는 것은 날개를 펼친 새하얀 용이다.

'……시로가 보면 무슨 생각을 할까.'

『천룡의 팔찌』는 리타한테 맡겨뒀으니까, 같이 보면 좋을 텐데 말이야.

"저는 계속, 이 그림을 보고 싶었지 말입니다."

커틀러스 씨는 눈을 반짝이면서, 눈앞에 있는 벽화를 정신없이 보고 있다.

"그 무엇에도 사로잡히지 않고 자유롭게 하늘을 나는 용은, 제게 있어서는 동경의 대상이었지 말입니다."

그렇게 말하고, 커틀러스 씨가, 웃었다.

"무엇에도 사로잡히지 않고, 자유롭게, 말이지."

커틀러스 씨가 천룡을 동경하는 이유를 알겠네. 왠지, 수준이 지만.

"이 그림을 그린 사람은, 천룡을 만난 적이 있으려나?"

"꿈에서 영감을 받고 그렸다는 것 같지 말입니다. 100년쯤 전의 것이니까, 천룡을 실제로 보지는 못했겠지 말입니다."

"그런 것 치고는 정말 존재감이 넘치는 그림이네."

"그렇지 말입니다."

"뿔 위치도, 이빨 모양도, 진짜랑 완전히 똑같으니까."

"……예?"

"몸통과 날개의 비율도 진짜랑 거의 같고, 날개를 펄럭일 때의 모습도 똑같아. 이 그림을 그린 사람은, 정말로 재능이 있었던 것 같네……."

"저기…… 주공."

"왜, 커틀러스 씨."

"마치 실물을 뵌 적이 있는 것 같은 말투시지 말입니다."

"……무슨 소리야, 신화적 존재를 만났을 리가 없잖아~."

"그렇지 말입니다~."

""하~ 하하하~.""

우리는 어쩌다 보니 동시에, 그렇게 웃었다.

그나저나 아침 일찍부터 사람이 많네. 곧 출발하려는 건지, 짐을 가지고 있는 사람들 투성이다.

커틀러스 씨, 보기 힘들어하는 것 같네.

"틈이 있으니까, 앞으로 나가볼까."

"……어, 아, 예."

나는 커틀러스 씨의 손을 잡고 앞으로 나섰다.

시로의 아빠로서, 천룡과 관계된 것들은 최대한 조사해두고 싶으니까.

"가까이서 보니까 느낌이 또 다르지 말입니다."

커틀러스 씨는 호오, 하고 한숨을 쉬었다.

제일 앞줄에 왔더니 세세한 것까지 잘 알 수 있다. 천룡의 표정이나 구석에 있는 작가의 사인, 그리고 하늘에 몰래 그려놓은, 작은 글자까지.

"……뭐라고 적혀 있는 거지……?"

"이 지방의 오래된 말 같지 말입니다. 벼락 치는 하늘이 『투르』, 비오는 하늘이 『린므』, 맑은 파란 하늘을 『핀』이라고 부르는 것 같지 말입니다."

"오래된 말이라니, 마법 언어 같은 건가?"

"그냥 방언 같지 말입니다…… 어, 으아아?!"

갑자기, 커틀러스 씨의 몸이 기울었다.

균형을 잃고, 내 쪽으로 넘어진다.

밀친 것은 커다란 짐을 끌어안은 상인분이다. 많이 바쁜지, 헌금통에 은화를 넣고, 우리에게 고개를 숙이고, 인파 밖으로 나갔다.

"─어이쿠, 괜찮아? 커틀러스 씨?"

나는 커틀러스 씨 쪽을 봤다.

어째선지, 엄청나게 가까운 위치에서.

"으, 으아아. 주, 주공……."

아, 이런.

어느새 커틀러스 씨를 꼬옥, 끌어안고 있었다.

"주공께서 커틀러스를 안아주고 계시지 말입니다. 이상하지 말입니다. 저, 왜 이렇게 두근두근 하는 것입니까? 이상하지 말입니다—."

"커틀러스 씨?"

얼굴이 새빨개진 커틀러스 씨의 눈동자가 흔들린다.

커틀러스 씨는— 눈을 감고, 툭, 하고 의식을 잃었고— 그리고.

"……주공도 참, 순서가 잘못된 게 아닐까?"

—차가운 목소리로, 중얼거렸다.

"내가 나오면 아무 소용이 없잖아?"

살짝 눈매가 사나운 소녀가, 날 보고 있었다.

여자아이 쪽의 커틀러스 씨다. 나한테 안긴 탓에 그녀가 나와 버린 것 같다.

"어쩔 수 없잖아. 비상시라고."

"아니, 뭐. 수단으로서는 나쁘지 않았던 것 같아!"

"그쪽이 쑥스러워해서 어쩌자는 거야……."

"쑥스러워하는 거 아냐! 나, 나는, 커틀러스를 지키기 위한 존재니까. 안긴 커틀러스가 혼란에 빠져버려서 나온 것뿐이라고.

착각하지 말라고!"

제2의 인격이 츤데레면 어쩌자는 건가요.

"아무튼, 좀 더 부드럽게 하라고. 내가 나오면 의미가 없으니까. 커틀러스는 마음속 깊은 곳에서 당신을 의식하고 있어. 그걸 알아차리게 해줘·········· 헉!"

아, 원래대로 돌아왔다.

커틀러스는 파란색 눈을 깜박이고, 좌우를 둘러보고―.

"······무슨 일이 있었지 말입니다?"

"······서두르던 상인분이, 커틀러스 씨를 밀쳤어."

거짓말은 안 했다. 중간 과정은 생략했지만.

"사과하고 가버렸는데, 어쩔까? 가서 한마디 할까?"

"그냥 괜찮지 말입니다."

커틀러스 씨는 나한테서 떨어지더니, 아무 일도 아니라는 것처럼 웃었다.

"그림 속의 천룡에게 기도하고 싶을 정도로 급하다는 뜻이지 말입니다? 그렇다면 어쩔 수 없는 일입니다. 오히려, 그분의 장사가 잘 되기를 응원하고 싶지 말입니다."

······정말 좋은 사람이네, 커틀러스 씨.

이런 사람이 자기 정체도 모르고 기사가 돼서······ 귀족에게 이용당하는 건, 역시 싫다.

어떻게든 해보자.

커틀러스 씨가 자기 정체를 알고서, 자기 길을 선택할 수 있게.

'커틀러스 씨의 인격 변화 법칙에 대해서는, 대강 알았어.'

그녀는 자기가 여자라고 의식할 것 같으면, 또 한 사람의 인격이 튀어나온다.

그러니까, 커틀러스 씨가 인격 변화를 하지 않도록 하면서 「여자로서의 즐거움」을 가르쳐줘야만 한다.

그러기 위한 작전은—.

"커틀러스 씨. 시장에 같이 가줄 수 있겠어."

내가 말했다.

'어쩌면 거기에 뭔가, 쓸만한 물건이 있을지도 몰라.'

"……그러고 보니 커틀러스 씨는, 기사 말고 다른 진로는 생각해본 적 없어?"

"……없지 말입니다."

시장으로 가는 중에.

내가 문득 질문을 던졌더니, 커틀러스 씨는 쓸쓸한 얼굴로 대답했다.

"저는 태어난 지 얼마 안 됐을 때부터 어머니께 기사 시험에 대해 배웠고, 계속 그 준비를 해왔지 말입니다. 면접에서의 올바른 문답, 필기시험 공략법— 장비도, 어머니와 같이 부업을 해서, 열심히 마련한 것들입니다. 이제 와서…… 다른 길, 이라고 해도 곤란할 뿐이지 말입니다."

"미안해."

"만약에 기사가 되지 못한다면…… 그렇지 말입니다."

커틀러스 씨는 쑥스러운 듯이, 날 가리키면서, 말했다.

"주공의 파티에, 넣어주실 수 있으시지 말입니다."

"우리 파티는 이런저런 비밀 규칙이 있어서 귀찮을 텐데."

"저는 규칙을 지키는 남자입니다. 말하지 말라고 하신다면, 비밀을 흘리는 일은 없지 말입니다. 이 몸을 바쳐서 섬길 각오가 되어 있지 말입니다."

하긴, 커틀러스 씨는 의리가 있으니까 치트 스킬의 비밀도 지켜줄 수 있겠네.

비밀을 지키기 위한 『계약』을 하자고 하면, 얌전히 '알겠지 말입니다'라고 말할 것 같다.

"만약에 비밀을 지키기 위해서 『계약』이 필요하다면, 지금 당장이라도 하지 말입니다!"

"빠르잖아! 하다못해 이쪽 고용 조건이라도 듣고 나서 하라고!"

"기사의 신뢰에 그런 것은 필요 없지 말입니다!"

커틀러스 씨는 흠, 하고 납작한 가슴을 활짝 폈다.

……정말로 이 사람 장래가 걱정되기 시작했다…….

─그런 이야기를 하는 사이에, 우리는 시장에 도착했다.

아침 이른 시간이라서 그런지, 채소나 과일을 파는 가게가

많다.

기왕 이렇게 왔으니까, 세실이랑 리타한테 선물이라도 사다 줄까.

"최대한 싸고 귀여운 것…… 이건가."

"리본 말입니까, 좋군요…… 귀엽…… 지 말입니다…………."

말을 멈춘 노점에서는, 자투리 천으로 만든 리본이나 머리핀을 팔고 있었다.

"…………멍~."

"커틀러스 씨?"

"…………러블리하고…… 큐트, 하지, 말입니다…………."

커틀러스 씨는 멍한 얼굴로, 가게 앞에 진열된 리본을 보고 있었다.

"……갖고 싶어?"

"아뇨, 아뇨아뇨아뇨아뇨!!"

도리도리도리도리, 커틀러스 씨가 고개를 가로 저었다.

"기사 된 자, 과도한 장식 따위는 필요 없지 말입니다!"

"개인의 취미잖아. 그 정도는 괜찮을 것 같은데."

"어릴 적에, 어머니께 많이 혼났습니다. 기사는 실질강건해야 마땅하다고. 빨간색이나 분홍색의 예쁜, 러블리한, 가슴이 두근거리는 장식 따위는 언어도단…… 이라고."

그렇구나~.

커틀러스 씨 어머니는, 그렇게 기사 영재교육을 했던 건가.

그렇다면, 그걸 거꾸로 이용해볼까.

"커틀러스 씨가 목표로 하는 건, 사람들을 지키는 기사잖아?"

"……그렇습니다만."

"다른 기사들은 그렇지 않은가?"

"하아. 귀족을 우선시하는 기사도 있으니까요. 사람들을 괴롭히는 기사도 없다고는 할 수 없지 말입니다."

"그런 것들과 똑같이 되고 싶지는 않잖아?"

"당연하지 말입니다!"

"그렇다면『사람들을 지키는 기사』에게는, 한눈에 봐도 알 수 있는 표식이 필요하지 않을까?"

나는 가게에 있던 리본을 세 개— 세실과 리타 것까지 해서, 구입했다

커틀러스 씨 것은 핑크색이다. 말과 기사 같은 자수가 놓여 있다.

"어? 어? 어어어어어?"

"『사람들을 지키는 기사』의 트레이드 마크 같은 거야. 사람들이 이 리본을 보면『우리 편이다』라고 알 수 있는."

나는 커틀러스 씨의 머리카락에 분홍색 리본을 묶어줬다.

응. 잘 어울리네.

"아, 안 되지 말입니다. 왜냐하면 이 표식은— 공주 기사의."

알아.

가게에 똑똑히,「공주 기사의 리본」이라고 이름이 적혀 있으니까.

아무래도, 옛날에 이 나라에 있었던 왕녀 기사를 모티프로 삼

았다는 것 같다.

두 개가 한 쌍이네. 분홍색과 노란색. 기왕 하는 김에 둘 다 해보자—.

"아, 안 돼…… 안 되지 말…… 입니다."

커틀러스 씨의 눈에서 초점이 풀리기 시작했다

"……이상하지 말입니다. 저는, 이런 것을 기뻐하면 안 되지 말입니다."

"괜찮은데 뭐. 취미니까."

"아니지 말입니다! 그것은 약한 저고— 어머니가— 안 된 다고—."

"커틀러스 씨?"

"으………… 아…….."

커틀러스 씨의 몸이 좌우로 흔들렸다.

……하지만, 그게 전부였다.

"역시 『훌륭한 남자』인 제가 리본을 다는 건, 이상하지 말입 니다."

커틀러스 씨가 고개를 저었다.

"……그런가."

실패했나.

커틀러스 씨가 귀여운 것을 좋아하는 건 틀림없다. 하지만 이 정도로는 자기가 여자라는 걸 알아차리지 못하는 건가.

"그럼, 리본은 빼겠지 말입니다."

"잠깐만."

"아닙니다, 저한테는 어울리지 않습니다. 정의의 기사가 리본 같은 걸 달고 있으면, 적이 얕보지 말입니다."

커틀러스 씨가 리본에 손을 댔다.

어쩌지?

수단은 틀리지 않을 것 같다. 커틀러스 씨는 귀여운 것을 좋아한다. 그리고 지금 이야기를 들어보면, 과거에 어머니한테『그런 것을 바라서는 안 된다』고 혼난 적이 있다는 것 같아. 귀여운 리본은 커틀러스 씨를 눈뜨게 하는 열쇠가 된다.

하지만, 그것만 가지고는 부족하다.

하나 더, 뭔가가 있으면─.

"도둑이야~! 누가, 좀 잡아줘~!! 귀족께 바칠 진상품이──!!"

"지금 가지 말입니다!!"

그 목소리를 들은 커틀러스 씨가, 큰길로 뛰쳐나갔다.

봤더니 가죽 주머니에 금속제 물건을 채워 넣은 남자가, 이쪽을 향해 뛰어오고 있었다.

"비켜 언니! 방해하면 용서 안 한다!!"

"저, 저는 언니가 아니지…… 말입니다!"

커틀러스는 허리에 찬 숏 소드에 손을 얹었다.

그 손이 멈췄다. 놀란 아이가, 커틀러스 앞으로 뛰어갔기 때문이다.

"비키라고!!"

도둑은 단검을 휘두르면서 달려왔다

커틀러스의 얼굴이 일그러졌다. 검을 뽑는 게 너무 늦었다고 생각했겠지. 뒤로 물러나지도 못하고, 커틀러스는 멍하니 서 있다.

그러는 동안에, 내 준비가 다 끝났다.

"발동!『유수 검술 LV1』!!"

나는 칼집에 들어 있는 마검 레기를, 도둑이 휘두르는 단검 앞으로 찔러 넣었다.

스륵.

"어, 어라?!"

"이쪽은 바쁘다고! 저리 꺼져!"

『유수 검술』은 검의 공격을 흘려낼 수 있다. 스킬을 발동하는 중인 마검 레기를 건드린 도둑은, 단검이 궤도가 빗겨나가면서 균형을 잃었다. 나는 그대로, 도둑의 체중이 실린 다리를 걸어 찼다.

"으, 어어어어어어?!"

와장창.

도둑은 그대로 엎어졌고, 짐을 길바닥에 쏟아버렸다.

"괜찮아? 커틀러스 씨."

커틀러스 씨는 작은 소리로 중얼거렸다.

목소리가, 떨리고 있었다. 당장이라도 기어 들어갈 정도로.

가느다란 몸이 휘청, 하고 흔들렸다.

그녀의 눈은, 날 보고 있지 않았다. 시선은 똑바로, 땅바닥으로 향하고 있다.

도둑의 가죽 주머니에 들어 있던 것은― 잘 연마된, 금속 거울이었다. 마법적인 기술로 가공한 건지도 모른다. 그것이 땅바닥에 뿌려져서, 주위의 사물을 비추고 있다.

공주 기사의 리본을 달고, 여자아이답게 머리카락을 묶은 커틀러스 씨를.

"……누구지 말입니다? 이 귀여운 여자아이는?"

조용히, 커틀러스 씨가 중얼거렸다.

그녀는 자기도 모르게 시선을 돌렸다. 하지만, 그쪽에도 도둑이 떨어트린 거울이 있었다. 길 저편에서, 뚱뚱한 상인이 달려온다. 목소리가 들려온다. 이 거울은, 부잣집 아가씨께 진상할 물건이라고. 되찾아준 우리에게 고맙다는 말을 하고 있지만, 커틀러스 씨한테는 들리지 않는다.

멍하니, 거울에 비친 자기 모습만 보고 있을 뿐이었다.

"나는— 이런 나를 몰라— 나는— 누구?"

"커틀러스 씨, 이리로."

나는 커틀러스 씨의 손을 잡아끌고 골목길로 들어갔다.

커틀러스 씨의 눈은 아직도 깜박거리고 이다. 파란색에서 붉은 보라색. 붉은 보라색에서 파란색으로.

"—저는 지금, 어떤 모습입니까? 모르겠어—. 저는— 어째서, 그 모습의 저를 저라고 생각하는 겁니까? 리본을 단, 귀여운 여자아이를—."

"커틀러스 씨. 잘 들어."

"아니야ㅡ. 나는ㅡ 아니야. 이건 내가 아니야. 내가 아니니까, 다른 누군가ㅡ."

커틀러스 씨의 눈동자가 붉은 보라색으로 바뀌려 하고 있다.

인격이 변화하려는 전조다.

지금뿐이다. 커틀러스 씨의 혼란을 막고, 자신의 성별을 깨닫게 한다.

자신이 귀여운 것을 좋아하고, 『러블리』하고 『큐트』한 것을 좋아한다는 사실을. 그것이, 딱히 죄악감을 품을 일이 아니라는 것을ㅡ.

콰앙!

나는 커틀러스 씨의 머리를 내 가슴에 대고, 벽에 손을 짚었다.

"발동! 『구심 포옹 LV1』!!"

"ㅡㅡ하으!!"

벽 쾅 상태에서 스킬을 발동한 순간, 커틀러스 씨의 눈이 휘둥그레졌다.

『구심 포옹』은 대상이 내 몸통에 닿게 했을 때 효력을 발휘한다. 『수면』『매료』『기절』『혼란』을 무효화 할 수 있다.

커틀러스 씨는 「자기 안에 있는 여자 같은 것」을 알아차리면 혼란 상태에 빠지고, 그 뒤에 인격이 바뀐다. 그렇다면, 그 혼란을 무효화 하면 된다.

그렇게 하면, 자기 정체를 알아차린 상태만이 남을 텐데ㅡ.

"저— 는. 어라? 어라? 어라라라라?"

커틀러스 씨는 파란 눈을 크게 뜨고, 나를 봤고, 그리고, 자신을 봤다.

옷 가슴팍을 벌리고, 자신의 새하얀 가슴을 들여다봤다.

그리고— 딱 붙어 있는 서로의 몸을 보고.

내 가슴을 만지고, 자기 가슴을 만지고.

자기 다리와 다리가 만나는 곳에, 손가락을 대보고. 그리고는— 밀착했기 때문에 알 수 있는, 내, 조금 다른 부분을, 알아차리고— 잠깐, 어딜 만지려는 거야!? 잠깐 기다려!

"주공은, 남자입니다. 저도— 남자일 테— 지 말입니다?"

"응."

"하, 하지만, 다르지 말입니다! 저와 주공, 몸 구조가 다르지 말입니다……?"

"다르네."

"어째서 지금까지 이런 걸, 알아차리지 못한 것이지 말입니다? 어째서, 저는?!"

"커틀러스 씨는 저주에 걸려 있었어."

"……저주, 말입니까?"

"자기 성별을 모르게 되는 저주."

"무, 무슨 말씀이십니까~. 저는 『훌륭한 남자아이』로 자라왔지 말입니다. 여자일 리가 없지 말입니다."

"리본, 잘 어울린다~."

"하윽!"

"저기 물웅덩이에도, 커틀러스 씨 얼굴이 비치네~."

"하윽, 하윽, 하윽!"

커틀러스 씨는 손으로 가슴을 누르며 몸을 뒤로 젖혔다.

"뭐, 뭐지 말입니다 이 기분은. 주공께서 리본을 칭찬해주면 기쁘지 말입니다!"

커틀러스 씨는 얼굴이 새빨개져서 머리카락을 손으로 눌렀다.

리본에 손을 대고— 풀까 하다가— 그만두고.

아주 소중한 것을 다루는 것처럼, 손가락으로 쓰다듬기 시작했다.

"이럴 수가…… 저는 기사이지 말입니다. 그런 건, 바라면 안 된다고 어머니께 말씀하셔서— 동네 아주머니가— 좋아하는 아이가 생기면 주라고 해서— 받은 리본을 달았더니— 맞았고— 다 태워버렸고—."

"이런 걸 물으면 나도 창피하지만 말이야."

"예, 예."

"커틀러스 씨는, 자기 말고 다른 『남자』의 알몸이라든지, 본 적 있어?"

"어, 없지 말입니다. 그, 그러니까 어머님이 『기사가 될 네가, 저런 밑바닥 것들과 놀면 안 된다』면서, 동네 아이들과 노는 것을 금지하셨으니까. 저는…… 사실은…… 애들이랑 놀고…… 어머니는 저를 기사로 만들기 위해— 훌륭히 저를 키워— 어라?"

뚜욱, 커틀러스 씨의 눈에서 눈물이 떨어졌다.

"어라? 어라라? 어째서 제가 울고 있는 거지 말입니다? 어머니께는 감사하고 있을 텐데. 어라, 어라라라? 이상해, 이상하지 말입니다!"

"그래, 그래."

"어째서 머리를 쓰다듬으시는 겁니까, 주공?"

"글쎄~ 어째서려나."

"그, 그만 두시지 말입니다. 저는…… 강한 아이니까! 기사가 돼서…… 정체를 밝히고…… 저를 쫓아낸 왕께 복수를…… 어라? 어라? 왜…… 어째서…… 어머니께서 이런 일을…… 어라? 어라라라라……………."

──그 뒤로, 한참동안, 커틀러스 씨는 계속 울먹였고.

──내가 머리를 쓰다듬어주는 동안에, 잠들어버렸고.

그 뒤에──.

"감사합니다. 주공."

또 한 사람의 커틀러스 씨가 돼서, 눈을 떴다.

"미안해. 조금 거친 방법이었던 것 같아."

"상관없어요. 나와 커틀러스 사이에 있는 벽은, 그 정도는 해야 무너트릴 수 있으니까. 그 아이랑 나는, 어머니의 마력 섞인 저주로 분할된 것이나 마찬가지…….."

마치, 스스로 자신을 봉인하는 것 같은─.

정말로, 그런 『저주』에 걸린 것이나 마찬가지였다고, 이름도 없는 공주가 말했다.

"……이걸로, 잘 됐으려나."

"완전한 건 아니야. 그저, 알아차렸을 뿐이고."

이름도 없는 소녀는, 또 한 사람의 자신을 위로하는 것처럼, 가슴에 손을 얹었다.

"하지만, 커틀러스는 자기가 남자가 아니라는 걸…… 자기가 진짜 바라는 걸 알아차렸어. 지금은 그걸로 충분해. 이제부터 커틀러스는 천천히, 자기 자신을 알아가게 될 거야."

"그래서, 당신은 앞으로 어떻게 되는 거야?"

"점점, 커틀러스와 하나가 되어갈 것 같아."

"그런 거야?"

"나는, 커틀러스가 어렸을 적의 잔류사념 같은 것. 커틀러스의 『나는 훌륭한 남자아이』라는 생각이 없어지면, 기억도 인격도, 커틀러스 안에 녹아서 사라져."

"그게 좋은 일이려나."

"좋은 일이야. 이대로 아무것도 모르고, 왕가와 귀족이라는 독 늪에 발을 들이는 것보다는."

그렇게 말하고, 커틀러스 씨의 얼굴을 한 소녀가 눈을 감았다.

"그래서, 주공. 보수는?"

"무슨 약속이라도 했던가?"

"명명권. 나에게, 이름을 지어줄 권리가 갖고 싶다고 했잖아?"

"당신의 어머님이, 당신을 뭐라고 불렀다고 했었지."

"『텅 빈 것』."

이름도 없는 여자아이는 쓸쓸한 목소리로 그렇게 중얼거렸다.

"그래. 있어서는 안 되는 것. 안 보이는 걸로 해두고 싶은 것. 그래서 『텅 빈 것』."

"그렇다면……."

나는 머리 위를 가리켰다.

날 따라서 위쪽을 올려다본 그녀는 이상하다는 표정을 지었지만, 문득, 알아차리고─.

"『파란 하늘 (핀)』?"

"아까 그림에도 있었잖아. 아무것도 없는 파란 하늘은 『핀』이라고 부른다고."

"아, 그랬었지."

소녀는 신기할 정도로 평온한 얼굴로, 하늘을 바라보고 있었다.

천천히 팔을 벌리고, 마치 뭔가를 찾는 것처럼, 위쪽을 향해 손을 뻗고는.

"이 지방의 방언. 푸른 하늘─ 핀. 나는, 핀."

"안 되려나?"

"좋은 것 같아. 아니. 훌륭한 이름이야. 주공."

"『텅 빈 것』이라고 불려왔지만, 당신이 커틀러스를 계속 지켜온 건 틀림없잖아? 그러니까, 지금까지의 당신을 부정하지 않고─ 인정한 상태에서, 새로운 이름을 지어주고 싶었거든. 그래서 『핀』. 하늘도 『텅 빈 것』이니까. 하지만, 그건 뭐든지 들어갈 수 있다는 뜻이기도 하니까"

나는 말했다.

하늘은 새파랗고, 좋은 날씨.

짐을 챙겨서, 출발하기에 딱 좋겠지.

"……하늘에는 아무것도 없어…… 넓고 아름다워…… 그렇구나, 그런『텅 빈 것』도 있구나…….'"

똑바로 하늘을 올려다보던 그녀는, 내 쪽으로 시선을 옮기고,

"그럼, 오늘부터 나는『핀』이네. 고마워…… 주공."

커틀러스 씨의 얼굴을 한 소녀─ 핀은 "음~" 하고, 기분 좋다는 것처럼 기지개를 켰다.

"뭔가, 정말 속이 후련하네. 커틀러스가 알아줬으면 하고 허둥대던 게 거짓말 같아."

"커틀러스.씨는, 이제 어떻게 되려나."

"그 아이가『그래도 기사가 되고 싶다』고 한다면, 그렇게 되겠지. 그게 아니라면─ 할 일은 없겠지."

"좋네. 할 일이 없는 건."

"좋지. 텅 비어서."

핀은 아주 기분 좋게 웃는 얼굴로, 흐흥~ 하고 콧노래를 불렀다. 왠지 쑥스러워진 건지, 또, 이름의 유래가 된 파란 하늘을 올려다봤다.

"자, 그럼."

나는 큰길 쪽을 봤다.

이쪽을 보고 있던 두 사람의 얼굴이 움찔, 하고 들어갔다.

조금 지나서 쭈뼛쭈뼛 나온 걸 보고, 두 사람에게 손짓을 했다.

"세실도 리타도, 이쪽으로 와."

"······죄송해요. 나기 님." "······우연이거든. 우리도 장 보러 온 거거든."

"그래, 알았어."

두 사람 모두 불안해하는 것 같으니까, 슬슬 사정을 설명해줘야겠지.

조금 있다가, 커틀러스 씨가 눈을 떴을 때 「여자」에 대해 정확히 설명해줬으면 싶으니까.

"어머나? 주공이 『올바른 남자』에 대해, 직접 몸으로 설명해주는 게 좋지 않으려나?"

핀이 빙긋 웃으면서 말했다.

······그건 난이도가 엄청나게 높을 것 같으니까, 사양하겠습니다.

제8화 「치트 아내 별동대의 싸움 ―정보 수집과 주인님 지원 작전―」

―같은 시각, 항구도시 이르가파―

이리스를 태운 이르가파 영주 가문의 행렬은, 무사히 고향에 도착했다.

"이제 곧 도착합니다, 이리스 님."

마차 창문을 통해 그 말을 들은 이리스가 살짝 고개를 끄덕였다.

그리운 저택이, 보인다.

마침내 마차는 오르막길에 접어들었다. 이르가파 영주 가문과 그 앞에 있는 숲.

그 언저리에 도착했을 때―.

"그럼 갈게, 이리스."

"같이 할게요, 이리스 님."

"그럼 돌아가죠. 아이네 님, 라필리아 님."

아이네, 라필리아, 이리스는 마차 문을 열고서, 하나둘, 하고,

"기다려 주십시오 이리스 님! 그쪽은 메이드 분들의 집이 아닙니까?!"

들뜬 기분으로 나기네 집으로 돌아가려던 이리스는, 병사들에

게 붙잡히고 말았다.

"느, 늦었구나, 이리스."

이르가파 영주는 자기 방에서 이리스를 기다리고 있었다.

"여행하는 중에 불러들여서 미안하다. 동행했던 분이 심기가 상하지는 않았을까."

"그분은 그런 일을 신경 쓸 정도로 도량이 작은 분이 아닙니다."

"그, 그런가. 하긴, 해룡이 인정하신 분이라면, 그렇겠지……."

"그보다, 그쪽에 두 분을 소개해 주시겠습니까?"

이리스는 영주 곁에 있는 소년과 덩치 큰 남성 쪽으로 시선을 옮겼다.

소년은 아마도 분가에서 거둬들인 아이겠지. 나이는 열 살 전후. 소심한 건지 고개를 숙이고, 곁에 있는 남성 뒤에 숨으려 하고 있다.

그 소년 옆에 있는 체격이 크고, 근육이 울끈불끈한 중년 남성이다.

실내인데도 은색 갑옷을 걸치고 있었다.

콧수염을 길렀고, 치켜 올라간 눈으로 이리스와 라필리아를 보고 있다. 소년의 호위려나.

"이 소년이 차기 영주인 로이엘드다. 양자 입양의 의식을 마친 뒤에는 하페우메어의 이름을 받게 된다."

"처, 처음 뵙겠습니다, 해, 해룡의 무녀 님."

소년, 로이엘드는 더듬거리면서도 이리스를 향해 고개를 숙였다.

"로이엘드 헬마르가, 입니다. 잘 부탁드리겠습니다……."

"이리스 하페우메어입니다. 해용의 무녀 역할에서는 반쯤 내려온 것이나 마찬가지. 『해룡의 무녀』 같은 과분한 이름으로 부르실 필요는 없습니다. 차기 영주님."

이리스는 드레스 자락을 잡고 우아하게 인사를 했다.

나쁜 아이는 아닌 것 같다. 어색하기는 해도 이리스에게 웃어 보이는 걸 보면.

"아버님, 이쪽 분은?"

이리스는 로이엘드 옆에 서 있는 남성 쪽으로 시선을 옮겼다.

"분가에서 파견된, 로이엘드의 호위 분이다."

"가른가라라고 불러 주십시오."

호위 남자는 가슴에 손을 대고 이리스에게 고개를 숙였다.

기사가 귀부인을 대하는 때의, 정식 인사였다.

"가른가라 님은, 기사이신가요?"

"오오. 역시나 해룡의 무녀 님. 잘도 눈치 채셨군요."

"기사 분이 로이엘드 님의 호위라니, 뭔가 사정이—."

"아닙니다. 기사라고 해도 은퇴한 몸. 지금은 후진의 지도를 맡고 있을 뿐입니다."

중년 남성은 수염을 매만지며 재빨리 대답했다.

"아직 젊으신데 은퇴라니—."

"원래는 국왕 폐하 직속 기사였습니다. 허나, 사정이 있어서 폐하로부터 귀족분을 섬기도록 명을 받았습니다. 그 뒤에 각지를 전전했고, 슬슬 왕도로 돌아갈까 하던 참에 전투에서 상처를 입어서, 그렇다면 후진을 지도하는 쪽이 좋을 것 같다고 폐하께서 말씀하셔서—."

끝이 없다.

중년의 전직 기사 가른가라는 자기 프로필을 계속해서 늘어놨다.

게다가, 지겹다. 같은 말을 되풀이하고 있다.

이리스는 중간부터 흘려듣기로 하고, 요점만 간추려봤다.

·가른가라는 국왕 폐하의 신뢰가 두터운 기사였다.

·그 관계로, 예전에는 왕의 측근이라고도 할 수 있는 귀족을 섬기라는 명령을 받았다.

·왕도로 돌아가기 전에 다쳤고, 기사에서 은퇴했다. 그 뒤에는 젊은 기사를 키우는 일에 전념하게 됐다.

·그가 로이엘드의 호위를 맡고 있는 것은, 가른가라의 고향이 로이엘드의 부모님 댁 근처에 있었기 때문에. 아는 사이인 로이엘드의 부모님이, 이르가파까지 호위를 부탁하셨다고 한다.

"……가른가라 아저씨는, 훌륭한 분입니다……. 하지만, 조금 무서워—."

"정말이지, 요즘 젊은이들은 너무 형편없습니다!"

로이엘드의 말을 끊으며, 가른가라가 가슴을 활짝 폈다.

"여기까지 오는 동안 로이엘드 님의 호위를 맡았습니다만, 마물이 나타나면 멋대로 움직이고. 제 판단을 들으려 하지도 않습니다. 제 지시도 무시합니다. 마물을 쓰러트리는 순서도 지키지 않고!"

"……아저씨는 제 호위지, 병사들의 지휘권을 받으신 것은―."

"아무튼 형편없습니다! 핑계 따위는 필요 없습니다!"

""……하아.""

―집에 가고 싶다아(예요~).

―오빠(마스터) 보고 싶다아(예요~).

―의식이 끝날 때까지 저택에 있어야 하는 건가. 싫다아(예요오).

여러모로 싱크로 하면서, 이리스와 라필리아가 한숨을 쉬었다.

"그렇게 해서, 로이엘드는 여기서 영주에게 걸맞은 교육을 받게 된다."

겨우, 라는 느낌으로 이리스의 아버지가 끼어들었다.

"가른가라 공은―."

"죄송하게도, 저는 며칠 뒤에 왕도를 향해 떠나야만 합니다. 기사 자격시험이 있어서 말입니다! 시험 감독과, 시련을 내리는 역할을 맡았습니다! 이거 참, 아쉽군요!"

"그렇군요. 정말 아쉽네요."

이리스가 사교용 미소를 지었다.

나기와― 주인님과 만난 뒤로는 잊혀져 가던 표정이지만.

"그럼, 당장 오늘 내일이라도 출발하시는 건가요?"

"아닙니다, 당분간은 이르가파에 있을 겁니다. 왕도로 향하는 기사 후보들을 질타, 격려해줘야 하니 말입니다!"

전직 기사 가른가라는 입술을 일그러트리고, 웃었다.

"게다가 기사는 상재 전장(常在戰場). 방심하며 왕도로 향하는 기사 후보에게는, 죽은 기사의 망령이 시련을 내린다는 전설이 있을 정도입니다! 어이쿠, 어디까지나 단순한 전설입니다만!"

"······전설?"

"기사의 망령이 갑자기 공격해서, 후보생의 근성과 기합을 철저히 시험하는 것입니다. 물론, 단순한 전설입니다만. 하지만, 이 세상은 무슨 일이 일어날지 모릅니다. 그렇게 해서 떨어진 기사 후보들의 뒷일을 지켜보는 것도, 제 사명이니까요!"

"그 전설 때문에, 굳이 머무신다고?"

"글쎄요, 그 부분은 기사 조합의 비밀, 로 해두겠습니다."

전직 기사 가른가라는 이를 드러내고 웃었다.

"어쨌거나, 기사 후보생을 발견하면 너무 다가가지 않는 것이 현명할 것 같습니다. 왕도에 도착할 때까지의 여정 또한 그들의 시련. 시험 안내서에는 적혀 있지 않습니다만, 그 정도도 눈치 채지 못하는 자는 쓸모가 없으니까 말입니다!"

하~하하하, 큰 소리로 웃는 가른가라를 의식 밖으로 몰아내고, 이리스는 치트 스킬 『의식 공유·개량형』을 기동. 나기에게 메시지 송신을 시도했다. 하지만, 반응이 없다.

나기가 말했던 「전파가 닿지 않는」 상태다.

─정보를 정리해야겠군요.

이분은 전직 기사고, 지금은 기사 후보생의 시험관을 맡고 있다.

왕도로 향하려는 것은 그것 때문에.

그리고 왕도로 향하는 기사 후보에게, 뭔가 이상한 짓을 하려고 한다.

귀족이— 나기가 말하는 「블랙한 짓」을 좋아한다는 건 경험을 통해서 알고 있다. 그리고, 만약 『기사의 시련』이 그냥 전설이라면, 기사 가른가라가 이런 소리를 할 이유가 없다. 확신은 없다. 하지만—.

—오빠가 말씀하셨어요. 기사 후보분을 마물에게서 도와주셨다고.

—지금도 그분과 같이 있다면, 만에 하나의 경우를 생각해서— 정보를 전해드려야.

이리스는 곁눈질로 라필리아 쪽을 봤다.

메이드복 차림의 라필리아는, 전직 기사 가른가라를 보면서 괴로워하는 표정을 짓고 있었다. 라필리아는 고대 엘프의 레플리카라서, 마력이나 오래된 지식을 잘 알고 있다. 뭔가를 눈치챘는지도 모른다.

이리스가 그렇게 생각하고 있는데—.

"……아야야야야야야야야야야야! 예요오!"

라필리아가 갑자기, 배를 누르면서 웅크리고 앉았다.

"지병이…… 지병인 복통이~."

그렇게 말하면서, 라필리아가 깜박깜박, 이리스에게 눈짓을.

곧바로 의도를 파악한 이리스는, 영주에게 큰 소리로 말했다.

"죄송합니다. 메이드가 지병— 그러니까『오빠 결핍증』의 발작을 일으킨 것 같습니다. 잠시 자리를 비우도록 하겠습니다!"

그대로 이리스는 라필리아를 부축하면서 복도로. 도와주려는 다른 메이드들을 물리고, 작은 소리로 라필리아에게 속삭였다.

"라필리아 님은, 바로 아이네 님 계신 곳으로. 오빠와 연락을 취할 방법을 생각해 주세요. 이리스는 접객을 마친 뒤에 합류할게요."

"그분한테서, 뭔가 안 좋은 마력이 느껴져요오. 이리스 님도 조심하세요오."

이리스와 라필리아는 몰래 손을 맞잡았다.

그리고 이리스는 저택 안으로. 라필리아는 저택 밖으로.

각자의 전장을 향해, 걸어가기 시작했다.

"결국, 이 방법밖에 떠올리지 못했네요……."

그날 밤.

이리스, 라이네, 라필리아는 시내에서 조금 떨어진 곳까지 와 있었다.

저택에서는 간단히 빠져나왔다

이리스의 『환상 공간』으로 만든 가짜 이리스, 가짜 라필리아, 가짜 아이네를 이용한 알리바이 공작.

라필리아의 『기물 열화』에 위한 온갖 자물쇠 풀기.

치트 캐릭터인 그녀들에게 저택을 빠져나오는 정도는 간단한 일이다.

"아이네 님, 그것을."

"응, 이리스."

아이네는 가죽 주머니에 넣어뒀던 결정체를 이리스에게 건넸다.

비룡 가르페가 준 『블러드 크리스탈』이다.

"그럼 발동하겠습니다. 『용종 초월 공감 LV1』."

이리스는 크리스탈을 꽉 쥔 것과 동시에 스킬을 발동시켰다

자신의 피와, 『블러드 크리스탈』을 공명시킨다.

현명한 와이번 가르페가, 이리로 오도록.

나기가 『마물 소환 LV5』를 해체한 것은, 이리스 안에 『용종 초월 공감』이 있기 때문이다.

그것과 『블러드 크리스탈』을 사용하면 와이번 가르페를 부를 수 있을지도 모른다.

"알아차려 주세요…… 오빠의 친구분. 비룡 가르페여———."

『그어어어어어어어어어어!!』

바람 가르는 소리가 났다.

고개를 들어보니 밤의 어둠을 가르는 것처럼 날아오는 거대한 비룡의 모습.

이리스의 의사를 포착한 비룡 가르페가, 이쪽으로 곧장 날아오고 있다.

그리고 그대로 상공을 선회하더니, 천천히 이리스 일행 앞에 내려섰다.

"이런 곳까지 불러서 정말 죄송합니다, 비룡 가르페!"

『그어어! 그어아아아아!!』

이리스는 비룡의 말을 모른다.

하지만 가르페의 금색 눈은 이리스를 똑바로 보고 있다.

"당신의 상위자인 소마 나기 님이 위험한 일에 말려들 가능성이 있습니다!"

이리스는 가슴에 손을 대고, 한껏 큰 목소리로 말했다.

"걱정이 너무 심한 건지도 모릅니다. 괜한 고생인지도 모릅니다. 하지만, 이리스네는 만에 하나라도, 오빠가 상처받는 건 참을 수가 없습니다! 부디, 제 말을 들어주세요!!"

이리스의 외침에, 비룡 가르페가 분명히 고개를 끄덕였다.

어디서 배운 걸까. 한쪽 앞발을 들고는 굿, 하고 엄지손가락을 세워 보였다.

이리스는 말하기 시작했다.

나기가 기사 후보 소년과 같이 있다는 걸.

기사 후보는 기사 계급 한정의, 뭔가 이상한 시련을 받을지도 모른다고.

그것에 의해, 같이 있는 나기가 위험에 말려들지도 모른다고.

"부탁이 있습니다, 가르페! 이리스네와 당신이 만난 그 장소에, 이 판을 떨어트려 주시겠습니까."

그렇게 말하고 이리스는, 비룡 가르페에게 다가갔다

그가 세운 손가락에, 끈이 달린 판을 묶어줬다.

"물론, 당신에게 폐가 된다면, 거절하셔도 좋습니다…… 하지만―."

스윽.

이리스의 머리 위에 그림자가 드리웠다.

비룡 가르페가 그 날개로 살짝, 이리스의 머리를 쓰다듬어준 것 같았다.

"……가르페?"

『그어아아아아아아―!』

그리고 거대한 비룡은 천천히, 하늘로 날아올랐다.

"……죄송해요, 오빠. 제멋대로 굴었네요……."

이리스는 작은 소리로 중얼거렸다.

따로 행동할 때, 나기는 「급할 때는 자기 판단에 따라 행동해도 된다」고 말해줬다.

치트 스킬도 아이템도, 이리스네의 판단하에 써도 된다고.

그건 정말 크나큰 신뢰고, 정말 좋아한다는 말로도 부족할 만큼, 기쁘고.

―그래서 이리스는 이런 짓을 하는 거예요. 오빠.

"이제…… 이리스가 없다는 게 들키지 않았기를 빌어야겠네요."

이리스는 자기도 모르게, 아이네와 라필리아의 손을 잡았다.

"괜찮아요오, 이리스 님. 제가 메이드 분들께, 확실하게 변명을 해뒀어요."

라필리아가 에헴, 하고 가슴을 폈다.

"역시 라필리아 님이네요. 그래서, 어떤 변명을?"

"예.『이리스 님은 지금부터 좋아하는 분을 본떠 만든 인형을 끌어안고, 이런저런 망상을 하면서 아침까지 알몸으로 있으실 테니까, 혼자 계시게 해주세요』예요오!"

"뭐————!!"

이리스의 얼굴이 새빨개졌다.

"어라? 목적을 위해서는 수단을 가리지 않는 게, 이리스 님 아니었나요?"

"맞아. 그럼 안심이야."

"하나도 안심이 안 돼요——!!"

정말이지, 대체 뭐냐고.

정말 너무 좋아해요 라필리아 님도, 언니도.

"아침까지는 방에 아무도 안 온다면, 마침 잘 됐네요."

이리스는 오른손으로 라필리아의 손을, 왼손으로 아이네의 손을 잡았다.

"오늘은 밤새도록 이야기를 나눠요. 작전 회의도 겸해서."

"역시 이리스야. 훌륭한 아이디어야."

"찬성이에요오! 잔뜩 이야기 해요오!"

"자, 돌아가요. 오빠의 집으로!"

""예~이.""

제9화 「눈을 뜬 남장 기사 왕녀와 여자아이 노예의 지도」

"부탁입니다, 주공. 저를 파티에 넣어주셨으면 싶지 말입니다!"

"좋아~."

수습 기사 커틀러스 뮤트란이 동료가 됐다.

그 뒤에—

커틀러스 씨가 아직 불안정해 보여서, 잠시 여관에서 쉬기로 했다.

저녁밥을 사서 숙소로 돌아갔고, 세실과 리타도 같이 커틀러스 씨의 이야기를 들었는데— 어째선지 그 중간에 세실네가 "여, 여기서부터는, 여자들끼리만 얘기하는 게 좋을 것 같아요!" "부, 부탁이야 주인님. 이 다음 부분은 위험해에에에" 같은 소리를 해서, 세 사람은 다른 방(커틀러스 씨 이름으로 새로 잡은 방)에서 이야기를 나누기로 했다.

"우흐. 우흐. 우흐흐흐흐흐——!"

내 방에 남은 건, 어느샌가 사람 모습으로 변한 레기 뿐.

레기는 벽에 귀를 대고 우흐우흐, 우흐흐, 하는 기분 나쁜 숨소리를 내고 있었다.

"이, 이 얼마나 끝내주는 시추에이션인가! 설마 그 기사 계집애가 이렇게나 끝내주는 캐릭터였을 줄이야! 내 예상 밖이다.

좋~았어. 이 몸도 열심히 하겠다──!"

 뭘 말인데.

 그리고 침대에서 펄쩍펄쩍 뛰지 말라고. 먼지 나니까.

 일단 레기는 방치하고, 나는 내일부터의 예정을 세우기로 했다.

 우리는 이르가파로 돌아가는 것뿐이지만, 문제는 커틀러스 씨다.

 그─ 가 아니라 그녀는, 당분간 기사 차림새를 하기로 했다.

 『하이스펙 소매치기 군단』은 『왕가의 동전』을 가진 **소녀**를 찾고 있다. 놈들의 보스는 쓰러트렸지만, 그게 전부라는 보장은 없어. 다른 조직이 움직이고 있을 가능성도 있고. 방심하지 않는 게 좋겠지.

 이르가파에 도착한 다음에는, 커틀러스 씨를 우리 집에서 맡는다. 그러는 중에 커틀러스 씨가 진로를 정하면 협력해서 보내 준다, 는 흐름이려나.

 그런 느낌으로, 앞으로의 예정을 정했다.

 나는 짐을 정리하고, 불을 껐다.

 침상으로 들어온 레기와 등을 맞대고, 자기로 했다.

 커틀러스 씨에 대해서는, 여자아이의 프로인 세실이나 리타에게 맡기자. 무슨 일이 있으면 날 깨우라고 했으니까.

 그리고, 다음날.

우리는 예정대로 『날개의 도시 샤르카』를 향해 출발하기로
했다.

마차와 말을 맡아준 여관 주인 분께 고맙다는 말을 하고, 네
명분의 짐을 싣고.

나와 세실은 마부석에. 리타와 커틀러스 씨는 뒤쪽 자리에 앉
았다.

"다들, 준비됐어?"

"""예, 예~!"""

세실, 리타, 커틀러스 씨가 나란히 손을 들었다.

다들— 눈이 조금 빨갛기는 하지만, 힘이 넘쳐 보이네.

그런데………… 셋이 전부 촉촉한 눈으로 날 흘끗흘끗 보고
있는 건— 왜지?

"어제…… 어떤 걸즈 토크를 한 거야."

"히야으아!"

내 옆에서, 세실의 몸이 움찔, 하고 튀었다.

아으으, 하며 얼굴이 새빨개졌고, 쭈뼛쭈뼛, 하는 느낌으로
날 쳐다보고 있다.

"그, 그게…… 그으게…… 즈엄…… 아니, 그게 아니라!"

"핀이, 그러니까…… 엄청나게 활약해서 말이야. 나도 세실도
커틀러스도, 압도당했거든. 커틀러스의 『여자 인격』…… 대단하
더라."

"저도…… 제 안에 완전무결한 『여자』가 있다는 걸 알고 깜짝
놀랐어요……. 그, 저도 모르는, 제 마음과 몸을 알게 된 느낌입

니다…….”

세실도 리타도 커틀러스 씨도, 얼굴이 새빨개져 있다.

어젯밤 걸즈 토크에서, 핀이 폭주한 것 같네— 어라, 잠깐?

“커틀러스랑 핀이, 이야기할 수 있게 된 거야?”

“예! 주공 덕분이지 말입니다!”

커틀러스가 척, 하고 손을 들었다.

“제가 핀의 존재를 자각하면서, 머릿속에서 이야기를 나눌 수 있게 됐지 말입니다. 하지만, 항상 깨어 있는 건 아닌지, 불러도 대답이 없는 때도 있습니다만…… 그래도, 이야기할 수 있게 된 것 자체는 기쁘지 말입니다.”

그렇게 말하고, 커틀러스 씨가 웃었다.

핀이 커틀러스 씨를 소중히 여기는 것처럼, 커틀러스에게도 핀이 소중한 존재가 된 걸까. 커틀러스 씨, 아주 환하게 웃고 있으니까.

“그럼, 가볼까 피클, 포클.”

『알겠슴…… 아니, 잠시만』『뭔가 수상한 녀석들이 있습니다요, 나리.』

출발하려던 말들이 갑자기 발을 멈췄다.

도시 밖에서, 남자 두 명이 걸어오는 모습이 보였다.

가도를 따라 걸어왔겠지. 숨을 헐떡이면서 문을 지나, 시내로 들어왔다.

“……젠장. 무슨 일이 일어난 거야.”

“……고스트가 노리는 건— 후보생뿐일 텐데!”

드센 느낌의 남자들이었다. 팔도 다리도 굵고, 몸통 근육도 대단하다. 모험자거나 실력 있는 전사, 라는 느낌이었다. 몸 곳곳에 작은 상처들이 있다. 그중에 한 사람은 다리까지 절고 있고.

이른 아침이다 보니, 시내의 길에는 지나다니는 사람들이 적다.

그런 속에서, 남자들의 모습은 너무나 눈에 띄었다.

"……저기, 괜찮으세요?"

"닥쳐!"

남자 하나가 짜증 난다는 것처럼 팔을 휘둘렀다.

그 손에는 아무것도 없었다. 가도를 따라 걸어왔을 텐데 무기도, 방어구도. 웃옷도 바지도 너덜너덜해서 거의 속옷 차림이었다. 아무리 봐도 적은 인원으로 가도를 걸어 다닐 차림새가 아니었다.

"가도에서…… 무슨 일이 있었나요?"

내가 물었다.

위험한 게 있다면 알아두고 싶었기 때문이다.

"아앙?"

남자가 나를 노려봤다.

"장비를 잃어버린 게 재미있냐?! 뭘 모르나 본데, 우리는 조합의—."

"그만둬, 이 바보야! 이 꼴로 그걸 말하는 놈이 어디 있어!"

소리치려던 남자의 머리를, 다른 남자가 때렸다.

맞은쪽은 으, 하고 입을 다물었다.

"저희는 지금부터 『날개의 도시 샤르카』로 가려고 하는데, 가도에서 무슨 일이 일어났다면 좀 알아두고 싶어서요."

혹시 몰라서, 예의바르게 물어봤다.

"모험자 따위를 상대할 것 같냐. 분수를 알아야지."

남자들은 그렇게 말하고는 여관 쪽으로 달려갔다.

……무슨 일이 일어난 거지?

도적인가? 아니면 『하이스펙 소매치기 군단』일당이라도 나왔나? 하지만 그놈들이 중년 남성을 노릴 이유가 없다. 도적이 나왔다면 도시 경비병에게 말할 테고. 하지만, 남자들은 문에 잇는 경비병들을 무시했다. 마물과 만났을 가능성도 있지만, 그렇다면 장비를 벗겨갔다는 게 이상하다.

"어떻게 할까요, 나기 님."

"일단 앞으로 나아가자. 돌아가는 게 너무 늦어지면 이리스네가 걱정할 테니까."

어제부터 『의식 공유·개량형』이 안 통하고 있다.

이리스네와 너무 멀리 떨어진 탓이다. 계속 메시지를 주고받으며 지내 온 탓에, 연락이 안 되면 걱정이 된다. 이쪽 세계에서는 이게 당연한 일이지만 말이야.

"경계하면서 전진하자. 세실은 일정 간격으로 『마력 탐지』를, 리타는 『기척 감지』를 부탁해. 커틀러스 씨도 준비 정도는 해두고. 아무 일도 없으면 그걸로 충분하니까."

나는 세실과 리타, 커틀러스 씨 쪽을 봤다.

"알겠습니다!" "알았거든!" "알겠지 말입니다!"

그렇게 해서 우리는, 경계 태세를 유지하며 가도를 따라가기로 했다.

"……후우."

경계 태세를 유지한 채로 몇 시간이 경과.

우리는 가도의 분기점을 지나서 바위산 근처까지 왔다.

여기는 올 때 비룡 가르페와 마주쳤던 곳이다. 주위가 잘 보이지 않으니까, 마물이나 도적의 기습 공격을 조심해야겠다.

"이리스네도 여기를 지나갔겠지."

며칠 전, 항구도시 이르가파에서 온 사람들과 함께.

무사…… 할 것 같다. 아무래도 그 부대에 무슨 일이 있었다면 소문이 났을 테니까.

『의식 공유·개량형』은 아직도 연결이 안 되고 있다. 이리스 쪽에서 보내는 정보는 들어오지 않지만.

"이리스라면…… 다른 통신 방법을 생각해낼지도 몰라."

나는 마차를 세웠다.

"나기 님?"

"리타, 잠깐만 와봐. 도와줬으면 하는 게 있거든."

마차에서 내리고 리타를 불렀다.

『의식 공유·개량형』을 사용하지 않고, 이리스네가 나와 연락할 수 있는 방법은 그렇게 많지 않다. 편지를 보낸다고 해도 시간이 걸린다. 긴급 상황이라면 다른 방법을 사용할 것이다.

예를 들자면 비룡에게 부탁한다든지.

이리스한테는 비룡 가르페의 『블러드 크리스탈』을 맡겼다.

만약에 이리스가 가르페를 불러서 우리와 연락을 하려고 했다면, 이 장소.

우리가 가르페와 싸웠던 이곳에 뭔가를 떨어트렸을 가능성이 높다.

"리타, 이리스와 아이네, 라필리아의 냄새를 찾아봐. 없으면 됐고. 그냥 앞으로 가자."

"나한테 맡겨. 내가 꼬맹이 냄새를 놓칠 리가—."

리타의 동물 귀가 쫑긋, 하고 움직였다.

가느다란 팔을 휘두르며 달려갔다. 그리고 바위를 박차고 점프.

리타는 공중에서 멋지게 한 바퀴 회전해서, 나뭇가지에 걸려 있던 작은 판을 잡았다.

"뭐야. 정말로 있잖아. 주인님…… 대단해."

"대단한 건 리타랑 이리스야. 나도 정말로 발견할 줄은 몰랐어."

나는 리타한테서 받은 판을 봤다.

이리스, 아이네, 라필리아의 이니셜이 적혀 있다. 틀림없이 세 사람이 보낸 편지다. 적혀 있는 내용은 기사 시험에 대한 것. 감독 역할을 하는 남성에 대해.

그리고— 기사들 사이에서만 전해지는, 전설에 대해.

기사가 되려는 자는, 기사의 망령이 시련을 내린다.

기습 공격을 해서 근성과 기합을 철저히 시험한다— 뭐야?!

"전원! 주위를 경계!!"

내가 소리쳤다.

"리타. 귀를 기울여. 말을 탄 누군가가 다가오지 않는지. 세실은 고대어 마법을 준비! 언제든지 맞서 싸울 수 있게! 커틀러스 씨는 몸을 지키고! 바로 출발이야!"

내가 신호하자, 말 포클과 피클이 달려나갔다.

"잠깐만, 나기. 저기 봐. 바닥에 뭔가가 떨어져 있어."

다음 순간, 리타가 외쳤다.

리타 말이 맞았다. 가도 위에 뭔가가 쌓여 있다.

가까이 다가가니 똑똑히 보인다. 뭐야 저거…… 일그러진 쇳덩이— 아니,

"갑옷과 방패와— 검인가?"

"기사의 장비지 말입니다!"

뒷자리에서 커틀러스 씨가 큰 소리로 말했다.

"방패에 자작 가문과 남작 가문의 문장이 새겨져 있지 말입니다. 저건 귀족을 섬기는 기사의 상징이지 말입니다. 그런데……저렇게, 엉망이 돼서?"

"……저런 건, 보통 마법으로는 무리예요."

세실의 목소리도 떨리고 있었다.

가도에 떨어진 방패는 중앙 부분에서 똑 부러져 있다. 갑옷은

가슴 보호대 부분에 커다란 칼자국이 나 있고. 배 부분에 있는 건 발자국이다. 게다가 발자국 크기는 보통 사람과 다를 게 없다. 그렇다면 이걸 저지른 건 마물이 아니다. 최소한 사람 모습을 한 놈이다.

"설마, 도시에서 나올 때 봤던 속옷 차림의 두 사람은……?"

"여기서 홀랑 벗겨졌다는 뜻이네."

말도 안 돼.

그런 짓을 할 수 있는 건『치트 캐릭터』정도인데.

어쩌면 이리스가 전해준 이야기에 있었던『기사 고스트』의 짓인가? 하지만, 그 녀석은 신참 기사만 덮칠 텐데. 아까 그 두 사람은 중년 남성이었고. 어째서―.

"생각하는 건 나중에. 속도를 높여! 다들, 마차를 꼭 붙잡아――!"

"적 반응! 발굽 소리가 들려!"

리타는 동물 귀에 손을 대고, 주위의 소리에 의식을 집중하고 있다.

"이쪽으로 다가오고 있어. 하지만, 이 방향은― 바위산― 위쪽?!"

우리는 일제히 고개를 들었다.

바위산 위에서, 칠흑의 갑옷을 입은 기사가, 말을 타고 우리를 내려다보고 있었다.

『기사 후보생의 냄새가 느껴진다.』

그 기사는 또렷하게 들리는 목소리로 말했다.

『흐음…… 이 기척을 보면, 그 기사 후보생은 소녀인가. 남성의 차림새를 하고 있기는 하지만, 그 아름다운 본질은 감출 수가 없다. 흠…… 좋구나…… 참으로 좋다. 향기로운 기척이로구나…….』

"하으아?!"

마차 안에서, 커틀러스가 비명을 질렀다.

이쪽이 동요한 줄고 모르고, 바위산 위에 있는 검은 기사는 계속해서 말했다.

『오랜만에 느껴보는구나…… 이 좋은 기척. 이것이야말로, 기사를 목표로 하는 고결한 자의 냄새로다. 그 숨결, 놓칠 수는 없지. 이 감미롭고, 이 몸이 원하는 것을…… 꼭 손으로 만져보지 않고는 배길 수가 없도다. 자, 해볼까!』

어둠 속에서 울리는 것 같은 그 목소리를 들은 우리는―.

""""""변태다―――!!""""""

곧바로 온 힘을 다해― 마차를 발진시켰다.

제10화 「변태 스토커 기사 요격전과 핀의 자기 전용 트랩」

『서라, 서라, 서라——! 기껏 만난 적을, 놓칠 수는 없지——!!』

변태 기사는 곧장, 마차를 따라왔다.

빠르다. 역시 마차와 기마는 속도 차이가 너무 난다.

"내가 붙잡아둘게! 나기네는 먼저 가!!"

"——리타?!"

내가 말릴 틈도 없이, 리타가 마차에서 뛰어내렸다.

그대로 검은 기사를 향해 뛰어갔다.

"내 주인님과 어린 아이를, 괴롭히지 말라고!"

『좋구나! 네놈도, 실로 좋은 기척이 느껴진다!』

"저리 꺼져, 이 변태!!"

까앙!

리타의 주먹과 검은 기사의 팔이 교차했다.

기사는 그대로 리타를 향해 창을 내질렀다. 리타는 그 창을 종이 한 장 차이로 피하고, 이번에는 기사의 목을 걷어찼다.

『크윽! 커어어억?! 좋다. 좋구나! 이 아픔이야말로 기사의 기쁨이다!』

『신성력 장악』으로 강화한 발차기를 맞았는데, 기사는 투구가 쓰러졌을 뿐이다.

안에 사람이 들어 있다면, 절대로 그렇게 될 리가 없는 방향으로.

"뭐…… 뭐야, 이 변태 기사는?!"

리타가 비명을 지르고, 뒤로 펄쩍 뛰었다.

"『신성력』으로도 사라지지 않아! 이 녀석, 망령 (고스트) 아니었어?! 어떻게 된 거야?!"

"리타, 이제 됐어! 빨리 합류해!"

"알았어, 주인님!!"

리타가 변태 기사의 말을 걷어차고, 그 반동을 이용해서 뒤로 뛰었다.

흑기사가 탄 말은 망가진 것처럼 계속 달리고 있다. 군마처럼 갑주를 입고, 고개를 흔들면서 필사적으로 다리를 움직이고 있다. 리타의 발차기를 맞았으면서도 꿈쩍도 하지 않고.

『좋도다. 기사 후보의 냄새에…… 이것은 충성의 빛인가! 흐하, 흐하하하하하하!!』

빠각.

흑기사의 창이 땅바닥에 굴러다니던 갑옷을 꿰뚫었다.

고급으로 보이는 갑옷이 종잇장이라도 되는 것처럼 구멍이 뚫렸다. 흑기사는 그걸 걷어차서 우리 쪽으로 날렸다. 찌그러진 갑옷은 회전하면서 우리 마차 뒤쪽에 땅, 하고 떨어졌다. 갑옷의 가슴 언저리가 뭉개져서 등 부분과 딱 붙어 있다.

오싹했다.

이놈은, 정면으로 싸우면 안 되는 상대다.

"리타! 빨리 돌아와. 어쨌거나 거리를──."

『이만한 호적수는 간만이로다. 곁에 있기만 해도 기분이 좋다!

아까 그 잡것들과는 전혀 다르구나!」

변태 기사가 마차를 향해서 팔을 휘둘렀다.

"던지는 무기다! 나기! 피해!!"

"발동!『유수 검술 LV1!!』"

나는 마차 밖을 향해서 마검 레기를 내뻗었다.

칼날이 빙글, 하고 돌아서, 날아온 단검을 흘려냈다.

"고마워, 레기!"

『그래. 한데, 짜증 나는 놈이다. 저 변태 기사는!』

그러게, 말이야.

『유수 검술』은 칼이라면 뭐든지 흘려낼 수 있다. 던지는 무기라도 상관없이.

단검을 흘려낸 게 벌써 여섯 번째. 전부 변태 기사가 던진 것이다. 언제까지 받아낼 수 있을지, 모르는 일이다.

"그리고…… 저 기사, 뿌리칠 수 없을 것 같아…….."

마차와 기마는 속도 차이가 너무 난다.

저 녀석은 바위산을 똑바로 달려 내려와서 마차를 따라잡았다. 무작정. 이리스의 편지가 있었기 때문에 저놈을『적』이라고 인식할 수 있었다. 도망칠 수 있었던 건 그 덕분이다.

하지만, 이대로 이르가파까지 끌고 갈 수도 없다.

"세실, 부탁해. 마법으로 견제를!"

"예, 나기 님! 정령의 숨결이여 내 적을 쏴라—『플레임 애로』~~!!"

『──흐음!』

변태 기사는 『불화살』을 간단히 피했다.

한 손으로 말을 몰면서, 갈지자로 달리면서 우리를 쫓아오고 있다.

그래도 리타가 도망칠 틈은 생겼다. 리타는 기사를 뿌리치고, 마차 안으로 뛰어 들어왔다.

"보고입니다. 주인님!"

돌아온 리타가 내 앞에서 무릎을 꿇었다.

"저놈은 언데드가 아니야. 전에 싸웠던 리빙 메일이랑도 다르고. 갑옷 안에 아무것도 없었거든."

"갑옷 자체가 멋대로 움직이고 있다는 거야?"

"응. 저놈이 말했어. 『그대들은 완벽하다. 기척만으로도 훌륭했는데, 눈으로 보니 더욱더 바람직하다. 고결한 기척을 지닌 소녀 기사와, 동료 모험자들. 그대들이 지닌 충성의 빛은 훌륭하다. 나와 싸울 자격이 있다』고."

뭐야 그게.

"『현대의 기사가 잃어버린 충성의 빛. 그것을 지닌 자들과 싸우게 되다니, 바라지도 않은 행복』이라고 하면서 웃었어."

현대의 기사……?

그 얘기는, 저 변태 스토커 기사도 기사의 일종이라는 건가? 마물이 아니라?

"커틀러스 씨. 저 녀석, 혹시 짐작 가는 게 있어?"

내가 묻자, 커틀러스 씨가 움찔, 하고 몸을 떨었다.

작은 몸을 움츠리고, 기사 자격 수험표를 꼭 쥐고 있다.

"모, 모르겠지 말입니다. 저는 기사 시험을 포기한 몸. 변태 기사에게 쫓길 이유는 없다고 생각하지 말입니다. 하지만……만약 제 탓이라면…… 이딴 것——!"

커틀러스 씨는 수험표를 마차 밖으로 던져버렸다.

따라오던 기사의 말발굽이 빠각, 하고 그것을 밟아버렸다.

"저는 이미, 기사가 아닌 다른 길을 선택했지 말입니다! 다른 데로 가세요!"

커틀러스 씨가 울음을 터트릴 것 같은 얼굴로 소리쳤다.

『흐하하하하하하! 놓치지 않겠다——!』

하지만, 변태 기사는 마차를 똑바로 쳐다보면서, 이쪽을 향해 말을 몰았다.

『그 냄새, 그 기척. 아름다운 충성의 빛! 소녀 기사에, 소녀 모험 자들! 상대도 하지 않고 보낼 것 같느냐! 서로의 몸과 기술을 뒤섞 으며, 더욱 높은 경지로 향한다. 이것이 기사의 본질이다——!』

"으아아아아아앙! 그런 기사는 모르지 말입니다——!"

커틀러스가 머리를 쥐어뜯으면서 비명을 질렀다.

『좋구나! 겁먹은 그 목소리 또한 좋다! 참을 수가 없구나아아 아아아!』

완벽한 변태였다.

"……흐윽."

커틀러스 씨는 얼굴이 새파랗게 질려서 내 손을 꼭 잡았다.

겁먹는 것도 무리가 아니지. 기사 차림을 한 놈이 갑자기 나타 나서, 스토커라고 선언을 하면서 쫓아오고 있으니까. 기사를 동경하던 커틀러스 씨한테는 정말 엄청난 트라우마 감이다.

"리타, 주위에 다른 적의 기척은?"

"없어. 저놈 혼자서 움직이는 건 틀림없어 보여."

내가 묻자, 리타가 고개를 저었다.

"알았어. 리타, 잠깐 마부석 부탁해."

"알았~어. 맡겨만 두라고."

나는 리타에게 고삐를 맡기고, 세실과 함께 마차 뒤쪽으로 이동했다.

"여기서 저놈을 막는다. 치트 해금이야. 세실."

"예. 나기 님!"

마차 바닥에서, 세실이 천으로 감산 지팡이를 꺼냈다.

『진·성장 노이엘트』다. 동시에 내가 세실을 안아서 무릎 위에 올려놨다.

"……그, 그럼…… 주세요…… 나기 님."

"알았어. 합체하자."

나는 세실의 가슴에 손을 댔다.

세실의 몸은 내 품 안에 쏙 들어온다. 마치 거기가 제자리라도 되는 양.

심호흡을 하면서, 세실은 나한테 등을 기댔다. 옷을 통해서 전해져오는 체온은 아주 뜨거웠고, 이렇게 닿아 있는 상태에서 심장 고동도 빨라졌다.

내 손가락은 세실의 가슴을 감싸는 모양으로, 마력 공급 개시— 엇차.

"······응············ 하으·······."

세실은 살짝 애절해 보이는 느낌으로 눈살을 찌푸리고一.

"갑니다! 고대어 마법『플레임 애로』— 범위 확대판————!"

『이중 영창』한 주문을 발동했다.

심홍색 마법진이 마차 좌우에 나타났다.

평소 같으면 세실의 뒤쪽에 하나만. 하지만, 이번에는 네 개다. 마차 오른쪽에 두 개. 왼쪽에 두 개.

마차 좌우에 옵션 포대— 네 개의 마법진이 나타났다.

이것이 압축과 확대를 관장하는 지팡이,『진·성장 노이엘트』의 힘이다.

"갑니다————!!"

파바바바바바바바바바바바바바바바바바바바!!

가도에 울려 퍼지는, 발사 소리.

바로 위쪽에서 보면, 마차 좌우에 포대가 달려 있고 거기서 총알이 발사되는 것처럼 보이겠지. 불화살은 길 전체로 퍼지고 있다. 도망칠 곳이 없는 범위 공격이다. 이건 절대로 못 피할 거야!

『끄아아아아아아아아아아아아!!』

퍼버버버버버버버버버버버버벅!!

변태 기사와 검은 말에, 대량의 『불화살』이 착탄했다. 적의 움직임이, 멈춘다.

"세실! 범위를 조정. 『불화살』을 집중시켜!"

"예! 나기 님!!"

세실이 『노이엘트』를 조정. 『불화살』을 집속시켰다.

산탄총 탄환처럼 퍼지던 『불화살』이, 변태 기사에게 집중됐다. 말의 몸에 구멍이 뚫리고, 거대한 말이 쓰러진다. 저쪽은 마력으로 만든 가짜 말인가. 그럼, 변태 기사는——?

『기, 기, 기쁘구나 나의 호적수여. 이것이 바로 싸움이다——!』

놈의 움직임은, 멈추지 않았다

설마. 고대어판 『플레임 애로』도 소용없는 건가······?

"장벽이에요, 나기 님! 기사 씨는 마력 장벽을 치고 있어요!"

세실이 외쳤다.

자세히 보니 기사의 몸 앞에 반투명한 벽이 있었다.

저 마력 장벽이 『불화살』의 위력을 약하게 만들고 있다. 갑옷에 맞는 건 여파뿐인가.

『흐하하하하하하! 들어라! 나의 호적수여!』

변태 기사가 창을 땅에 꽂고서 소리쳤다.

우리한테 하고 싶은 말이 있는 것 같다.

우리는 마차를 세우고, 전투태세를 유지한 채로 흑기사가 말하기를 기다렸다.

그리고—.

『이 몸은, 너희에게 결투를 신청한다!!』

변태 기사가 몸을 뒤로 젖히면서 선언했다.
"뭐라고?! 무작정 공격해놓고서, 그게 할 소리야!"
『그딴 것은 기사에게는 장난이나 마찬가지! 너희도 진심이 아니었을 터!』
아니, 완전히 진심이었는데.
지금까지 상대했던 적들은, 하나같이 기습을 당했더라도 쓰러트리지 못하면 위험해지는 놈들 투성이었으니까.
『이 몸은 너희의 힘을 인정했다! 당당히 결판을 내도록 하자! 기사의 혼을 걸고!!』
"……제가, 가겠습니다."
갑자기, 마차 안에서 커틀러스 씨가 일어났다.
"저놈은 『기사 후보생의 냄새』라고 했습니다. 그렇다면, 제게 반응하고 있을 가능성이 있지 말입니다. 변태라고는 해도 기사가 저지른 일이라면, 책임은 제가 져야 마땅하지 말입니다!"
"커틀러스 씨?!"
"들어 주십시오! 변태 기사 공!"
말릴 틈도 없이, 커틀러스 씨가 마차에서 뛰어내렸다.
"제가 결투를 받아들이겠지 말입니다! 죽더라도 불만은 말하지 않겠습니다!! 단지, 다른 분들은 끌어들이지 말아주세요! 부탁드리지 말입니다 변태 공! 변태 기사 공!!"

『변태가 아니다————!!』

화냈다.

아니, 냄새라느니 숨결이라느니, 내가 살던 세계에서 여자한
테 그런 소리를 하면 틀림없이 신고당할 대사들을 떠들어댔잖
아? 게다가 지금 한창 스토킹하는 중이고.

『물론! 그자가 내 곁에 온다면 거절하지는 않는다! 이 손으로
만지고, 그 고결한 영혼이 발하는 냄새와 기적, 소녀 기사의 부
드러운 살결을 내 강철 손가락으로 어루만지고, 충성의 빛을 지
닌 자의 감촉을 확인하도록 하겠지만!』

"히에에에엑?!"

『허나, 이 몸은 변태가 아니다!』

흑기사는 땅바닥에 창을 세우고, 선언했다.

『이 몸은, 고대 기사의 혼이 깃든 갑옷. 그 이름은, 바랄이라
고 한다.』

"바랄? 입, 니까?"

커틀러스 씨의 눈이 반짝거렸다.

"들은 적이 있습니다. 전설의 기사가 추구하던— 신의 시대에
만들어졌다고 전해지는, 신성한 갑옷입니다."

『그러하다! 이 몸은 역대 고결한 기사들이 사용했고, 그러는
중에 의식을 가지게 되었다.』

"그런 전설의 갑옷이 무슨 볼일인데."

나와 세실, 리타도 마차에서 내렸다.

말을 잃은 변태— 가 아니라, 흑기사와 마주했다.

"우리는 평범한 모험자라고. 커틀러스 씨도 기사가 되겠다는 걸 포기했고. 너랑은 아무 상관도 없을 텐데."

『허나, 그대들에게서 순수한 충성의 빛이 느껴진다. 이것은 기사의 혼에서 연유한 것. 이 몸이 싸울 가치가 있는 자다!』

""""충성의 빛?""""

……미안. 의미를 하나도 모르겠거든.

『이 몸은, 태곳적 시대에 만들어지고 여러 기사들이 사용해 왔다.』

흑기사가 말했다.

『의지를 지니게 된 것은, 기사의 「충성」이 아름답다고 생각하게 되었기 때문이다. 오로지 주인만을 생각하고 흠모하는 마음— 사람만이 지니는 「아름다움을 느끼는 마음」을 손에 넣은 것이다. 시간이 지나면서 나는 그 마음을 더욱 키워 갔고, 겉모습만이 아니라 고결한 영혼과 충성의 빛을 느낄 수 있게 되었다.』

"그런 게 가능한 건가……."

『특히…… 아름다운 소녀의 것을 선호한다. 이 몸을 걸쳤던 것은 땀내 나는 사내들 투성이였으니까. 소녀 기사의 충성의 빛을 만난 지금, 잠시 내 정신을 잃은 것도 무리는 아니지. 안 그런가.』

거기서 동의해달라고 해도 말이야.

"한마디로 댁은 의지를 지닌 갑옷이고, 충성의 빛이라는 걸 지닌 사람을 찾고 있다는, 그런 소리야?"

『그런 기사가 있었던 것은, 이미 먼 옛날의 일이지만.』

알맹이가 없는 기사는, 창 날 끝부분으로 자기 무릎을 때렸다.

『이 몸은 마지막 싸움에서 주인을 잃었고, 방치됐다. 보존 상태가 좋지 않아서 고물 취급을 받아왔다. 한데, 이번에, 어떤 의식에 사용되면서 의식을 되찾았다.』

"의식?"

『그것은 현대의 기사들이 행한 의식이었지. 낡은 갑옷에서, 죽은 기사의 고스트를 만들어내고, 기사 시험 수험표를 가진 자를 공격하게 만드는 의식이었다.』

"""......................뭐?!"""

우리는 일제히 커틀러스 씨 쪽을 봤다.

"모, 모르는 일이지 말입니다. 그런 건 들어본 적도…… 어, 정말입니까?"

『의식 때 들은 이야기에 의하면, 정말 끔찍한 것이었다. 요즘 젊은것들은 근성이 없다느니, 나 때 시험은 더 힘들었다느니, 죽은 사람이 몇 명이나 나올 정도였다느니, 라고.』

흑기사가 투구를 떨렁거리면서 외쳤다.

『조금 전에 여기서 마주친 기사 놈들도 그러했다. 그놈들은 기사 고스트한테 쓰러진 신참 기사를 비웃으러 왔다. 그런데, 조금 손 좀 봐줬더니 그냥 도망쳤다!』

"……세상에…… 이런…… 기사란…… 그런 것이었습니까."

커틀러스 씨의 어깨가 축 늘어졌다.

흑기사는 한 손을 하늘을 향해 뻗고, 다른 손으로는 눈물을 닦는 동작을 하고 있다. 거짓말은 아닌 것 같다.

『이 몸은, 그 의식에 의해 눈을 떴다. 이 몸은 태고의 유물이지만, 아름다움을 아는 마음을 지니고 있다. 그렇기에, 눈부신 충성의 빛을 지닌 자와의 싸움을 바라는 것이다!』

"……의지를 지닌 태고의 유물…… 설마, 『신의 시대 기물 (아티팩트)』인가요……?"

세실이 떨면서, 내 팔에 매달렸다.

"가장 오래된 시대에 만들어진 마법 아이템이에요. 저 갑옷이 그런 것이라면, 기사의 의지가 깃들어서 움직이는 것도 이해할 수 있어요. 너무 오래돼서…… 방치됐다는 것도."

이럴 줄 알았다면, 성녀 데리릴라 씨한테 그런 이야기도 들어둘 걸 그랬나.

나한테 『아티팩트』의 정보 같은 건 없다. 그리고―.

정 안 되면― **그녀**의 힘을 빌리는 수밖에 없겠지.

"들어봐, 흑기사. 넌 착각하고 있어."

나는 흑기사 쪽을 보면서 말했다.

『착각, 이라고?』

"그래. 네가 상대할 건 우리가 아니야. 네가 상대해 마땅한 것은 진짜 기사라고. 이런 데서 일반인이나 상대하지 말라고! 진짜 기사를 찾아서, 당당하게 겨뤄!"

『그럴 수는 없다!』

"어째서?!"

『본직 기사 중에서, 순수한 충성심을 지닌 자는, 절멸했다!』

"""".................뭐?""""

지금…… 뭐라고 했지? 절멸?

『의식을 통해 불려 나왔을 때 알아차렸다! 왕국에 있는 기사 중에는 제대로 된 영혼을 지닌 놈이 없다! 옛날 자랑만 줄줄이 되풀이하는 놈에, 실수로 입은 상처를 자랑하는 놈, 귀족한테 빌붙어서 영지 주민을 괴롭히는 놈, 그런 놈들뿐이다!』

"—아, 아, 아아……."

아, 커틀러스 씨, 충격받았다.

"……그, 그럼…… 기사 자격을 따도……?"

『제대로 된 놈은 2년 만에 그만둔다.』

"나, 나머지는?"

『2년하고 1개월이면, 눈에서 빛이 사라지겠지.』

"……세, 세상에……."

커틀러스 씨가 털썩, 무릎을 꿇었다.

『그렇기에, 이 몸은 그대들처럼 순수한 충성심을 지닌 자와 싸우기를 바란다.』

흑기사는 소리치면서, 땅바닥에 쿵, 하고 창을 세웠다.

『고대의 기사가 사용했던 이 몸에게는 충성의 빛이 보인다. 그 마차에서는 세 명과 한 자루 분의 아름다운 빛이 보인다. 그러한 자와, 이 몸은 싸우고 싶다!』

"……세 명과 한 자루?"

세실이랑 리타랑…… 한 자루는 레기인가. 이 자식, 레기의 존재까지 느낄 수 있는 건가.

그렇다면 이 녀석은 정말로 『치트 갑옷』이다.

"여기서 싸우는 걸 거부하면, 어떻게 할 건데?"

『땅끝까지 쫓아가겠다만?』

"무슨 스토커냐!"

『이 몸이 바라는 것은 충성의 빛을 지닌 자와, 모든 것을 터트리며 싸우는 것. 그 상대가 감미로운 향기를 지닌 소녀 기사라면 더더욱 놓칠 수 없다. 거절한다고 한다면, 이 몸은 「스토커」라는 것도 되겠다!』

……이 자식을 소환한 기사 놈들…… 나중에 한 마디 해줘야지.

『그럼, 자, 시작해볼까!』

할 말을 다 했는지, 흑기사가 창을 잡았다.

작전이 있기는 한데, 그러려면 커틀러스 씨― 정확히 말하자면 핀의 협력이 필요하다.

그리고, 다소의 시간도.

"저기, 흑기사."

『뭔가, 이 몸의 호적수여.』

"꼭 여기서 싸워야 하는 거야?"

『그러하다.』

"이쪽은 준비도 안 됐는데?"

『기사는 상재 전장이 아니던가?』

"댁은 그럴지 몰라도 우리는 아니라고. 그리고, 불완전한 상태에서 싸운 탓에, 파티 일부에 문제가 발생했단 말이야. 태세를 바로잡을 때까지 기다려줬으면 싶은데."

『……어설픈 소리를.』

"……불완전한 상태인 상대와 싸우고 싶다는 거야?"

내가 말했다.

흑기사가 크윽, 하면서 투구를 뒤로 젖혔다.

"그게 어디가 기사인데? 그냥 무차별 살인마잖아."

더 딴죽을 걸었더니, 창을 쥔 흑기사의 손이 떨렸다.

이 자식, 의외로 말로 공격하는 데 내성이 없나 보네. 도발하면 시간을 벌 수 있을지도 모르겠다.

"기사의 혼이라고 했으니까 말이야, 무슨 정식 결투라도 하자는 건 줄 알았는데 말이야아. 이기기만 하면 그만이라는 건가? 수단은 가리지도 않고? 정말로? 진짜로…… 우와~."

그렇게 말하면서, 세실과 다른 사람에게 눈짓을 했다.

세실, 리타, 커틀러스 씨가 끄덕끄덕했다. 그리고――.

"우와~ 저, 정말 못 믿겠어요. 기사가 그런 짓을 하다니~."

"여신님을 섬기는 『신성 기사』가 들으면 진짜 화내겠다. 기사 얼굴에 먹칠한다고~."

"정말 믿을 수가 없지 말입니다! 기습을 해놓고, 사죄도 안 하다니!"

"훌륭한 기사님이 말이다. 뿌~ 훌쩍훌쩍훌쩍~."

레기까지 끼어들어서 도발 개시.

잘 넘어오면 좋겠는데――.

『에, 에에에에에에잇! 알았다! 알았단 말이다! 준비건 뭐건 알아서 해라!!』

"우와~ 역시나 고결한 기사네~."

『시끄럽다!』

흑기사는 창을 거두고 고개를 돌렸다.

이걸로 작전을 세울 시간이 생겼다.

저 기사가 변태 같기는 해도, 자존심이나 긍지는 가지고 있는 것 같네. 기다린다고 했으니까, 갑자기 공격해오는 일은 없겠지.

자, 그럼.

저놈은 여기서 막는다. 최대한, 확실한 방법으로.

"커틀러스 씨."

"아, 예, 예이지 말입니다."

"커틀러스 씨의 스킬『신의 시대 기물 적성』에 대해 가르쳐줄 수 있겠어? 그리고 저 흑기사가 진짜 아티팩트인지 아닌지도.

"아, 아티팩트, 말이십니까?"

커틀러스 씨는 눈이 휘둥그레져서 고개를 갸웃거렸다.

그렇구나.『신의 시대 기물 정성』은 핀의 스킬이었지. 커틀러스 씨는 인식하지 못하는 건가.

"잠깐만 기다려주십시오 주공. 제 안에서 핀이 뭐라고 말하고 있습니다. 뭐? 알고 있어? 나오고 싶다고? 바꿔 달라…… 고 해도……."

"핀이? 뭐라고 하는데?"

"교대하고 싶다, 고 말하고 있습니다. 그러기 위해서, 가슴 보호대를 벗어, 라고."

"브레스트 플레이트를? 어째서?"

"글쎄요. 일단 저이기는 합니다만, 핀이 생각하는 건 잘 모르겠지 말입니다."

그렇게 말하면서, 커틀러스 씨는 손을 등 쪽으로 돌려서 가슴을 가리는 갑옷을 벗었다. 등의 끈을 풀고, 은색 갑옷을 벗었더니―.

"――아."

옷도, 벗겨졌다.

속옷은, 안 입었다.

흠집 하나 없는, 새하얀 피부. 오목한 쇄골.

거기서부터 쭈욱 이어지는, 매끄러운 구릉지대와 분홍색――.

"어? 어라? 어째서 옷이 벗겨지게 돼 있는 거지 말입니다아아아아아아아아아아?!"

자세히 보니 커틀러스 씨 셔츠, 어깨 언저리가 잘려서, 가느다란 끈으로 살짝 고정해뒀다. 그래서 갑옷을 벗을 때 뚝, 하고 끊어진 것이다. 셔츠는 그대로 앞뒤로 분리돼서, 배 언저리까지 떨어졌다.

그 밑에 있어야 할 속옷은, 흔적도 없다.

누가 이런 짓을 했을까―.

"피, 핀 너어어어어어어!"

―역시나.

"자, 자기가 나오려고 이런 짓을?! 그렇다면…… 혹시……."

갑자기 커틀러스 씨가 자기 바지 쪽으로 손을 뻗었다.

만지고, 두드리고, 마지막으로 손을 집어넣고— 얼굴이 새빨개져서 부들부들 떨었다.

"왜 그래 커틀러스 씨?! 무슨 일 있어?!"

"없지 말입니다!"

뭐가?

"주공 앞에서⋯⋯⋯ 이런 일이⋯⋯⋯ 이런 일이⋯⋯⋯."

꽈당.

커틀러스 씨는 그대로, 옆으로 쓰러졌다.

"후우. 겨우 나왔네, 주공."

그리고 일어난 커틀러스 씨의 눈동자는 붉은 보라색으로 변해 있었다.

"긴급 상황이라서, 비상수단을 썼어요."

핀은 앉은 채로 고개를 꾸벅.

"결론부터 말할게요. 저 흑기사는 아마도 『신의 시대의 기물』이 틀림없어요. 옛 시대에 만들어지고, 기사들이 사용하는 사이에 자아를 가지게 된, 마법 아이템이에요."

핀한테는 『신의 시대 기물 적성』 스킬이 있다.

그것은 왕가의 피를 이은 사람에게 드물게 나타나는 스킬이고, 가장 오래된 시대에 만들어진 아이템— 아티팩트를 지배하거나 다룰 수 있다는 것 같다.

"알았어. 핀의 스킬로 저 녀석을 무력화할 수 있겠어?"

"할 수 있어요. 10분만 주세요."

"10분?!"

"제가 10분 동안 계속 저 녀석과 닿아 있으면 지배할 수 있어요."

핀은 아무렇지도 않은 일처럼 말했다.

무리다. 너무 위험해.

리타조차도 저 녀석을 완전히 제압하지 못했는데.

"제 『신의 시대 기물 적성』은 아티팩트나 마법 아이템에 마력을 흘려 넣어서 지배하는 것. 나름대로 시간이 걸려요. 하지만, 그런 건 아무래도 상관없어요. 책임을 지게 해주세요."

핀은 기도하는 것처럼 손을 맞잡고, 눈을 감았다.

나, 세실, 리타, 그리고 마검 상태인 레기한테 고개를 숙이고, 중얼거렸다.

"이건 커틀러스와 저의, 기사에 대한 집착이 초래한 일. 주인님과 여러분을 지키기 위해, 이 목숨을 쓰게 해주세요. 부탁드립니다. 주공……."

망설임이라고는 찾아볼 수도 없는 목소리로, 핀은 그렇게 선언했다.

제11화 「같지만 다른 두 사람의, 단 하나의 부탁」

"기각."

내가 말했다.

"미안하지만 우리 파티는 『거의 죽는 전법』과 『자기희생』은 금지거든."

"······예?"

"나한테 스트레스가 될 수 있는 전법은, 우리 파티에서는 안 하기로 돼 있어. 그러니까 목숨을 거는 건 금지. 알았지?"

핀은 떡, 하고 입을 벌리고 있다.

하지만, 이건 양보할 수 없다. 우리 파티는 사망 금지, 큰 부상 금지, 몸이 안 좋은 걸 숨기는 것 금지. 어긴 사람한테는 벌을 준다는 룰이 있다. 핀(커틀러스)도 지금은 우리 파티의 일원이다. 규칙은 꼭 지켜줘야만 한다.

"하지만, 흑기사를 불러들인 건 커틀러스가 기사 후보생이기 때문이잖아요? 그것 때문에 여러분을 위험에 처하게 하니, 도박이라도 해 봐야······."

"그러니까, 내가 싫다고. 그런 건."

내가 말했다.

아, 말투가 좀 심했나. 핀도, 세실이랑 리타도 깜짝 놀랐다.

"커틀러스는 겨우 어머니의 주박에서 해방된 거잖아?"

······좋아어, 평소 말투로 돌아왔다.

나는 계속해서 말했다.

"자신의 이상을 강요하기만 하고, 자식을 잘 생각하려고 하지도 않았어…… 죽은 사람을 나쁘게 말하고 싶지는 않지만…… 그런 사람 때문에, 자기 뜻대로 진로를 선택하지도 못했었잖아? 겨우 그걸 깨닫고 자유롭게 됐는데, 여기서 끝나는 건 허락할 수 있고, 인정할 수 없어."

"주공……."

"그런 건, **내가 싫어.** 그러니까 그런 자기희생은 금지. 알았지?"

짝, 하고 손뼉을 쳐서 마무리했다.

내가 왜 핀의 『커틀러스를 구해줘』라는 부탁을 순순히 받아들였는지, 이제야 겨우 알 수 있었다.

아버지에게 버림받은 커틀러스와 어머니에게 버림받은 핀이, 마치 내 모습 같았기 때문이다.

정말이지. 이세계에 온 뒤로 원래 세계의 응어리는 사라진 줄 알았는데, 아직도 남아 있었나…….

"나기 님……." "나기……."

어느 샌가 세실과 리타가 내 손을 잡고 있었다.

두 사람한테는 이미 다 들켰겠지. 걱정하는 얼굴로, 날 빤히 보고 있으니까.

"그러니까, 목숨 거는 건 금지. 그렇게 되면, 선택지는 두 개…… 려나."

선택지 하나는 이대로 도망치는 것.

이대로 항구도시 이르가파 근처까지 가서, 『의식 공유·개량형』으로 이리스와 연락한다. 합류한 뒤에 라필리아의 『퇴마 결계』로 배리어를 치고, 안쪽에서 흑기사에게 대미지를 줘서 해치운다.

또 하나는 핀의『신의 시대 기물 적성』을『재구축』하는 것.

이건 노예 계약이 필요하니까, 핀은 물론이고 커틀러스 씨한테도 동의를 받아야 한다. 하지만, 원래는 수습 기사이자 공주님이니까. 노예가 되는 데는 저항할 수도 있겠지.

역시, 그냥 도망쳐서 장기전을 노리는 쪽이―.

"그렇다면, 부탁드리겠습니다, 주공. 저를 당신의 노예로 삼아주세요."

그런 생각을 하고 있는데, 갑자기 핀이 내 얼굴을 보면서, 말했다.

"그렇게 하면, 저 흑기사를 쓰러트릴 수 있는 거죠? 아닌가요?"

읽었나? 얼굴에 드러났나……? 아냐, 아닐 거야.

핀은 아마도 눈치가 빠르다. 그녀는 누구에게도 그 존재를 들키지 않은 채, 커틀러스 자신이『여자』라는 사실을 알아차리지 못하도록, 계속 도와줬다. 주위의 분위기와 커틀러스 씨 자신의 반응을 읽으면서― 그런 건, 어지간한 관찰력 가지고는 할 수 없는 일이다.

"세실 님과 리타 님은, 저 흑기사와 대등하게 싸울 수 있는 힘을 지니셨습니다. 그 힘은 통상적인 것이 아닙니다. 그리고, 두 분은 주공을 진심으로 흠모하고 있습니다."

내 앞에서 무릎을 꿇고, 핀이 말했다.

"그리고 주공은, 의미도 없이 타인을 지배하는 분이 아닙니다. 그렇다면, 두 분의 힘에 주종계약이 관여해 있다는 것이 자연스럽지 않겠습니까?"

"……대단하네, 핀은."

만난 지 얼마 되지도 않았는데, 여기까지 알아차리다니.

"저와 커틀러스는 이미 주공께 충성을 맹세했습니다."

핀은 두 손을 맞잡고는 기도하는 것처럼 중얼거렸다.

"주공은, 아무것도 아니었던 제게 있을 곳과 이름을 주셨습니다. 커틀러스에게도 길을 제시해주셨습니다. 그것은 저와 커틀러스가, 이 몸과 충성을 바칠 가치가 있는— 빛과도 같은 것. 저희가, 단 하나, 스스로 선택한 것입니다."

그리고, 부드러운 미소를 지으면서 날 봤다.

눈동자 색이 평소와 달랐다.

"『죽는 것은 허락지 않는다』고 하셨죠? 그렇다면 제게 『계약』으로, 그 충성을 다하게 해주세요. 이 자리를 헤쳐나갈 힘을, 저희에게 주십시오— 주공."

—『그녀』의 오른쪽 눈은, 붉은 보라색. 핀의 색.

"저도 그렇지 말입니다! 망설임 따위는 없지 말입니다! 주공."

—왼쪽 눈은, 파란색. 커틀러스 씨의 색이다.

마치 두 사람이 동시에 존재하는 것 같았다.

목소리가, 좌우에서 따로따로 들려왔다.

"핀이라는, 주공으로부터 받은 이름에 걸고." "커틀러스도 가짜 같은 이름입니다만…… 그 이름에 걸고."

"주공의 것이 되고 싶습니다." "전직 수습 기사로서 충성을 바치고 싶지 말입니다."

"물론 바라신다면 여자로서도." "핀! 그건 아직 이르지 말입니다!"

"주공께 모든 것을 바치고, 함께 하고 싶다고." "그, 그러니까! 지금은 그럴 상황이 아니지 말입니다!"

"부디 이 상스러운 공주에게, 목줄을." "그렇게 말하면 너무 야하지 말입니다?!"

"닥치세요! 꼴사납습니다!" "예!"

핀은 『커틀러스는 어머니의 마력에 저주가 걸린 것이나 마찬가지』라고 했다.

그래서, 이런 것도 가능한 건가?

"주공." "주, 주고옹……."

핀과 커틀러스―『그녀』는 천천히, 눈을 감았다.

""나(저)를, 노예로. 정식으로 주공을 섬기는 자로 만들어 주십시오…….""

"알았어."

이렇게까지 말해줬으니, 망설일 수는 없지.

『그녀』의 스킬을 『재구축』해서, 이 상황을 헤쳐나가자.

"하지만 『계약』이니까 기간은 정해둘게. 그래…… 커틀러스와 핀의 인격이 합체돼서 하나가 될 때까지, 내가 두 사람을 챙기는 걸로 하자. 그 대가로, 두 사람은 내 노예가 되고. 인격이 합체해서 하나가 되고, 그 뒤에 안정되면 『계약』 해제. 이러면 어떨까."

이 정도라면 괜찮겠지.

어쨌거나 두 사람을 그냥 보낼 수는 없으니까. 커틀러스는 핀의 존재를 알아차린 지 얼마 안 돼서 아직 불안정하다. 그렇다면 내가 돌봐주는 대신에, 노예로서 일하게 하자.

인격이 하나가 되고 안정이 되면, 그때 새로운 길을 찾으면 되니까.

"그렇게 하면 어떨까. 핀, 커틀러스."

"문제없습니다." "알았지 말입니다!"

그녀의 몸이 두 번 고개를 끄덕였다.

그 뒤에 나는 세실과 리타에게 앞으로의 작전을 말했다.

두 사람은 ""예""라고 말한 뒤에 다시 벽 쪽을 봤다. 뒤에서 보니 귀와 뒷목까지 새빨개져 있었다. 『재구축』은 받는 것도 보는 것도 창피하니까.

"그럼, 『계약』."

""『계약』(이지, 말입니다)!!""

우리는 『계약의 메달리온』을 부딪쳤다.

스륵, 소리가 나고, 그녀의 목에 가죽 목줄이 감겼다.

그녀는 오른손으로 그것을 쓰다듬고는 "주공께 모든 것을 맡길 때가 왔군요"라고 말하며 웃었고—

그녀는 왼손으로 그것을 쓰다듬고는 "노, 노예기사이지 말입니다. 왠지 두근거리지 말입니다"라고 말하며, 손으로 가슴을 눌렀다.

그리고 나는 주인님 권한으로 핀과 커틀러스 씨의 스킬을 표시했다.

이 상황에서 쓸 수 있는 스킬만 확인하면 된다.

지금 『능력 재구축』할 수 있을 만한 것은—.

『신의 시대 기물 적성 LV5』(잠금 스킬. 핀 한정)

『아티팩트』를 『완전』하게 『지배하는』 스킬.

이것은 옛 시대의 유물에 마력을 흘려 넣어서 지배하에 두는, 소위 말하는 해킹 스킬이다.

하지만 『완전』이라는 개념이 들어가 있는 탓에 지배에 시간이 걸린다.

커틀러스 쪽에도 쓸 만 한 게 있네. 이건—.

『호순 격파 (실드 차지) LV4』 (커틀러스 한정)

『방패와 몸통 부딪치기』로 『적』을 『날려버리는』 스킬.

이건 일반적인 전투 스킬.

방패를 앞으로 내밀고 부딪쳐서 적을 날려버리는 기술이다. 커틀러스 씨는 몸이 작으니까, 위력은 약하다. 이것도 『재구축』 하면, 의외로 효과를 발휘할지도 모른다.

저 흑기사는 치트 캐릭터 같은 존재다. 할 수 있는 건 뭐든지 해두고 싶다.

"들어봐, 둘 다. 나한테는 스킬의 조합을 바꿔서 강화하는 힘이 있어. 그걸 써서, 지금부터 두 사람을 강화할 거야. 쓴 뒤에는 한동안 나한테서 떨어질 수 없고, 나중에 스킬을 다시 조정해야만 해. 그래도 괜찮을까?"

"이제 와서 물으실 필요도 없겠죠?" "각오는 돼 있지 말입니다!"

두 사람이 한 사람인 그녀는 찰싹, 나한테 몸을 기댔다.

나는 그녀의 가슴에 손을 얹었다.

심장이 두근, 두근 뛰고 있다.

커틀러스— 핀은 몸이 하나, 인격은 둘인 신기한 소녀. 『능력 재구축』을 할 때 어떤 반응이 나올지 모른다.

그래도 『그녀』는 내 어깨에 이마를 대고— 웃었다.

"간다. 핀, 커틀러스."

""예. 주공!""

지난번에 짐마차 호위 부대 리더한테 받은 스킬이 있다.

이걸 써서『4개념 치트 스킬』을 만들자.

『과단즉결 (성급함) LV3』
『행동』을『재빨리』『결정하는』스킬.

나한테『과단즉결 LV3』을 인스톨하고, 2개의『마력 실』을『그녀』와 연결했다.

"……응. 아……." "……따뜨읏…… 하지…… 말입니다."

공허한 눈으로, 그녀가 날 보고 있다.
누가 핀이고 누가 커틀러스인지, 이젠 모르겠다.
……둘 다 마찬가지다. 전부 내 노예니까.

"실행!『고속 재구축』!!"
""──응. 아…………. ──읏!!""

움찔, 그녀의 몸이 떨렸다.
마력이 단숨에, 두 사람 속으로 흘러 들어갔다. 마치 전류라도 흐른 것처럼『그녀』는 새하얀 몸을 뒤로 젖혔다. 서로의 손을 겹치고, 마력이 흐르는 길을 찾는 것처럼 움직이고 있다.
"…………주공…… 들어와…… 아응…… 차, 창피…… 앙."
붉은 보라색─ 핀의 눈이 날 보고, 눈을 감았다.

『그녀』는 내게 감고 있던 팔을 풀었다.

"주공이…… 들어온 것이 느껴지지 말입니다……."

눈동자 색이 파란색으로 돌아왔다. 커틀러스다.

"……응. 알지 말입니다. 제 새로운 힘이."

"핀 쪽은?"

"흐흥~. 그게, 말입니다."

커틀러스는 웃으면서 내 귀에 입을 가까이 가져가 댔다.

"주공이 몸 안에 들어오신 게 창피해서 숨어버렸지 말입니다. 살을 드러내는 건 아무렇지도 않은 주제에, 정~ 말이지, 칠칠맞지 말입니다! 핀은!"

그렇게 말하고 에헴, 하면서 가슴을 펴는 커틀러스.

……보여주는 건 괜찮지만 건드리는 덴 약한 건가, 핀.

동일 인물이지만, 약한 부분은 또 다르구나.

"그럼, 작전을 설명할게."

나는 세실, 리타, 커틀러스에게 말해다.

도망치는 건 관두자. 이 자리에서 저 『검은 갑옷 바랄』을 지배한다.

그러기 위한 작전은—.

"—이런 작전이야. 알았지."

"알겠습니다, 나기 님." "알았거든." "알겠지 말입니다!"

세실, 리타, 커틀러스가 동시에 대답했고, 내 등에서 레기도 떨렸다.

"그럼, 빨리 정리하고 집에 돌아가자. 아이네랑 다른 사람들이 기다리니까."

　우리는 전투태세를 갖추고 마차에서 내렸다.

제12화 「여행 후의 방 배정은 의외로 중대한 문제였다」

『한참을 기다렸다, 충성의 빛을 지닌 자여.』

갑옷뿐인 흑기사는 마차에서 떨어진 곳에 앉아 있었다.

우리가 마차에서 내리자 흑기사는 소리도 없이 일어나서는, 기계 같은 움직임으로 창을 잡았다.

"기다려줘서 고마워 『바랄』."

내가 말했다.

"하는 김에, 이대로 헤어질 수 있으면 더 좋겠는데 말이야."

『거절한다.』

"그렇겠지."

『이 몸에게 있어, 너희 같은 자와 싸우는 것은 그야말로 맛보기 힘든 진미와도 같은 것. 준비하고, 직성이 풀릴 때까지 음미해 마땅하다.』

"……그런 소리를 하니까 변태 취급받는 거 아냐?"

『어쩔 수 없다. 이 몸을 썼던 기사들이 전부 이랬으니까.』

"그랬어?"

『그래, 무골이자 호쾌. 주군 앞에서는 예의바르고, 동료들만 있을 때는 편하게. 대체로 여자를 좋아한다. 이 세계의 기사란 그런 것이다. 단, 충성의 빛은 지니고 있었다. 그것은 틀림없다.』

흑기사의 말을 듣고, 커틀러스는 난처해 보이는 얼굴로 미소를 지었다.

이야기에 나오는 것 같은 기사들은 이젠 없지만, 과거의 기사들이 제대로 된 사람들이었다는 것은 알았다. 기뻐해야 좋을지 슬퍼해야 좋을지, 복잡한 기분이겠지.

"그래서, 그쪽을 불러낸 놈의 정체는?"

『말하지 않았나. 기사들이다.』

"의식의 중심에 있었던 건?"

『제 자랑을 아주 좋아하는 「가른가라」라는 놈이었지.』

이리스가 보내온 정보에 있었던, 기사 감독 역할의 남성이다.

그렇구나, 그놈이, 이 기사 고스트 소환을 주도했구나.

『실제로 의식을 행한 것은, 백발의 노인 술자였다.』

검은 갑옷은 투구를 흔들어 보였다.

『허나, 내용물은 아니었다. 이 몸에게는 용과도 같은 무언가처럼 느껴졌다. 아주 무겁고 답답한 기적이 느껴졌다. 그것이 용이라면 마에 타락한 용— 마룡이라고 불러야겠지.』

"고마워, 나중에 알아볼게."

『그런가. 그렇다면 싸워보자.』

우리는 거리를 벌리고 마주 섰다.

포메이션은 2인 1조.

나와 커틀러스.

세실과 리타.

커틀러스는 나를 지키려는 것처럼 방패를 들었고, 나는 마검 레기를 쥐고 있다.

세실은 리타의 등에 매달렸고, 리타는 몸을 숙이고서 언제든지 뛰쳐나갈 준비를 하고 있다.

"미리 말해두는데, 난 기사가 아니거든."

나는 흑기사에게 말했다

"그러니까, 우리 식대로 싸우겠어."

『상관없다고 하지 않았는가.』

"알았어. 그럼— 리타!"

"예! 주인님!!"

제일 먼저, 리타가 달려나갔다. 동시에, 나와 커틀러스도.

리타의 등에서 세실이 영창을 시작했다. 지팡이는 필요 없다. 보통 고대어 마법으로 충분하다.

『이쪽도 간다! 바람이여, 내 칼날이 되어 달리라!!』

흑기사가 창을 휘둘렀다.

공기가, 찢어졌다.

충격파 같은 것이 이쪽을 향해 날아온다.

"흥! 신들의 시대 갑옷치고는 시시한 공격이네!!"

리타가 『신성력』을 담은 주먹으로 충격파를 때렸다.

궤도가 어긋난 충격파는 가도 바닥을 갉아내며 엉뚱한 방향으로 날아갔다.

『이, 이해할 수 없다아아아!』

"살아있는 유물이 할 소리야!"

까아앙!

리타의 발차기와 갑옷의 창이 교차했다.

움직임은 리타가 더 빠르다. 창을 피하고, 갑옷의 팔을 향해서 주먹을 휘둘렀다.

『어설프다! 나오라, 장벽!』

흑기사의 눈앞에 반투명한 방어막이 나타났다. 그걸―.

"어설픈 건 그쪽! 발동『결계 파괴』!!"

리타의 주먹이, 한 방에 파괴해버렸다.

『결계 파괴』는 시간 왜곡 필드건 거미집이건, 공간에 간섭하는 기술이라면 한 방에 파괴해버릴 수 있다. 흑기사의 장벽이 제아무리 강하다고 해도, 치트 스킬은 당해낼 수 없다!

"갑니다! 고대어『플레임――― 애로―――』!!"

그리고 리타의 등에 매달려 있던 세실이, 최후의 마력을 해방했다!!

파바바바바바바바바바바바바바!!

『끄아아아아아아아아아아아아아.』

장벽을 잃은 흑기사에게, 제로 거리 사격 고대어『플레임 애로』가 작렬.

흑기사의 갑옷이 불길과 연기에 휩싸였다. 팔이 날아갔다.

『후후…… 후후후후후…… 기분 좋구나! 이것이야말로, 현대에서는 얻을 수 없는 싸움이다!』

"역시 변태잖아!!"

『이젠 변태라도 좋다!』

흑기사가 창을 들어 올렸다. 내리친 창이, 리타의 팔을 스쳤다.

리타의 등에 있는 세실이 털썩, 하고 의식을 잃었다. 마력을 너무 많이 썼다.

하지만, 이젠 괜찮다.

리타와 세실이 상대를 붙잡아둔 틈에, 나와 커틀러스는 한계까지 적에게 다가갔다.

이걸로, 체크메이트다.

적이 커틀러스의 치트 스킬 사정거리에 들어왔다!

"발동이지 말입니다!『호(豪)·중단 순격(中斷盾擊) (캔슬링 실드 차지)』!!"

커틀러스가 스킬을 발동하고, 땅을 박찼다.

땅이 흔들리고, 작은 몸이 총알처럼 날아간다!

이동 거리는 약 2미터.

"으어어어어어어아아아아아아! 먹어라 입니다! 흑기사!"

방패를 든 커틀러스의 몸통 부딪치기가, 말 그대로 흑기사를 날려버렸다!

『끄어어어어어어아아아아아아아아── 아아아아아아!』

검은 갑옷이 땅바닥을 데굴데굴 굴렀다. 다리가 날아가고, 투구 뿔이 기묘한 모양으로 구부러졌다.

『─꽤, 꽤 하는구나. 하지만 이 정도로──.』

흑기사가 우리를 향해, 창을 치켜들었다.

하지만 더이상, 의미는 없다.

커틀러스의 스킬이, 그 효과를 완전히 발휘했다.

털썩.

『뭣이——?!』

들어 올렸던 흑기사의 팔이, 그대로 땅바닥에 떨어졌다.

마치 몸의 힘이 빠진 것처럼.

『—뭐? 뭐냐 이건— 어째서, 팔이 올라가질 않는 것이냐?! 어째서 창을 휘두를 수 없나?!』

흑기사는 팔을 들어 올렸다. 일어나서, 휘두르려고 한다.

하지만 그 행동은 완성되지 않는다. 팔을 들면, 떨어진다.

『뭐, 뭐냐 이것은. 어째서, 어째서 내 행동이 중단되지?!』

"주공께서 주신 것이, 그런 스킬이기 때문이지 말입니다."

커틀러스는 방패를 손에 들고, 흑기사를 내려다보고 있었다.

"이것이 『호·중단 순격』의 힘. 당신의 **행동을 날려버리는** 능력이지 말입니다!"

『호·중단 순격』 (커틀러스 한정. 4개념 치트 스킬)

『방패와 몸통 부딪치기』로 『적』과 『행동』을 『날려버리는』 스킬.

온 체중을 실은 방패의 일격으로 적에게 거대한 충격을 준다.

그리고 이 기술을 맞은 적은, 일정 시간 동안 자신의 턴이 날아가 버린다 (캔슬 된다).

영창은 중간에 끊어지고, 손에 쥔 무기는 내리칠 수 없게 돼버린다.

……역시나 4개념 치트 스킬. 말도 안 되는 위력이다.

단, 강력한 만큼 사정거리가 짧기 때문에, 한계까지 다가가야만 한다.

그래서 리타와 세실에게 상대를 붙잡아달라고 했다. 마법, 스킬, 모든 것을 써서.

"뭐가…… 기사입니까. 뭐가『충성의 빛은 훌륭하다』입니까!"

정신을 차려보니, 커틀러스는 땅바닥에 쓰러져 있는 흑기사를 내려다보고 있었다.

눈물을 글썽이면서.

지금까지 본 적이 없을 만큼, 화를 내고 있다.

"제 소중한 사람들을 쫓아다니고, 싸움을 걸고! 폐를 끼치고! 그런 건, 지금의 기사가 하는 짓과 다를 게 없지 않습니까?!"

『이 몸은…… 이 몸의 긍지를 위해…… 싸움을…….』

"당신 같은 게 기사라면, 저는 기사를 그만두기를 잘 했다는 생각이 들지 말입니다. 주공과 함께, 저는 그 무엇도 아닌 한 사람의 여자아이로서 살아갈 것이지 말입니다……."

그리고 커틀러스는 나를 보며, 고개를 끄덕였다.

천천히 갑옷 끝을 풀고— 조금만 앞으로 내밀었다. 흑기사한테는 안 보이게.

그리고는, 창피한지 눈을 감고, 두 손을 내 볼에 얹고―.

"……부탁드립니다, 주공. 저는 보여지는 쪽이 창피합니다……."

내 머리를 자기 가슴으로, 가져갔다.

구체적으로는 내가 커틀러스의 가슴을 훔쳐보는 것 같은 모양이
되도록― 잠깐, 이거…… 내가 눈을 감으면 안 되는 거겠지……."

인격이 바뀔 때마다, 매번 이러면 어떻게 하지…….

"……응. 아…… 주, 공……."

커틀러스는 뜨거운 숨결을 내쉬고, 눈을 떴다.

눈동자 색이 붉은 보라색으로 바뀌어 있다. 여기서부터는 핀
의 차례다.

"아, 갑옷 씨. 고마워. 당신 덕분에 주공의 것이 될 수 있었어."

『―뭣이?』

여전히 땅바닥에 뒹굴고 있는 흑기사가 고개를 갸웃거렸다.

응. 당연히 깜짝 놀라겠지. 이 변화.

"고대의 갑옷인 당신의 힘은, 주공을 위해서 쓰도록 하겠어."

『자, 잠깐. 넌 대체 무슨 소리를 하는 것이냐?』

"나한테는, 아티팩트에 간섭하는 힘이 있어."

『말도 안 돼! 그런 힘을 가진 것은…… 이 시대에는 왕가
의…… 설마!』

"글쎄, 난 그냥 『핀』이야."

핀은 빙긋 웃으면서, 새파란 하늘을 가리켰다.

"나는 주공의 노예 핀. 그게 전부야."

『―히, 히익?!』

흑기사가 떨었다.

눈치챈 것 같다.

핀의 손끝에, 창백한 마법진이 떠 있다는 걸.

"자, 지배해 줄게. 발동!『즉시 신의 시대 기물 장악 (아티팩트 룰러)』

『즉시 신의 시대 기물 장악 (아티팩트 룰러) LV1』(핀 한정. 잠금 스킬. 4개념 치트 스킬)

『아티팩트』를『재빨리』『완전』하게『지배하는』스킬.

고대에 만들어진 마법 아이템― 신의 시대 기물을 곧바로 지배한다.

정확히 말하자면 순식간에 기능 정지로 몰아넣고, 그 뒤에 핀의 마력을 계속 주입해서 지배를 완료한다. 내부 구조까지 파악할 수 있기 때문에, 마력을 주입하기에 따라서는 파괴도 가능.

약점은 사정거리가 지극히 짧다는 것. 접촉해야만 스킬을 발동할 수 있다.

핀의 손끝이 검은 갑옷의 투구에 닿았다.

순간, 창백한 마력이 투구― 가슴 보호대― 손― 그리고 갑옷 전체로 돌았다.

"―아티팩트의 제1 마력 외장― 돌파. 마력 인격 영역― 장악. 제2 마력 외장─ 돌파. 중추에 도달─ 지배를 개시."

은색 마력 선이, 가슴 보호대 표면을 덮어간다.

중앙에 빨간, 코어 같은 것이 떠올랐다.

"중추에 도달. 자, 나쁜 갑옷 씨. 주공의 것이 되세요───!"

핀의 마력이 거기에 도달했고, 단숨에 파고들었고, 휘젓고, 그리고─.

『⋯⋯⋯⋯으어어.』

흑기사의 투구가 위쪽으로 향했다.

『그런가⋯⋯⋯⋯ 이 몸도⋯⋯ 기사들과 마찬가지⋯⋯ 어느새 길을 잘못 들었다.』

그렇게 말하고 흑기사는─ 얼굴은 안 보이지만─ 어째선지 후련해 보이는 목소리로, 이쪽을 봤다.

『부탁이 있다⋯⋯ 저주받은⋯⋯ 「기사 고스트 소환의 땅」을 정화해줬으면 한다⋯⋯.』

"기사 고스트 소환의 땅?"

『그곳은 「샤르카」 북쪽에 있다⋯⋯ 끔찍한 옛 전장. 그 땅은, 현대 기사 놈들이 지배하고, 예전에 그곳에서 죽은 기사들을 고스트로서 사역하는 장소. 그것을 정화하면⋯⋯ 우리가, 젊은 기사에게 폐를 끼치는 일도 없어진다.

충성의 빛을 지닌 자의 마력을 받고, 깨달았다.

우리는 이미─ 잠들어야─ 잠들─ 잠─.』

퍼엉!

칠흑의 가슴 보호대만 남기고, 갑옷이 이리저리 날아갔다.

"어, 어라? 어라라라라…… 미안해요. 말하는 중이었는데……."

"……마력을 너무 넣었나?"

"아뇨, 아무래도 이 갑옷 본체는, 이 가슴 보호대뿐이었던 것 같네요……."

핀은 지면에 떨어져 있는 까만 가슴 보호대를 집어 들었다.

"느껴져요. 아티팩트『바랄의 갑옷』 본체는, 이 가슴 보호대뿐. 다른 부분은 나중에 대충 이어붙인, 평범한 마법 갑옷이었어요."

핀은 떨떠름한 것처럼 머리를 긁었다.

"하, 하지만요. 이『바랄의 갑옷』— 아니, 『가슴 보호대』는 완전히 장악했어요. 걸려 있던 의식의 효과도 취소했어요. 가슴 보호대의 능력도 알 수 있어요. 그러니까『장벽 전개』에『물리 감쇄』, 그리고『마력으로 유사적인 신체를 만들어내는 능력』을 지니고 있어요. 그 힘으로 기사의 몸과 말을 만들어냈던 것 같아요."

상당히 치트한 갑옷이었다. 『아티팩트』라는 게, 이 정도 수준인가.

그렇다면, 이 가슴 보호대는—.

"그건 핀이랑 커틀러스가 써."

"……예?"

핀은 깜짝 놀랐는지, 가슴 보호대를 꽉 쥐었다.

"괘, 괜찮은가요?"

"앞으로 『아티팩트』를 가진 자들과 싸우게 됐을 때, 핀의 스킬이 비장의 무기가 될 테니까, 가능한 방어력을 높여두고 싶거든."

"알았어요. 주공이 바라는 대로."

그렇게 말하고, 핀은 가슴에 손을 얹고서 고개를 숙였다.

마치 이곳이 왕궁의 홀이라도 되는 것 같은, 우아한 인사였다.

"그나저나…… 의식이 행해진 『저주받은 땅』인가. 정화하라고 해도 말이야……."

"귀찮은 의뢰네요~."

핀이 곤란하다는 것처럼 고개를 갸웃거리고,

"하지만, 주공이라면, 어떻게든 하시겠죠?"

"과대평가하지 말고."

"할 만도 하죠. 왜냐하면 나와 커틀러스가 믿는 분이니까요…… 아, 그렇지."

탁, 하고 손뼉을 치고, 핀이 말했다.

탁, 타닥, 하고 스텝을 밟으며, 내 가슴에 몸을 기댔다.

그리고, 아주 좋은 생각이 났다는 것처럼 웃는 얼굴로—.

"보고입니다. 내가 말이죠, 보여주는 건 괜찮지만, 만지는 건 창피한 것 같아요."

"무슨 얘기야?!"

"아니, 노예가 됐으니까, 주인님께 자신의 약점을 알려드리는 것도 중요할 것 같아서요. 주공이, 저희의 몸도 마음도, 완전히 지배할 수 있도록."

어째선지 쑥스러워하는 것처럼 고개를 옆으로 돌리고, 핀이 말했다.

"그런 건 커틀러스한테 허가를 받은 다음에 하자고……."

"어머나. 커틀러스와 저는 동일 인물인데요?"

"다른 인격이잖아? 인격이 융합할 때까지는, 커틀러스의 프라이버시도 지켜주자고."

"그렇겠죠. 하지만, 융합하면, 저는 어떤 여자아이가 될까요?"

마치 개구쟁이 아이처럼, 핀이 웃었다.

"보이는 것과…… 만져지는 것. 어느 쪽을 못 견디는 여자아이가 될지, 어느 쪽이 괜찮은 여자아이가 될지— 기대되네요—."

마지막으로 한 마디를 남기고— 핀은 툭, 하고 의식을 끈을 놓아버렸다.

익숙하지 않은 스킬을 쓴 탓에 지친 것 같다.

그건 커틀러스도 마찬가지라서, 두 사람은 내 품 안에서 잠들었다. 가느다란 목에는 갓 채워진 가죽 목줄.『계약』은 두 사람의 인격이 완전히 하나가 되면 해지되도록 했지만, 꽤 오래 걸릴 것 같다. 커틀러스와 핀, 성격이 너무 다르니까.

"둘이 하나가 되면, 어떤 여자아이가 되려나……."

……남자 같은 말투에 걸핏하면 옷을 벗고 싶어하는 공주 기사, 라든지?

……상상도 못 하겠다.

나는 커틀러스를 등에 메고, 세실과 리타 쪽을 봤다.

"쉿──."

리타는 입술에 손가락을 대고 웃었다.

"세실도, 지친 것 같아."

리타는 세실을 마차에 눕혔다. 아래에 모포를 깔고, 자기 옷을 개켜서 베개 대신 대주고, 자기 모포를 덮어줬다. 마치 소중한 여동생에게 해주는 것처럼.

"세실, 정말 열심히 하니까. 나중에 꼭 칭찬해줘."

"응. 지켜줘서 고마워."

쓰다듬, 쓰다듬, 쓰다듬.

"내, 내가 아니라아…… 정말."

리타는 쑥스러워하는 것처럼 고개를 저었다. 귀엽다.

나는 커틀러스를 세실 옆에 눕히고, 리타가 해준 것처럼 내 모포를 덮어줬다.

"그런데 리타. 주위에 마물의 기척은?"

"……음~ 지금은 없네. 사람도 마물도, 하나도 없어."

"그래."

나와 리타는 나란히 마차 구석에 가서 앉았다.

리타는 어느새 내 가슴에 얼굴을 가까이 들이대고, 살짝 킁킁 소리를 내고 있었다.

"음~ 나기 냄새. 평소보다 강해…… 좋아."

"움직인 직후니까 땀 냄새겠지."

"나기라면, 괜찮거든."

그렇게 말하고, 리타는 내 어깨에 머리를 얹었다.

"그나저나…… 커틀러스랑 핀, 대단했지."

"너무 대단해서 걱정이 된다니까."

"왕가의 숨겨진 공주님이니까."

"그게 아니라, 둘 다 갑자기 노예가 되겠다고 결정해서 말이야."

"아, 그건 아무 문제 없다고 생각하는데."

리타는 아무 일도 아니라는 것처럼 손을 저었다.

아니, 큰 문제라고 생각하거든.

"커틀러스는 기사가 되는 건 포기했지만, 동경하고 있기는 하잖아?"

"응. 그렇게 말했지."

"핀은 그런 커틀러스를 도와주는 역할이고."

"나, 그것도 커틀러스한테 들었거든?"

"그래서, 커틀러스는 기사 같은 훌륭한 사람을 섬기는 게 목표야."

"아, 그런 거야."

어라??

어째서 리타가, 손으로 입을 가리고 웃는 거지?

"저기, 나기. 그런 걱정은 안 해도 돼."

"그래?"

"커틀러스는, 나기를 『주공』이라고 부르잖아?"

"임시, 지만."

"『계약』했잖아. 한마디로, 그런 얘기야."

그런 얘기, 라고.

……한마디로 커틀러스는, 날 기사 같은 존재라고 생각한다는 건가.

"과대평가가 너무 심하네~."

"거기에 대해서는 우리 노예의 의견을 듣는 게 좋을 것 같거든. 그치~ 레기."

"그래~!"

펑, 하고 등에 있는 마검이 떨리더니, 사람 모양 레기가 나타났다.

그대로 데굴, 하고 나와 리타의 무릎 위에 눕더니 씨익 웃었다.

"그거 알고 있나~ 주인님. 자신을 너무 낮게 평가하면, 섬기는 우리까지 낮게 평가한다는 뜻이 된다~. 주인님은 좀 더 거만하게 굴어도 된다고 생각한다."

"레기 말이 맞아."

"그리고, 머리를 쓰다듬어다오."

"레기 말이 맞아."

시키는 대로, 나는 리타와 레기의 머리를 쓰다듬어줬다. 쓰담쓰담.

금색 머리카락와 동물 귀에 손가락이 닿자, 리타가 간지럽다는 것처럼 웃었다.

레기는 굳이 내 무릎 위에 앉아서, 빨간색 트윈 테일을 풀었다.

"오~ 기분 좋구나~."

"응. 기분 좋다, 레기."

"이건, 주인님께 중대한 비밀을 밝힐 가치가 있을 만큼 기분이 좋구나!"

―중대한 비밀.

나는 리타 쪽을 봤다. 리타도 깜짝 놀라고 있다. 뭔지 모르는 것 같다.

레기는 그런 우리의 반응을 보고, 살며시 웃었다.

"그러니까 말이다, 주인님. 지금부터 우리는 집에 돌아가는 거지?"

"응."

"한동안 떠나 있었다. 메이드 계집도, 꼬맹이 무녀도, 엘프 계집도, 다들 집에서 묵고 싶어 하겠지?"

"그렇겠지."

"헌데, 우리 집에는, 방이 여섯 개밖에 없다!"

"" ―――아.""

그랬다.

레기는 마검 상태로 자니까 나랑 같은 방이라도 된다 치고.

세실, 리타, 아이네, 이리스, 라필리아― 그리고 커틀러스.

한 사람 방이, 부족하다.

"자~ 어쩔 생각인가. 주인님은 어느 노예와 같은 방에서 살 생각일까?! 참으로 기대되는구나. 후훗~!"

레기는 즐거워하며 몸을 흔들어댔다.

리타는…… 아, 역시 새빨개졌네.

"그 부분은 집에 가서 생각하자."

"······그래에."

리타가 대답하자, 내 머리에 메시지가 들어왔다.

『의식 공유·개량형』의 효과다.

이리스가 통신 범위 안에 들어온 것 같다.

『발신 : 이리스 (수신 : 오빠)

내용 : 괘, 괜찮으세요~ 오빠! 무사하신가요! 오빠한테, 무슨 일이 났으면 이리스—— 는. 이리스는— 그래요. 기사의, 망령. 기사 후보의 수험표를 목표로— 공격하는— 그거, 버려주세요. 지금 당장! 그러면!』

『발신 : 나기 (수신 : 이리스)

내용 : 괜찮아. 끝났어. 망령하고는 조금 달랐지만, 처리했어.』

『발신 : 이리스 (수신 : 나기)

내용 : 정말인가요, 정말이죠? 아이네 님도 라필리아 님도 걱정하고 있어요. 이리스의 명예를 걸고, 오빠와 다른 분들이 무사하다고 해도 되는 거죠?! 다행이네요······ 다행이다. 오빠도 다른 분들도 무사하세요. 다행이다······ 정말······ 다행이다.』

『발신 : 나기 (수신 : 이리스)

내용 : 아이네와 라필리아한테도 전해줘. 걱정 끼쳐서 미안하다고.』

마지막으로, 나는 문장을 하나 더, 추가했다.

『발신 : 나기 (수신 : 이리스)

　내용 : 가족이 한 사람(두 사람?) 늘었으니까, 집에 가면 다 같이 방을 준비하자.』

제13화 「둘이서 하나인 노예의 재조정은 의외로 테크니컬한 작업이었다」

우리는 겨우 『샤르카』에 도착했다.

지난번과 다르게, 이번에는 여관도 시내도 텅텅 비어 있었다. 전에는 그렇게 많았던 캐러밴도 관광객도 거의 없다. 시장도 한산하고. 사람이 많은 곳이라고는, 문 근처에 있는 마차 타는 곳뿐이다.

무슨 일이 있었던 거지?

"항구도시 이르가파로 가는 승합마차는, 다음이 막차입니다!"

"이르가파에서 열리는 『차기 영주 공개 파티』에는 제3 왕녀 클로디아 공주님이 오십니다! 왕가 분을 직접 볼 수 있는 기회는 두 번 다시 없을지도 모릅니다. 희망하는 분은 서둘러 주세요!"

입구에서 호객하는 여성이 큰소리로 외치고 있다.

문 앞에 세워져 있는 승합마차는 세 대. 그중에 두 대는 이미 『만석』 팻말이 걸려 있다. 마차 주위에는 사람들이 잔뜩 모여 있다. 다들 앞다퉈서 호객하는 여성에게 은화를 건네고는, 차표역할을 하는 나무판을 받고 있다.

마차 옆에는 입간판.

최근에 항구 이르가파 영주 분이 양자를 들인다는 사실을 알리기 위해서 『차기 영주 공개 파티』를 한다는 것. 이르가파가 축제 분위기가 된다는 것과 퍼레이드도 열린다는 것.

게다가 무려, 리그나달 왕가의 제3왕녀 클로디아가 참가한다는 것, 등등.

"왕가 공주님의 모습을 뵐 기회, 이번 기회를 놓치면 두 번 다시 없거든요?!"

"내일 동틀 무렵에 출발합니다! 고민할 상황이 아니랍니다?!"

직설적인 호객이지만, 마차 표는 날개 돋은 것처럼 팔려나갔다.

그게 전부가 아니다. 벌써 저녁때인데도 짐을 끌어안고 도시 밖으로 뛰쳐나가는 사람도 있다. 캐러밴은 장사가 될 거라고 기대하며 짐을 잔뜩 실었고, 호위 모험자들도 줄줄이 따라갔다.

왕녀가 온다는 이유 하나만으로 큰 이벤트가 된다.

사실은 지방 항구도시의 극히 지역적인 이벤트일 텐데.

"왕가의 집객력은…… 대단하구나."

새삼, 여기가 군주제 국가라는 사실을 실감했다.

지금까지 몰래 싸워왔던 귀족들은, 솔직히 말해서 잔챙이라는 느낌이었는데, 왕가는 그런 귀족들 위에 서서 나라를 다스리고 있다. 『내방자』를 소환하는 힘을 가졌고, 이렇게 사람들을 움직이는 힘도 있는, 그야말로 이 나라의 정점에 선 존재다.

"……그 왕녀가, 항구도시 이르가파에 온다는 건가."

나중에 이리스한테 메시지를 보내서 자세한 정보를 달라고 해야지.

가까이 가지 않고, 엮이지 않고, 아무 관계도 없이 넘어가기 위해서.

"공주님이 바로 근처에 있으니까. 굳이 제3왕녀 따위랑 엮일 필요도 없겠지."

"게다가, 믿음직하고 용기 있는 분이니까요."

"그리고, 조그맣고 귀엽거든. 우리한테는 최강의 공주님이야."

"예? 무슨 말씀이지 말입니다?"

나와 세실과 리타는 얼굴을 마주보며 속삭였다.

커틀러스는 눈이 휘둥그레져 있을 뿐이고.

왕가의 정식 왕녀님은, 우리한테는 하나도 대단하지 않은 존재다.

사람들이 줄어든 덕분에 여관이 빈 건 고맙지만.

덕분에 여관 주인이 엄청나게 환영해줬다. 『해룡의 무녀 이리스의 호위』라고 말했더니, 주인이고 노예고 상관없이 마음대로 방을 고르게 해줬다. 그래서 일단 우리는 구석에 있는 방과 그 옆방을 잡기로 했다.

인원 배정은 방마다 세 명씩.

나와 커틀러스와 핀.

세실과 리타와 레기.

둘이서 세 명. 두 명과 한 자루로 역시나 세 명, 이라는 복잡한 조합이다.

이렇게 된 건 『고속 재구축』한 커틀러스와 핀의 스킬을 『재조정』해야 하기 때문이고, 그 사정을 모두에게 설명하고 납득하게 했다.

구체적으로는—.

"괘, 괜찮습니다. 저랑 리타 언니는, 금방 잘 거니까요. 아무

것도, 아무것도 안 들을 테니까!"

"주인님이랑 조그만 애가 이런저런 걸 하는데, 엿들을 리가
없잖아!"

"그래! 주인님네는 그러는 게 좋다! 우리는 천천히 즐기도록
하겠一. 무, 무슨 짓이냐? 내 본체를 밧줄로 묶어서 어쩌려는
것이냐?! 이놈~! 마족 계집에 수인 계집아~!!"

"마, 많이 모자란 몸입니다만, 잘 부탁드립니다!"

침대 위에 앉은 커틀러스가 꾸벅, 고개를 숙였다.

입고 있는 옷은 이리스가 입던 새하얀 잠옷이다. 옷자락이 조
금 짧긴 하지만.

"그럼 『재조정』을 시작할게."

나는 커틀러스의 가슴에 손바닥을 댔다.

이르가파 영주 가문에 납품되는 잠옷은 얇다. 살짝 닿았을 뿐
인데도 심장 뛰는 느낌과 체온이 전해진다. 그 안쪽에 있는 마
력의 흐름을 느끼기 위해서, 나는 손끝으로 커틀러스 안을 더듬
어갔다.

"커틀러스와 핀의 스킬을 표시."

『능력 재구축』의 창에 두 사람의 스킬을 불러냈다一. 하지만.

『―대상 중 1명의 스킬은 표시 불능― 이유 : 노예 부재(不在)』

―에러 메시지가 표시됐다.

"……역시, 핀의 스킬은 표시할 수 없나."

커틀러스와 핀은 서로의 스킬을 구분해서 사용한다.

그리고『즉시 신의 시대 기물 장악』은 핀만 다룰 수 있는 스킬이고. 커틀러스가 밖으로 나와 있는 상태에서는 표시할 수 없는 것 같다.

하는 수 없지. 먼저 커틀러스의 스킬을 진정시키자.

"다시 스킬 표시를 지시. 내 노예 커틀러스의『호·중단 순격』의 개념을 표시."

"……………………하으."

커틀러스가 하얀 목을 뒤로 젖히고, 숨을 내쉬었다.

나는 커틀러스에게 손을 댄 채로『호·중단 순격』의 상태를 체크했다.

『호·중단 순격 LV1』

『『방방패패와 몸몸통통 부부딪딪치치기기』』로『『적적』과『행동동』을『『날날려려버리는』스킬.

"……아직, 많이 불안정해지지는 않았네."

이 정도라면 금세『재조정』할 수 있겠다.

"커틀러스, 몸은 괜찮아?"

"……예, 예. 주공이 만지고 계신 부분이…… 조금 욱신욱신할 뿐이지 말입니다……."

커틀러스는 창피한지 고개를 돌리고, 새끼손가락을 살짝 물고 있다.

"그리고…… 편하게 부르셔도…… 되지…… 말입니다. 제가 주공의 것이 된…… 증거…… 같아서…… 으응."

손가락으로 『방패와 몸통 부딪치기』 부분을 눌렀더니 커틀러스의 몸이 살짝 움찔, 했다.

그녀는 여관 벽에 기대서, 무릎을 꼬물꼬물 비벼댔다.

"…………아. 뱃속에…… 뜨거운 게…… 올라왔지…… 말입니다…… 크흑."

커틀러스는 애절하게, 벽에 등을 비벼댔다.

"좀 더 천천히 하는 게 좋을까?"

"괜찮지…… 말입니다. 저는…… 만지는 건…… 괜찮…… 아응."

손가락 두 개로 『적』과 『행동』을 집었다.

살짝 흔들면서, 벌어졌다 닫혔다 하는 부분을 눌렀다.

"…………응. 아, 아흥……… 찌릿찌릿…… 저…………몸…… 속…… 찌릿찌릿하…… 지 말입니다…… 아응. 저………… 이런 감각…… 모르지…… 말입니다……."

창피한 건지, 커틀러스는 고개를 돌린 채로 살짝 눈물을 글썽이고 있다.

"…………소중한 분을…… 받아들이면…… 이렇게 충족된 기분이 되는…… 것입니까…… 기쁘…… 으응…… 아…… 아앙."

"괜찮아? 힘들지 않아? 커틀러스."

"……괜찮지, 말입니다."

커틀러스는 흐읍, 하아~ 흐읍, 하아~ 하면서 숨을 빠르게 쉬고─.

겨우 마음의 준비가 된 건지, 날 똑바로 쳐다봤다.

이제 막 시작했을 뿐인데 이마도 목도 땀이 흥건했다. 그래도 커틀러스는 내 등을 끌어안은 팔을, 절대로 놓지 않겠다는 느낌으로, 내 마력을 정면으로 받아들여 주고 있다.

"…………주공께서……. 저는 여자라고…… 가르쳐 주셨지 말입니다…… 그래서…… 계속해주셨으면 싶지…… 말입니다…… 주공께서 원하는…… 대로."

"알았어. 그럼, 계속할게."

나는 커틀러스의 스킬 개념에 『마력 실』을 감았다.

"으응?!"

커틀러스의 몸이 뒤로 젖혀진다.

"아…… 앙. 주공 것이, 제 몸에 들어오는…… 느껴지지, 말입니다…… 주공…… 아, 아응. 아, 아아…… 뜨거…… 워. 아응…… 주, 주공…… 아, 아, 아아아앙!"

개념의 진동이 옮겨간 것처럼, 커틀러스의 몸이 위아래로 흔들리기 시작했다.

그리고 등이 벽에 비벼져서…… 잠옷 끝이 풀어졌다.

"……어………… 아."

커틀러스의 눈이 휘둥그레졌다.

끈이 풀어지면서 잠옷이 떨어졌다. 쇄골 아래께까지.

"……주, 주공께…………… 또, 보여지지…… 말입니다. 아, 아,
으응―――!!"

"커틀러스?!"

움찔. 움찔움찔.

커틀러스의 몸이 경련을 일으켰다.

가느다란 몸이 그대로 무너지고, 다음에 눈을 떴더니―.

"정말이지. 한심하네. 커틀러스는."

핀이랑 교대했다…… 저기, 잠깐만.

"……제게도, 정을 베풀어 주세요…… 주공."

핀이 두 팔로, 내 목을 끌어안았다.

"보기만 하다니, 이렇게 괴로운 일도 없거든요?"

"커틀러스를 불러줄 수 없을까? 아직 『호·중단 순격』 재조정이
안 끝났거든."

"……음~."

핀은 자기 안쪽을 뒤지려는 것처럼 눈을 감았고, 고개를 저
었다.

"무리 같아요. 커틀러스는, 머릿속이 새하얘졌거든요."

"……새하얗게."

……의식이 날아가 버렸다는 뜻인가.

"……그럼, 핀 쪽을 먼저 끝내자. 스킬 표시."

"…………아흥……."

핀은 촉촉한 눈으로 뜨거운 숨결을 내쉬었다.

개념을 불러냈더니…… 이쪽 스킬도 역시 조금 불안정해져 있었다.

『즉시 신의 시대 기물 장악 LV1』

『아아티티팩팩트트』를 『재빨리』『완전』하게 『지지배배하하는는』 스킬.

두 사람 모두, 처음이다 보니 큰 반응은 없다.

인격이 어느 한쪽으로 고정되기만 하면 금세 끝날 것이다.

"……응. 커틀러스는 이 온기를 느꼈던 거군요……."

"핀은 한참동안, 이대로 있어줄 수 있어?"

"해낼게요. 주공께 폐를 끼칠 수는 없으니까."

잠옷 너머로 느껴지는 핀의 살갗이, 커틀러스 때보다 뜨거워져 있다.

땀이 밴 탓인지 몸의 형태를 아주 또렷하게 알 수 있다. 있는지 없는지 수준인 가슴이, 일부만 그 존재를 주장하기 시작했다.

"저, 저는, 커틀러스처럼 한심하지 않거든요?

핀은 붉은 보라색 눈으로, 날 똑바로 쳐다봤다.

창피해서 눈을 마주치지도 못했던 커틀러스보다는 적극적이다. 역시, 지금까지 커틀러스를 도와준 만큼, 정신을 똑바로 차리고 있네. 이 정도라면 조금 세게 해도 되려나.

"…………와, 주세요. 주공."

핀의 말을 믿고, 나는 개념 『아티팩트』를 건드렸다.

이 개념은 길다 보니 손가락 하나로는 잡을 수가 없다. 두 개―― 세 개를 한 번에 대고, 천천히 밀어 넣었다.

"――― 찌릿, 하네요."

핀이 눈을 크게 뜨고 날 쳐다봤다.

"―――마치…… 약한…… 번개 마법을 맞은 것 같아…………아으…… 몇 번이나…… 아으. 아. 앙. 아앙. 하응. 뭐야 이거…… 아. 아흥. 하응. 아!!"

부들, 부들. 부들부들.

핀의 몸이 흔들리기 시작했다. 내 몸을 끌어안고, 부서지는 게 아닌가 싶을 정도로.

"뭐야. 이제…… 막 시작했는데………… 이런………… 이런 게. 아, 아, 아, 아―――!!"

"핀?"

핀은 나한테 매달린 채로 몸을 부들부들 떨었다.

그 탓에 내 손이 핀의 잠옷 속으로 들어가 버렸다. 살짝― 옆구리에 닿았다. 핀의 눈이 휘둥그레졌다. 웃고 있다. 정말 행복해 보이지만― 그대로, 푸슈, 하고 김이 나올 것처럼 얼굴이 새빨개졌고―.

"―주, 주공. 정말 죄송하지…… 말입니다."

커틀러스로 돌아와 있었다.

―그렇구나, 이렇게 되는 거구나…….

나는 이마에 손을 댔다.

혹시 몰라서, 커틀러스의 스킬을 표시했더니― 역시나.

아까 진정시켰던 스킬이 다시 불안정해지기 시작했다. 이대로 가면 똑같은 짓을 되풀이하게 된다.

"두 사람의 특성을 생각해서, 대책을 마련해야 하나……."

커틀러스는 보이는 데 약하다.

핀은 만지는 데 약하다.

아까처럼 두 사람이 동시에 존재해주면 좋겠지만, 그건 두 사람이 컨트롤할 수 있는 일이 아니다. 그렇다면―.

"잠깐 미안해, 커틀러스. 핀을 불러낼게?"

"아, 예. 편하신 대로― 잠깐. 주공?!"

커틀러스가 허락했으니까, 나는 그녀의 잠옷을 들춰 올렸다.

자극이 적당히 적은 부분― 예쁜 배를 노출시켰다.

살짝 상기된 살갗이 금세 새빨개지고…… 좋았어, 핀이 나왔다.

"나, 난폭한 일을 다 하시네요. 주공………… 저, 정말……."

"미안해."

나는 핀의 머리카락을 쓰다듬어줬다.

"아까부터 두 사람의 스킬을 『재조정』하고 있는데, 아무래도 잘 안 돼서 말이야."

"중간에 인격이 바뀌기, 때문이죠."

"응. 커틀러스 때는 핀의 스킬에 간섭할 수 없고, 핀일 때는 커틀러스의 스킬에 간섭할 수가 없어. 중간에 바뀌어버리면 처음부터 다시 해야 하거든."

"……정말 죄송해요, 주공. 못난 노예를 용서해주세요……."

"나무라는 게 아니야. 그래서, 대책 말인데."

"알겠습니다, 주인님."

핀은 결심한 것처럼 잠옷 옷자락을 꼭 쥐었다.

"만지거나 보이는 것 따위는 신경도 못 쓸 정도로, 저희를 엉망진창으로 만들겠다는, 얘기죠? 해 주세요. 주공."

"안 하거든.

그나저나 그 전에 스킬이 불안정해지니까, 그럴 시간도 없다고.

"그게 아니라, 쓰는 건 아티팩트 『바랄의 가슴 보호대』의 능력이야. 이걸 써서, 너희 몸을 하나 더 만들어줬으면 싶어."

내가 말했다.

"그렇게 하면 두 사람을 동시에 『재조정』할 수 있을지도 몰라."

"알았어요! 흑기사가 했던 것처럼, 몸을 만들면 되는 거죠?!"

역시 핀이야, 이해가 빠르네.

핀은 『바랄의 가슴 보호대』를 완전히 장악했다. 흑기사가 갑옷을 조합해서 만들었던 몸도, 마력으로 만든 검은 말의 모습도 봤다. 그래서, 내가 하고 싶은 걸 바로 이해해준 것 같다.

"알았어요. 해보겠어요……."

핀은 가슴 보호대 중앙에 손바닥을 댔다.

눈을 감고, 천천히 말을 맺기 시작했다.

『—이름도 없는 공주의 이름으로, 고대의 유물에 명한다』."

핀의 손끝에서 물방울 같은 마력이 흘러나오는 게, 보였다.

그것이 가슴 보호대로 떨어졌고, 표면에 잔잔한 파문이 나타
났다.

『나는 신체를 지니지 못한 자. 나는, 공주의 그림자로서, 빛
을 지탱하는 자』."

파문이 일어난 가슴 보호대가, 흔들렸다.

『내 이름은 핀. 커틀러스 뮤트란의 일부이자, 또 하나의「나」』."

마치 뜨거운 물에 얼음이 떨어진 것처럼, 가슴 보호대에서 연
기 같은 마력이 뿜어져 나왔다.

그것이 공중에서 모양이 바뀌더니— 사람 모습이 됐다.

『바랄의 가슴 보호대여. 또 한 사람의 공주 —핀의 모습을—
여기에!』."

—털썩.

말을 마친 순간, 핀이 침대 위에 쓰러졌다.

동시에, 머리 위에서 소녀의 몸이 내려왔다. 순간적으로 망설
인 뒤에, 나는 그 소녀 쪽을 받아 안았다. 핀— 커틀러스의 몸
은, 이불과 베개가 쿠션이 돼줬다.

그리고— 아마도 이쪽은, 본체보다, 약할 것이다.

"……영, 차."

품 안에 있는 것은 하얀 피부와 회색 머리카락의 소녀였다.

머리카락은 커틀러스보다 조금 길다. 커틀러스는 숏커트지만, 이 아이는 어깨 밑까지 내려왔다.

옷은 커틀러스와 똑같은 하얀 잠옷이다. 그리고 다른 점은 눈. 커틀러스보다 눈꼬리가 조금 더 올라간 것처럼 보인다.

"핀?"

나는 그녀의 이름을 불렀다.

"예! 주공. 핀이에요."

핀은 번쩍, 눈을 뜨고는 웃었다.

"……뵙고 싶었어요. 그리고, 이제는, 도망칠 수 없게 돼버렸어요."

핀은 내 손을 잡고 잠옷 속으로 집어넣었다.

살갗에 직접 닿았는데도 핀은 의식을 잃지 않았다. 실험은 성공이다.

"커틀러스와 핀이 다른 몸이 됐기, 때문인가?"

"예. 일시적이지만, 이것은 저만의 신체. 창피해져도…… 바뀌지 않게 된 것 같네요. 왜냐하면, 이 몸 안에는, 저 혼자만 있으니까."

"……어떻게 된 거지 말입니다……?"

어느새 커틀러스도 일어났다.

눈을 비비며, 나와, 내 품에 있는 핀을 봤다.

"와, 예쁜 여자애지 말입니다. 회색 머리카락과, 작은 몸. 저랑 똑같지 말입니다! 잠깐, 저이지 말입니다———?!"

커틀러스는 당황해서 일어나려다가— 그대로 침대에서 굴러 떨어졌다.

나와 핀 둘이서 커틀러스를 일으키고, 사정을 설명해줬다.

"……그렇군요. 『바람의 가슴 보호대』로 임시 몸을…….."

"몸의 감각도, 진짜와 똑같아요. 주공을 행복하게 해드리는 것도, 제가 행복해지는 것도, 틀림없이, 할 수 있어요."

커틀러스와 핀이 침대 위에서 마주보고 있다.

두 사람 모두 기뻐 보인다.

지금까지 두 사람은 다른 인격으로 존재했으니까, 서로 얼굴을 마주 보며 접하는 건 처음이다.

그래서 신선한 기분이겠지. 이렇게 보고 있으면 사이좋은 쌍둥이 같다.

"그럼 『재조정』을 계속 할게, 둘 다."

"예, 주공!"

"안 돼 커틀러스. 그렇게 말하면."

고개를 끄덕인 커틀러스에게 핀이 지적을— 잠깐, 왜?

"…………이런 때는 제대로 격식을 갖춘 말투를—. (소곤)"

"…………그, 그것이 격식입니까. 창피해—. (소곤)"

……뭐지.

핀이 뭔가 엄청난 걸 가르치고 있는 것 같은데.

귓가에서 속삭이는 말을 들은 커틀러스가 얼굴이 새빨개져서 고개를 숙이는 게 무섭다…….

"주, 주공!"

"······응."

"이, 이 상스러운 공주 노예에게, 저, 정을 베풀어주시지 말입니다!"

커틀러스는 잠옷을 살짝 내려서, 가슴이 보일락 말락 하는 곳까지 살을 드러냈다.

하지만, 인격은 변화하지 않았다.

두 사람을 따로 나눠놓은 덕분에, 각자가 도망칠 곳이 없어졌다.

그 상태에서 연결하면, 두 사람을 동시에 『재조정』할 수 있을 것이다.

"······응. 알았어. 커틀러스가 바라는 대로 할게."

"······하윽?!"

"단, 핀도 같이."

"당연하겠죠. 주공."

핀은 딱, 하고, 커틀러스의 등에 달라붙었다.

어째선지 커틀러스의 귓불을 입술로 살짝 깨물면서, 황홀한 표정으로 속삭이고 있다.

"커틀러스에게 『여자』를 자각하게 해줄 좋은 기회니까요. 자, 주공께, 잔뜩 받으세요, 커틀러스."

핀은 커틀러스를 안으면서, 웃었다.

"당신의 창피한 부분도, 귀여운 부분도, 전부 주공께 봐달라고 하세요. 그것이 내가 바라는 것이기도 하니까."

핀의 말에, 커틀러스는 얼굴이 새빨개졌지만―.

날 똑바로 보면서, 고개를 끄덕였다.

그래서, 나는 『재조정』을 재개했다.

"......응."

다시 내 마력을 받아들인 커틀러스가, 살짝 몸을 뒤틀었다.

핀이 그 몸을 뒤에서 안고 있다.

나는 커틀러스와 『마력 실』로 이어져 있다.

그리고 핀의 몸은 커틀러스의 마력으로 만든 것이다. 연결 상태는 유지할 수 있고, 커틀러스를 통해서 핀의 스킬에도 접속할 수 있다.

『호·중단 순격』

『방패와 몸몸통통 부부딪딪치치기기기ㅿㅿ로 ㅠㅠ적적적ㅿㅿ과 『행동동』을 ㅠㅠ날날날려려려버리는』 스킬.

『즉시 신의 시대 기물 장악』

ㅠㅠ아아아티티티팩팩팩트트트ㅿㅿ를 『재빨리』 『완완전전』하게 ㅠㅠ지지배배하하하는는』 스킬.

나는 불안정해지기 시작한 두 사람의 스킬에, 천천히 손가락을 끼워넣었다.

두 사람의 불안정해진 부분을 찾는 것처럼, 서서히 손가락을

움직인다.

"······응. 주, 주공이, 들어오지 말입니다······."

"······하응. 어, 어디인지. 손가락으로 가리키면서 확실하게 말하세요, 커틀러스."

"어, 어째서이지 말입니······ 다······ 핀······."

"주공이 커틀러스를 만지기 쉽게······ 말이죠. 주공을 느끼는 건 여기? 아니면 여기려나?" 핀은 커틀러스의 귓가에서 속삭이며, 손가락으로 몸 여기저기를 가리켰다.

어디로 마력이 들어오는지, 내게 전해주려 하고 있다.

지금의 커틀러스와 핀은 꼼수를 써서 동시에 존재하게 만든 상태이기에, 『능력 재구축』으로도 스테이터스를 볼 수 없다. 그래서, 이렇게 손으로 더듬으며 하는 방법밖에 없다.

"······응. 저, 점점, 모르게 되고 있지······ 말입니다······."

애절하게, 커틀러스가 몸을 비틀었다.

"······몸 전부를······ 주공이 만지는 것 같고············ 대단해······ 이게······ 여자······ 으응."

"아······ 하앙. 안 돼, 안 돼요. 커틀러스······ 그래서는······ 주공의 도움이 안······."

커틀러스를 뒤에서 안고 있는 핀이 움찔, 했다.

"응. 앙. 거기······ 깊어······ 아앙."

슬쩍 날 보고, 핀이 창피하다는 것처럼 고개를 숙였다.

커틀러스보다 긴 핀의 머리카락은, 땀에 흠뻑 젖은 목에 달라붙어 있다. 귓불은 새빨개졌고, 내가 『개념』을 건드릴 때마다

"하으앙" 소리를 내며 등을 떨어댄다. 그때마다 커틀러스의 어깨를 잡고 있는 손가락에 꼬옥, 힘이 들어가는 게 보인다.

"아응…… 으응. 괜찮지…… 말입니다."

커틀러스는 잠옷의 가슴 부분을 쥐고 있다. 몸은 이미, 멈추는 걸 잊어버린 것처럼 계속 흔들리고 있다.

"……거짓말. 입, 계속 벌리고 있잖아? 상스럽게."

핀이 커틀러스의 귓가에서 속삭였다.

"……핀도, 얼굴, 새빨개졌지 말입니다……."

"……그렇지 않………… 다고. 아앙. 주공…… 흔들면…… 안 돼……."

핀의 개념에는 『마력 실』로 진동을 보냈다. 불안정해진 개념의 흔들림을 중화하기 위해서. 이렇게 하면 진정이 되지만— 그래도, 역시 『재조정』에 시간을 너무 들였다.

"이제 단숨에 『개념』을 진정시킬 거야. 마력을 조금 세게 보낸다?"

"—기다…… 려, 주시지…… 말입니다……."

"—지, 지금— 하면…… 느껴…… 엄청난…… 안 돼……."

못 기다려.

나는 두 사람의 스킬 개념에, 단숨에 마력을 흘려 넣었다.

"————웃!!"

"—아…… 아…… 아앙…… 주공이, 내…… 한가운데……를."

커틀러스는 꼬옥, 몸을 움츠리고─.

핀은 눈이 풀어져서, 커틀러스의 등에 몸을 비벼대고 있다.

같은 두 사람이라도, 마력에 대한 반응은 다른 것 같다.

"뭐…… 이건 건………… 너…… 무 세…… 서…… 새하얗…… 게."

"한심하…… 으응…… 지 말입니다…… 핀은……."

"……뭐, 뭐야아. 커틀러스…… 처음인…… 주제에."

"……주공께 『조정』 받을 때는…… 아…… 아흥…… 저…… 분명…… 여자…… 지 말입니다………… 여러모로, 자신이…… 생겼지 말입니다."

응석 부리는 아이 같은 핀과, 비교적 똑부러진 커틀러스.

그런 커틀러스의 귀에, 핀이 입술을 대고─.

"…………흐~응…… 그래 봤자…… 커틀러스 여기─ 아주 난리가…… 난………… 주제에. 난 네 일부니까…… 다 알거든……?"

"뭐…… 뭐라! 응. 앙…………!"

새빨개져서, 이번에는 커틀러스가 응석 부리는 상태.

커틀러스도 핀도, 정말 사이가 좋네.

……두 사람이, 같이 있으면 좋을 텐데.

물론 두 사람이 바라는 것은 인격의 통합이고 『커틀러스』가 완전한 여자아이가 되는 것이다. 알고는 있지만, 사이좋은 쌍둥이 같은 커틀러스와 핀을 보고 있다 보면, 계속 보고 싶다는, 그런 생각이 든다.

"계속한다. 커틀러스, 핀."

커틀러스와 핀이 고개를 끄덕인 뒤에, 나는 『재조정』을 계속했다.

"―아…… 뇨…… 괜찮…… 지, 말입니다………… 더…… 세게…… 괜찮…… 아, 아응! 아앙!"

창피한 건지, 내 얼굴을 제대로 보지도 못하는 커틀러스의 스킬을 누르고, 붙잡고.

"―안 돼. 나―― 안 돼―― 녹아버려― 이젠― 주공의 마력에― 흐물흐물― 녹아― 버. 으응――!!"

눈은 풀어지고, 입을 반쯤 벌리고 거친 숨을 내쉬고 있는 핀의, 마력을 쓰다듬고, 빠져나오려는 개념을, 다시 집어넣고.

우리는 서로의 마력을 나누고, 겹치고, 뒤섞었다.

핀은 임시 몸이지만, 땀과 체온은 틀림없이 3인분.

서로 닿은 부분에서 축축한 소리가 나고, 그것을 제일 창피해하는 건, 핀이고―.

커틀러스는 그런 핀을, 상냥한 눈으로 지켜보면서―.

"――괜찮, 지, 말입니다. 그러니까― 해― 주시지, 말입니다―."

"――이젠. 안 돼. 나― 이제― 아. 아, 아앙. 아아앙――."

두 사람 모두, 슬슬 한계다.

커틀러스는 의식을 유지하고는 있지만, 온몸이 땀에 흠뻑 젖었다. 잠옷은 풀어져서, 새빨개진 살갗이 드러나 있다.

핀은 이미, 숨도 헐떡거리면서, 커틀러스의 몸에 매달려 있다. 몸을 움직일 때마다 찰박, 하고, 어디선가 물소리가 난다. 몸도 김이 날 것처럼, 뜨겁다.

『호·중단 순격』
『방패와 몸통 부딪치기』로 『적』과 『행동』을 『날려버리는』 스킬.

『즉시 신의 시대 기물 장악』
『아티팩트』를 『재빨리』 『완전』하게 『지배하는』 스킬.

나는 스킬을 다시 확인했다.

커틀러스의 『호·중단 순격』도, 핀의 『즉시 신의 시대 기물 장악』도 안정됐다.

좋았어─ 이제 『재조정』을 실행하기만 하면 된다.

"이제 끝낼게. 커틀러스. 핀."

"예, 예지 말입니다!" "앙─ 하으. 아, 아아. 앙!"

커틀러스는 짧은 대답. 핀은 거친 숨을 내쉬면서 몸을 흔들고 있다.

나는 다시 한번, 두 사람에게 마력을 흘려 넣었다. 움찔, 하고 떠는 커틀러스와 눈이 풀어지고 뜨거운 숨을 내쉬고 있는 핀. 괜찮아. 마력은 전부 퍼졌어. 지금이다!

"치트 스킬을 재조정한다. 실행 『능력 재구축 LV5』!!"

"아, 아아─! 응. 핀, 가, 같이── 아아아아앙!!"

"안, 아웅. 커틀러스─! 시, 싫어. 새하얗게─ 아아아아앙──!!

두 사람 분의 목소리와, 체온과, 물소리가 겹쳐지고─.
그리고 커틀러스와 몸이 하나로 포개져서, 넘어졌다.
나는 스킬을 다시 체크─ 좋았어, 개념은 완전히 안정됐다.
"허…… 억………… 허억."
"커틀러스, 괜찮아?"
나는 커틀러스의 몸을 일으켰다.
"……왠지, 이제 와서 창피해졌지 말입니다……."
비틀거리는 커틀러스는 툭, 하고 나한테 기대왔다.
　몸이 엄청나게 뜨겁기는 하지만 『재조정』도, 여자로서 접하는
것도 처음인 그녀는, 멍하니 웃어 보였다. 땀이 밴 손을 만졌더
니 커틀러스가 꼬옥, 잡아줬다.
"잘됐네. 커틀러스."
핀은 그렇게 말하고, 나와 커틀러스의 손에 자기 손을 얹었다.
사라져가고는 있지만, 따뜻한 손이었다.
"넌…… 이제, 괜찮겠지. 커틀러스."
"……무슨 의미지 말입니다?"
"커틀러스는 자기가 여자라는 걸 자각했어. 이제, 괜찮지?"
　──어라?
핀이 사라져가고 있다. 목소리가, 작아졌다.
　설마? 언젠가는 두 사람의 인격이 통합될 거라고 생각하기는
했는데, 벌써?

"거짓말이지 말입니다. 핀. 기껏 만나서 이야기할 수 있게 됐는데?!"

"내 역할은, 널 서포트 하는 거니까."

핀은 가슴에 손을 얹고, 말했다.

"네가 스스로를 자각하게 되면, 난 네 안에…… 녹아서―."

"잠깐"

나는 핀의 손을 잡았다.

"……어째서?"

"두 사람의 통합은, 좀 더 시간을 들이는 게 좋을 것 같아."

커틀러스와 핀은 보통 이중인격과 다르다.

어릴 적에 어머니가 마력으로 저주를 건 결과로 태어난 두 사람이다. 커틀러스와 핀의 안에 들어가 보고 알았는데, 두 사람은 마력에 대한 반응이 미묘하게 다르다. 아마도, 이건 핀 쪽이 『아티팩트 장악 스킬』이라는 특수한 스킬을 관리해왔기 때문이다.

좀 더 시간을 들여서, 인격을 융합하는 쪽이 좋을 것 같은 기분이 든다. 이건, 노예의 스킬 속 깊은 곳까지 만져본 주인님의, 경험에 의한 직감이지만.

"주공의 말씀이 맞지 말입니다! 그리고 더, 저는 핀과 이야기를…… 하고 싶지 말입니다."

내 설명을 들은 커틀러스는, 눈물을 글썽이면서 핀을 등 뒤에서 꼭 안았다.

"……한 가지, 방법이 있어요."

핀은 살짝 고개를 숙이고, 천천히 중얼거렸다.

그리고 바닥에 놓여 있는『바랄의 가슴 보호대』를 손가락으로 쓰다듬었다.

"이 가슴 보호대 중앙에는『마력 결정체』를 넣기 위한 홈이 있어요. 아마도 태고의 기사들은, 이 가슴 보호대의『임시 몸을 만드는 힘』으로 신체를 강화하거나, 임시 손발을 달아서 싸운다든지 했겠죠⋯⋯."

"응. 알았어. 그래서?"

"어디선가 마력 결정을 손에 넣어서, 여기에 끼워주실 수 있을까요."

핀이 고개를 들었다.

그리고, 어째선지 활짝 웃으며 탁, 하고 손뼉을 쳤다———어라?

"그렇게 하면, 나는 좀 더 존재할 수 있을 거예요. 그쪽 몸으로 들어가면, 커틀러스와 다른 사람이 되니까. 아, 돈은 저와 커틀러스가 어떻게든 할게요. 정 안 되면, 주공과의『계약』에, 빚을 추가해도 돼요."

"저도 부탁드리지 말입니다!"

⋯⋯응. 아주 잘 알았어.

그런데 말이야, 핀. 조금 전까지 사라져가던 사람이라는 게 믿을 수 없을 정도로, 논리정연하게 말하고 있네?

그리고「흐흐흥~」하고, 이겼다는 것처럼 거친 콧김까지 내뿜고?

혹시—.

"저기, 핀."

"뭔가요, 주공."

"……혹시 사라진다는 거, 거짓말?"

"어머나, 나는 내가 사라진다고 말한 기억은 없는데요?"

"아니, 그 분위기면, 그렇게 받아들이는 게 당연하잖아?"

"몰라요~. 왜냐하면, 나는, 그런 말은 한마디도 한 적이 없으니까~."

핀은 「후우~ 후우~」하고 소리도 나지 않은 휘파람을 불면서, 고개를 돌렸다.

응. 이마에 땀이 배 있기는 하지만 말이야. 그리고, 아쉽다는 것처럼 손가락 퉁기는 소리도 들리고.

"소, 속였지 말입니다아아아! 핀!"

"어쩔 수 없잖아! 주공과 연결되는 기분 좋은 느낌을 알고 말았으니까! 작전을 짜서, 내 몸을 손에 넣으려고 생각하는 것도 어쩔 수 없는 일 아니겠어! 이게 다 주공 때문이야!!"

정색하지 말고.

"그리고, 내가 같은 몸에 들어간 상태면, 또 교대하게 되잖아. 결국, 주공께 폐를………… (중얼중얼중얼)"

"알고는 있지만 말입니다. 하지만, 주공을 속이는 짓은…… (중얼중얼중얼)."

"이봐~."

같은 사람 둘이서, 작은 소리로 상담하기 시작했다.

조금 지나서 커틀러스가 고개를 끄덕였고, 핀이 해냈다는 얼굴로 가슴을 활짝 폈다. 그리고―.

""부탁이 있습니다. 주공.""

둘이 동시에, 내 앞에 무릎을 꿇었다.

"……뭔데."

"핀에게 마력 결정을 사주셨으면 싶지 말입니다!" "그 대가는 몸으로 지불하겠어요!"

"주로 제가!" "물론, 나도!"

""주공께 두 배로 봉사하기 위해서라도, 부디! 부디――!!""

"……그건 집에 돌아간 다음에 검토하자."

내가 말했다.

"일단 돌아가자. 우리 집으로."

내일이면 도착할 테니까. 아이네도 이리스도 라필리아도, 엄청나게 기다리고 있을 거야.

나는 커틀러스와 핀의 머리를 쓰다듬어줬다.

"새 가족을, 그 세 사람한테도 소개해줘야지."

"예. 주공." "같이 가게 해주세요."

제14화 「도망친 은퇴기사와 돌아온 친구」

다음 날. 항구도시 이르가파 근처 가도에서.

"오지 마. 오지 마. 오지 마―――!!"
필사적으로 말을 몰면서, 은퇴기사 가른가라가 소리쳤다.
『으어어어어어어어!』『싸워라! 기사의 긍지를 보여라!』『한심하구나!』『정말이지! 요즘 젊은 놈들은!』『뭘 위해서 우리의 잠을 방해한 것이냐!』
그의 등 뒤에는 말을 탄 기사 고스트들.
전원, 시커먼 눈을 크게 뜨고 가른가라를 쫓고 있다.
가른가라 일행이 기사 후보생을 단련시키기 위해서 사용한 『기사 고스트 소환술』이 깨진 것이다.
그들 은퇴기사는 신참들의 근성을 시험하기 위해서 기사 고스트를 불러냈고, 싸우게 만들었다. 지금까지 어설픈 신참들은 그 고스트한테서 도망쳤지만, 운이 좋은 자들은 쫓아내거나 그 상황을 헤쳐 나왔다.
하지만, 이런 일은 처음이다. 술법이, 근본부터 파괴된 것이다.
『기사 고스트 소환술』은 은퇴기사가 기사 후보생에게 거는 저주 같은 것.
깨지면, 당연히 술자에게 돌아온다.
"히이이이이이이이이익!! 빨리! 더 빨리 달리지 못할까! 이 글러먹은 말!"

가른가라는 소리치면서, 말을 계속 몰았다.

『기사의 혼을』『긍지를』『싸워서 보여라』『현대의 기사여』

등 뒤에서는 반투명한 기사 고스트들이 쫓아온다.

고스트는 자지 않는다. 지치지도 않는다. 대체 언제까지 도망쳐야 할지도 모르는 일이다.

"어째서 내가 이런 꼴을————!!"

은퇴기사 가른가라는 절규했다.

갈 곳도 정해지지 않았다. 아무튼, 조금이라도 기사 고스트한테서 멀리 떨어져야——.

그렇게 생각한 가른가라의 시야에 마차가 하나 나타났다.

가도 저 너머에, 짐마차를 둘러싼 캐러밴이 있다. 그 주위에는 칼을 든 모험자 같은 사람들도.

"저 캐러밴에 기사 고스트를 던져놓으면, 시간을 벌 수 있다!"

가른가라가 희미하게 웃었다.

기사 고스트는 일사불란하게 가른가라를 쫓고 있다. 방해하는 자는 용서하지 않는다. 캐러밴과 전투가 벌어지면, 그 사이에 가른가라는 도망칠 수 있다.

"나는, 이런 데서 끝날 수는 없단 말이다!!"

가른가라는 말의 속도를 한계까지 올렸다.

"……이봐. 뭐야 저 기마."

"……설마, 덤벼드는 건가?!"

모험자들이 놀라고 있다.

가른가라에게는 그들의 목소리가 들리지 않았다. 그에게는, 모든 것이 그저 장애물일 뿐이다. 방해한다면 짓밟고, 걷어차고, 밀어낼 뿐──.

"말을, 빌리겠습니다!"

갑자기, 모험자 한 명이, 마차를 끌고 있던 말의 안장에 뛰어올랐다.

칼로 하네스를 잘라버리고, 그대로 가른가라를 향해 달려들었다.

"비키라고 했다! 날려버린다!!"

"그것이 기사가 할 말입니까?!"

소녀가 『원형 방패』를 들었다.

그리고──.

"발동입니다! 『회전 순격 (실드 스크램블)』!!"

가른가라의 측두부를, 소녀의 『원형 방패』가 때렸다.

빙글빙글빙글빙글빙글빙글────!

"으거가가가가아아아아아아아아악!!"

가른가라의 몸이, 고속으로 회전했다.

마치 풍차처럼 팔을 벌리고 회전하며, 그대로 말에서 떨어졌다. 땅에 떨어진 몸통을 축으로, 그대로 땅바닥에서 가로 방향으로 회전. 깜짝 놀란 말이 비명을 질렀고, 주인을 두고 도망쳤다.

"갑자기 덤벼들다니, 무슨 생각을 하는 겁니까, 정말이지."

파란 머리카락의 소녀는 가른가라를 내려다보며, 말했다.

"전투에 일반인을 말려들게 하는 짓은, 이 레티시아 미르페가 용서 못 합니다!"

"여러분! 물러나 주십시오! 기사 고스트가 오고 있습니다!"

레티시아 미르페는 뒤쪽에 있는 캐러밴을 향해서 소리쳤다.

그녀가 집을 뛰쳐나온 것은 며칠 전의 일이었다.

원인은 나기가 보낸 편지다. 친구들이 즐거운 『사원 여행』을 즐기고 있다고 생각했더니, 도저히 가만히 있을 수가 없었다. 참가는 못 하더라도, 항구도시로 돌아왔을 때 맞이하는 정도는 해주고 싶다고 생각했다.

다행히 일찍 돌아왔기 때문에, 준비는 금세 할 수 있었다.

애당초 레티시아가 메테칼로 돌아간 것도, 고지식한 아버지와 연을 끊기 위해서였다.

『하다못해, 이르가파 새 영주의 피로 파티만이라도 나가다오……』울면서 그렇게 말하는 아버지를 뿌리치고, 레티시아는 아는 상인을 찾아가서 캐러밴 호위 일을 맡았다.

그리고 가도를 따라서 가는 중에, 폭주 기사와 기사 고스트 무리를 만난 것이다.

"자, 이제 어떻게 할까?"

레티시아는 칼을 꽉 쥐고, 다가오는 고스트들을 바라봤다.

"고스트는 마법이나 마법검으로만 쓰러트릴 수 있으니까. 쓸 만한 것은…… 어디."

그리고 지면을 본 레티시아는, 지면에 널려 있는 짐이 신경 쓰였다. 레티시아가 회전하게 만든 기사의 물건이다. 짐 속에 해룡의 부조가 새겨진 검이 들어 있다. 건드려보니 마력의 흐름이 느껴진다. 마법검임에 틀림없다.

"멋대로 쓰는 건 마음에 걸리지만…… 어쩔 수 없지."

레티시아는 마법검을 들고, 뽑았다.

"기사씩이나 되는 자가, 이래서야 되겠습니까!"

그녀는 캐러밴 앞에 서서, 다가오는 기사들을 향해 소리쳤다.

『진정한 싸움으으으으으을, 우리는──.』

기사 고스트의 숫자는, 약 스물.

말 고스트에 올라타고, 곧장 가도 위를 달려오고 있다.

"조용히 하세요! 꼴사납습니다!!"

레티시아는 마법검을 휘두르며, 소리쳤다.

『……으, 으으?』

그 목소리에 주눅이라도 든 것처럼, 기사 고스트들이 속도를 늦췄다.

"당신들이 생전에 어떤 이였는지는 모릅니다. 하지만, 당신들의 싸움은 끝났습니다. 이 세계의 문제를 해결하는 것은, 지금을 살아가는 저희가 할 일입니다! 그것을 모르겠다면, 이 레티시아 미르페가 상대해 드리겠습니다!"

"그럴 필요는 없어, 레티시아."

기사 고스트들 뒤쪽에서, 목소리가 들려왔다.

자세히 보니 가도를 달려오는 말이 있다. 그 위에 탄 사람도.

선두에 있는 사람은 레티시아가 잘 아는, 메이드복 차림의 소녀다.

손에는 대걸레를 들고 있다. 눈썹을 치켜 올리고, 기사 고스트들을 노려보고 있다.

"……나 군의 적을 해치우는 건, 아이네가 할 일이야, 그렇지?"

그녀는 말에 탄 채, 대걸레로 기사 고스트의 등을— 찔렀다.

"발동.『마력 봉술』!"

퍼어억!

기사 고스트의 배에, 바람구멍이 뚫렸다.

『……어거…… 커흐어.』

마력 공격을 제대로 맞은 고스트는, 먼지가 돼서 사라졌다.

『—히익.』

기사 고스트들의 움직임이 멈췄다.

갑자기 뒤쪽에서 나타난 메이드복 차림의 소녀― 아이네의 살기에 압도당한 것처럼.

"당신도, 한패야? 나 군을 다치게 하려고 했던 기사 고스트랑?"

『우리…… 는, 신참 기사를, 단련…… 한다.』

"그런 건 알 바 아냐. 아이네는, 그런 얘기 못 들었어."

뻑.

두 번째 기사 고스트의 머리를, 아이네의 대걸레가 부숴버렸다.

"나 군, 정말로 위험했어."

『……아…… 아아.』

"아이네가 없는 데서 위험한 일을 당했어. 그 원인을 만든 건 누구지? 가르쳐 줬으면 좋겠어. 가르쳐주면…… 태어나서 지금까지의 기억을 새하얗게 만드는 정도로 용서해 줄게―."

아이네가 공허한 눈으로 조용히 말했다.

『강적― 전원, 밀집 대형―.』

기사 고스트들이 모여들었다.

아이네를 강적으로 간주한 것인지, 전원이 집합해서 아이네를 향해 방패를 들었다.

"……그래, 대답해주지 않겠다면, 됐어."

갑자기 아이네가 짝, 하고 손뼉을 쳤다.

"한 덩어리로 뭉쳐줬네? 그럼 라필리아 양, 부탁해."

"예. 할게요오~! 최대 마력 주입― 발동『용종 선풍』!!"

슈웅~.

거대한 회오리바람이 기사 고스트들을 삼켜버렸다.

『으어어어어어어어어어어어어————?!』

하늘까지 닿을 것 같은 회오리바람이 기사 고스트들을 집어삼키고, 빙글빙글 휘저어댄다.

미쳐 날뛰는 폭풍 속에서 부딪치고, 휘저어진 기사 고스트들은—.

『—무시무시한…… 강…… 적이…….』

슈웅.

하나도 남김없이, 사라져버렸다.

"분홍색 머리카락의 엘프……? 당신, 혹시 라필리아 양인가요?"

"그러는 당신은, 레티시아 님이시죠오."

분홍색 머리카락의 엘프 소녀는, 말에서 내려 같이 타고 온 사람을 향해 손을 내밀었다.

엘프 소녀 앞에는 녹색 머리카락의 작은 소녀가 앉아 있었다.

레티시아는 그것이 누구인지 알 수 있었다. 전에 편지를 받았기 때문에.

"당신이 해룡의 무녀, 이리스 하페우메어 님?"

해운으로 재산을 모은 이르가파 영주 가문은, 귀족이라면 누구나 알고 있다.

전설적인 존재『해룡 케르카톨』과 의사를 통할 수 있는 무녀에 대한 것도, 상식이다.

물론, 그 사람이 '아이네의 주인님'의 노예가 됐다는 건 너무나 비상식적인 일이지만.

"처음 뵙겠습니다. 레티시아 미르페입니다."

레티시아는 이리스를 향해 살짝 고개를 숙였다.

"바다의 수호신인『해룡 케르카톨』에 대해서는 저도 알고 있습니다. 그 무녀님을 이런 곳에서 뵙게 되다니, 영광입니다."

"지금의 이리스는, 오빠의— 아니, 소마 나기 님의 노예입니다."

그렇게 말하고, 작은 소녀는 부드럽게 미소를 지었다.

"이리스에게는 그쪽 입장이 더 중요하니까요."

"……여전히 비상식적인 짓을 하는군요, 나기 씨는."

"예, 비상식적인 방법으로 이리스를 구해주셨습니다."

"저도, 마스터 덕분에, 제 정체를 알게 됐으니까요오."

이리스의 말에 이어서, 라필리아가 하늘을 향해 주먹을 치켜들었다.

"그런 마스터를 귀찮게 한 사람을, 다 같이 쫓아왔어요."

"그런데 간단히 해치우다니, 역시 오빠의 친구분이네요!"

그렇게 말하고, 이리스가 설명하기 시작했다.

설명회에 찾아오는 신참 기사를『기사 고스트』와 싸우게 해서 근성을 시험하는 의식에 대해.

그 중심에 있던 것이 은퇴기사 가른가라라는 것.

『기사 후보』소년이 동행한 것 때문에 나기가 위험한 적의 공격을 받았다는 것.

적이 치트 캐릭터 군단에게 쓰러진 탓에, 술법이 술자에게 돌아왔다는 것.

그 결과, 은퇴기사 가른가라가 돈 될 물건을 가지고 도망쳤다는 것 등을.

"그래서 이 기사는, 저희를 『기사 고스트』와 싸우게 하려고 했군요."

"그렇겠죠."

"그런데, 그 은퇴기사 가른가라라는 자는?"

"아이네 님이 마무리를 지으려고 하시는데, 말리는 게 좋을까요오?"

라필리아의 말에, 레티시아는 황급히 고개를 돌렸다.

그랬더니 은퇴기사 가른가라의 바로 위에서, 아이네가 마력이 담긴 대걸레를 내리치려 하고 있었다.

"……나 군을 위험하게 만들었어. 이 사람은 나 군을 위험하게……."

"자, 자. 거기까지 하세요, 아이네."

레티시아가 친구의 어깨를 툭툭 두드렸다.

"하다못해 정보를 캐낸 다음에 해, 아이네."

"하지만……."

"……나기 씨의 아기를 안기도 전에, 그 손을 피로 물들이는 건 자제하세요. 알았죠?"

"……예에."

아이네는 한숨을 쉬고 대걸레를 내려놨다.

그 대신 레티시아가 쓰러져 있는 가른가라 옆에 섰다.

"먼저 사과하세요. 당신이 해를 끼치려 했던 캐러밴 분들께."

레티시아가 칼끝을 가른가라의 목에 들이댔다.

"나, 나는 국왕 폐하로부터 직접 명을 받은 적도 있는 기사다! 무례한 짓은 용서치 않겠다!"

그래도, 가른가라는 필사적으로 소리를 질렀다.

"지금도, 기사 조합의 존망이 걸린 임무를 수행하는 중이었다! 말려들게 한 것은 미안하게 생각한다. 허나! 이것은 왕가의 평온과도 관련된 중요한 일. 불만을 말하는 쪽이—."

"헛소리는 거기까지 하세요."

레티시아는 가른가라를 노려봤다.

"당신은, 기사 고스트를 불러냈을 뿐이야. 귀찮아."

아이네가 다시 대걸레를 쥐었다.

"깔끔하게 포기하지 못하네요오. 꼴사납네요오. 회오리바람으로 날려버릴까요?"

라필리아가 콧노래를 흥얼거리면서 살벌한 말을 했다.

"당신은 로이엘드의 호위잖아요? 중요한 명령 따위가 있을 리가 없어요. 만약에 있다면—."

이리스가 한 걸음 앞으로 나섰다.

나기로부터 이미 커틀러스(핀)의 정보를 들었다.

커틀러스와 그녀의 어머니가 『어떤 기사』에게 맡겨졌다는 것도.

"—왕가 하니까, 이리스네는 휴양지에서 어떤 동전을 가지고 있는 소매치기 군단과 조우했습니다만…… 당신은 그것을 알고 계시나요?"

"……윽."

"뭐, 말하고 싶지 않다면 그것도 좋겠죠. 뒷일은 병사들이 할 일입니다. 항구도시 이르가파 영주 가문에서 금품을 훔쳐놓고, 사죄로 끝나리라고 생각하지는 않겠죠."

말발굽 소리가 울렸다.

가도를 달려오는, 병사들의 소리다.

가른가라는 이르가파 영주 가문에서 돈 될 물건들을 훔쳤다. 영주 가문으로서는 그냥 보내줄 수 없다. 당연히 그를 체포하기 위해서 병사들을 파견했다.

"아이네 님은, 가른가라를 감시해 주세요. 이리스네는 가른가라의 짐을 살피겠습니다. 레티시아 님, 도와주실 수 있으실까요?"

"좋아요."

레티시아는 간단히 승낙했다.

"저도, 이 기사 찌꺼기가 무슨 짓을 하려고 했는지 관심이 있으니까요."

"하나~ 둘.『찰칵』."

이리스는 병사들이 떠난 뒤에 작은 소리로 중얼거렸다.

그녀가 사용한 것은 『의식 공유·개량형』의 『스크린샷』 기능
이다.

눈앞에는 은퇴기사 가른가라의 짐이 있다. 큰 자루에 들어 있
던 내용물을 전부 꺼내서 뭘 훔쳤는지 확인하던 중이었다.

"수정이 달린 조각에 동 부조, 마법 검까지. 전부 영주 가문
저택에 있던 물건입니다. 짧은 시간 동안에 잘도 이렇게 많이
들고 나왔군요⋯⋯."

훔친 물건들을 늘어놓으면서, 이리스는 살짝 한숨을 쉬었다.

"이런 작자가 전직 기사라니, 우습지도 않군요."

레티시아도 씁쓸하게 웃으면서 어깨를 으쓱거렸다.

"저는, 기사는 좀 더 훌륭한 분이라고 생각했어요."

"오빠와 동행한 기사 후보분도, 기사를 포기한 게 정답이라고
생각해요."

"아, 나기 씨가 기사 후보생분과 동행한다고 했었죠."

"예. 여행 중에 만났다는 것 같습니다."

"어떤 분인가요?"

"옷을 벗는 걸 좋아하면서도 살갗을 보이는 걸 싫어하고, 귀
여운 것을 좋아하고, 리본을 달면 여자아이가 되는 원래는 남자
아이라고 했어요."

"대체 어떤 분인가요?!"

"⋯⋯출신이 특수한 분이라서⋯⋯ 어라, 이건?"

이리스는 짐 안에서 통 모양의 양피지를 발견했다.

가죽끈으로 묶어뒀다. 끈에는 금속 고정쇠까지 달려 있다. 거

기에는 고귀한 문장이 있었다.

"리그나달 왕가의 문상이군요……."

레티시아가 중얼거렸다.

이리스는 떨리는 손으로 양피지를 묶어둔 끈에 손을 댔다. 매듭을 풀고, 천천히 서간을 펼쳤다.

거기에 적혀 있던 내용은—.

"……『내 딸을 충성심 강한 기사— 가른가라 데미리어스에게 맡긴다. 이것은 그 신뢰의 증명이다. 리그나달 왕국 국왕, 리카르도 리그나달 3세』."

"……봐선 안 될 것을 본 것 같군요."

"『내 딸』이라는 사람이, 오빠와 같이 있는 커틀러스 뮤트란 씨겠죠."

"그렇겠죠. 남자 행세를 하면서, 그 존재를 숨겨왔던 서자분이에요오."

"그러니까! 귀족인 제 앞에서 왕가의 비밀을 밝히지 마십시오."

""……비밀로 할 거죠?""

"비밀로 하겠습니다. 하겠습니다만!"

레티시아가 보는 앞에서, 이리스가 또 하나의 서간을 집어 들었다.

"이쪽에는 문장이 없네요."

"새하얀 양피지…… 군요."

"……왠지, 기분 나쁜 느낌이 들어요오."

꿀꺽, 세 사람은 침을 삼켰다.

양피지를 천천히 펼쳐보니……

『가룬가라 데미리어스 공.

그대가 맡은 소녀가 필요해졌다.

그녀가 있는 것으로 여겨지는 도시 주변에 소매치기 길드의 사람들을 배치했다. 왕가의 동전이 단서가 될 것이다. 그대의 딸을 찾아서, 의식의 땅으로 데려와라. 그 힘으로 숨겨진 것을 꺼내서, 태워버려라.

그것이 길드원의 손에 넘어가는 것을 막기 위해서다.

그들을 돌려보낼 필요는 없다. 돌아갈 장소가 있다고 생각하게 하기만 하면 된다.

또한 이 퀘스트를 클리어하면, 그대가 소속된 기사 조합에 자금을 원조할 용의가 있다. 그 공적에 의해, 그대는 기사 조합의 영세(永世) 이사가 될 것이다.

―하얀 길드 (White Guild)』

"……하얀 길드. 이리스의 오빠를 이용한, 에텔리나 하스부르크의 두목…… 인가요."

"나기 씨 편지에도 얘기가 있었죠."

"그놈들이, 이번 일에도 관여했다는 건가요오……."

이리스는 늘어놓은 짐들을 가만히 쳐다봤다.

전부 『의식 공유·개량형』으로 『스크린샷』을 찍어서 나기에게 보냈다.

"……그럼, 라필리아 님. 부탁 드리겠습니다."

"……태워버릴게요. 『플레임 애로』!!"

피융. 화륵~.

가른가라의 유류품에, 라필리아가 마법을 걸었다.

서간은 전부 재가 돼버렸다. 이 서간은 너무 위험하다. 『기사 고스트』를 쓰러트리던 중에 실수로 태워 버린 걸로 해두는 게 좋다. 커틀러스를 위해서도, 파티의 안전을 위해서도.

병사들은 캐러밴 사람들을 진정시키느라 바쁘다. 이 정도 마법이라면 눈에 들어오지도 않겠지.

"남은 건, 저 은퇴기사 분, 이네요."

이리스는 마차 옆에 쓰러져 있는 은퇴기사 가른가라를 봤다.

그는 지금 의식을 잃은 상태다. 옆에는 아이네가 서 있다. 『기억 청소』로 얼굴을 문질러서 일시적으로 마비시킨 것이다.

이리스가 고개를 끄덕이자, 아이네가 대걸레 끝으로 가른가라의 어깨를 두드렸다.

가른가라가 번쩍, 눈을 떴다.

"뭐, 뭐지? 기사 고스트는?"

"이리스를 알아보시겠습니까? 은퇴기사 가른가라 님?"

"……그, 그래."

"이미, 주위는 병사들이 포위하고 있습니다. 이르가파 영주 가문의 사재를 훔쳐서 도망친 죄, 이해하고 계시겠죠?"

　이리스의 말에 가른가라의 얼굴이 새파래졌다.

　"그리고, 당신은 아무런 관계도 없는 캐러밴을 끌어들이려고 했습니다."

　"나, 나는…… 어떻게 되는 거냐……?"

　"그렇군요……."

　이리스는 생각하는 척했다.

　레티시아에게는 감사해야 한다. 만약에 기사 고스트가 캐러밴에 해를 끼쳤다면, 이리스 혼자 뜻으로 처벌을 정할 수는 없었다.

　지금이라면, 그의 죄는 영주 가문의 사재를 훔친 것뿐. 그것은 전부 되찾았다. 이르가파의 법으로 처벌한다면, 가른가라는 유폐되겠지만— 그는 차기 영주의 호위 역할이다. 영주 가문으로서도 엄벌을 내리기 힘들다. 그래서 이 건에 대해서는, 이리스에게 일임한 것이다.

　"『두 번 다시 기사를 자처하지 않는다. 기사 동료들과도 관여하지 않는다. 항구도시 이르가파에 얼씬도 하지 않고, 일절 관여하지 않는다』— 그렇게 『계약』을 해주신다면, 이리스는 여기서 당신을 해방하겠습니다."

　그리고, 이리스는 가른가라를 어떻게 할지 이미 정해두고 있었다.

　"……뭐, 라고."

　"한마디로 『다시는 그 얼굴을 보이지 마십시오. 당신은 기사의 자격이 없습니다』라는 뜻입니다."

이리스는 차가운 눈으로 가른가라를 봤다.

"그런 분은 이르가파에도 차기 영주 로이엘드에게도 관여하지 않기를 바랍니다."

"……세, 세상에. 이번 사명을 달성하면, 나는 기사 조합의 영세 이사가……."

"아니면, 공적인 자리에서 법의 심판을 받겠습니까?"

"……아, 아아."

은퇴기사 가른가라는 힘없이 고개를 떨궜다.

가도 저편에는 항구도시 이르가파의 병사들이 있다. 그 주위에는 가른가라가 말려들게 하려고 했던 캐러밴 사람들도. 목격자들이 전부 모여 있다. 도망칠 곳은, 어디에도 없다.

"나는…… 그저, 내 딸이, 한 번이라도 도움이 됐으면 싶었을 뿐이다. 그러면 그 아이에게도 태어난 의미가 있다는 뜻이겠지? 그런데……."

"이리스가 당신의 자식이라면…… 당신 같은 부모는 보고 싶지도 않겠죠."

가는 팔을 뻗어서, 이리스는 가도 저 너머를 가리켰다.

"만약, 당신이 무슨 일이 있어도 사명을 달성하고 싶다면, 이르가파에서 법의 심판을 받은 뒤에 하세요. 그게 싫다면, 어디건 마음대로 가세요. 조직에서 떨어져서, 그저 일개 개인으로서 살아가는 게 좋겠죠."

"……알았다.『계약』하겠다."

은퇴기사 가른가라가 긴 한숨을 쉬었다.

"떠나겠다. 두 번 다시 기사를 입에 담지 않겠다. 항구도시 이르가파에도, 기사 동료들과도 관여하지 않겠다……."

『계약』

이리스와 은퇴기사 가른가라가 계약의 메달리온은 부딪쳤다.
그렇게 해서 가른가라는, 알고 있는 것들을 말한 뒤에—.

"…………나는 더이상 기사가…… 아니, 아무도 아니게 된 것인가……."

비틀거리며 일어나서, 가도 저편으로 가버렸다.

『발신 : 이리스 (수신 : 오빠)
내용 :오빠. 이러면 되는 거…… 죠?』

『발신 : 나기 (수신 : 이리스)
내용 : 미안해. 귀찮게 해서.
그게 커틀러스의 부탁이었어.
자기를 거두고— 어머니를 이상하게 만든 의붓아버지는 만나고 싶지 않다고.』

『의식 공유·개량형』으로, 나기의 메시지가 날아 들어왔다.

제15화 「여행을 마친 인사와 『천룡의 날개』의 부탁」

"이리스한테 귀찮은 일을 시켰네.."

나는 『의식 공유·개량형』 창을 닫았다.

가른가라를 『계약』만 하고 해방한 건, 내 판단이다.

그 녀석이 평범한 은퇴기사라면 이르가파에 감옥에 넣어두기만 해도 됐다. 하지만 그 녀석은 왕가와 관계가 있고 커틀러스를 거둔 장본인이다. 그 녀석을 가까이에 두면, 어떻게든 왕가와 엮이게 된다. 그리고 언젠가는 커틀러스와 접촉하게 된다.

기사라는 입장은 빼앗았다. 두 번 다시 관여하지 않겠다는 보장도 받았다.

"······진정됐어? 커틀러스."

의식에 입회했다는 『노인 술자』와 『하얀 길드』의 정보는, 결국 그 녀석도 몰랐다.

녀석은 그저 자기 자식을 찾아내서 의식의 땅으로 데려오라는 의뢰만 받았을 뿐. 달성하면 『영세 이사』― 기사 조합의 높은 자리에 앉을 수 있다는 말을 듣고는, 두말하지 않고 받아들였다.

아는 건 이 정도다.

"예······ 지, 말입니다."

여기는 날개의 도시 샤르카.

큰 방을 잡은 우리는, 커틀러스가 진정되기를 기다리고 있었다.

이리스가 찾아낸 서간에 대해서는 커틀러스에게 말해줬다.

가른가라가 왕가에서 커틀러스와 그녀의 어머니를 거둔 인간이라는 것도.

이야기를 들은 커틀러스는 잠시 멍하니, 눈이 휘둥그레져 있었지만—.

"이제야…… 알았지 말입니다."

멍하니, 그렇게 중얼거렸다.

"어머니가 기사인 의붓아버지 이야기를 할 때마다, 상당히 심기가 불편해졌던 이유를……."

"그랬…… 어?"

"계속 의문이었지 말입니다. 어째서 어머니가, 의붓아버지 곁을 떠났는지. 어째서 아버지는 훌륭한 기사였다고 말하던 어머니가, 전혀 행복해 보이지 않았는지. 제 의붓아버지가 그런 분이었다면…… 어머니도, 같이 사는 것을 견디지 못했을 것이지 말입니다."

뚝, 하고. 커틀러스의 눈에서 눈물이 떨어졌다.

"어머니가 망가진 것도…… 무리가 아니지 말입니다. 고스트에게 기사 후보를 공격하게 하고, 술법이 깨졌더니 자기가 살기 위해서 다른 사람들을 말려들게 하다니…… 그런 사람…… 제 어머니도……."

"……커틀러스."

"대체 뭐지 말입니다?! 도움이 되다니?! 태어난 의미라느니?! 저는 모르지 말입니다! 의붓아버지가 무슨 생각을 하는지…… 예전에도…… 지금도…… 하나도…… 아무것도!!"

"커틀러스 씨." "……커틀, 러스."

"으…… 흐윽. 으아아아아아아아아아아아앙!!"

커틀러스는 내 실내복을 꼭 붙잡고, 큰 소리로 울음을 터트렸다.

어느샌가 세실도, 리타도, 양쪽에서 커틀러스를 꼭 안아주고 있었고—.

두 사람도, 따라서 울음을 터트렸고—.

나는, 말없이 그런 세 사람을 안아줬다—.

한참동안, 세 사람은 어린애처럼 울었다.

"……고맙습니다. 주공."

한참이 지나서 눈을 뜬 커틀러스는, 핀이 돼 있었다.

"커틀러스도 이걸로…… 편해졌을 거라고 생각해요."

"그러, 려나."

"저의 존재를 깨달은 뒤로 불안정했으니까요. 자식을 두 가지 인격으로 갈라버릴 만큼 절박했던 어머니가…… 미운 건지, 사랑하고 싶은 건지…… 겨우 결론을 내렸겠죠. 틀림없이."

"그렇구나."

"주공?"

"왜, 핀."

"어째서, 제 머리를 쓰다듬고 있는 거죠?"

"그냥."

커틀러스와…… 핀은, 자신의 출생과 부모님에 대해 결론을 내렸다.

나는…… 어쩌려나.

날 버린 부모님을 어떻게 생각하는 건지, 나도 잘 모른다.

보고 싶은 건지, 아닌 건지.

지금은, 이쪽 세계의 가족과 살아가는 것만 해도 벅차니까.

"저, 저기, 나기 님. 왜 제 머리를 쓰다듬어주시는 건가요?"

"기, 기쁘긴 하지만. 왜 그래. 나기."

"그냥."

쓰담쓰담, 쓰담쓰담.

"……에헤헤." "……후후."

세실과 리타가 왠지 쑥스러워하는 얼굴이 됐다.

우리는 여관 침대 위에. 넷이서 나란히 앉아 있다. 여행 중간 작전 회의 중이다.

"『하이스펙 소매치기 군단』과 『은퇴기사 가른가라』가 관련돼 있다는, 그런 뜻이겠지."

이리스가 『의식 공유·개량형』으로 보내준 자료에는 그런 내용이 적혀 있었다.

소매치기 군단이 커틀러스를 발견하면, 은퇴기사 가른가라가 그녀를 『기사 고스트 소환 의식』을 행하는 장소로 데려갈 생각이었다고.

"……뭐가 있는 걸까, 거기에."

"『흑기사』 씨는, 그 땅을 정화해달라고 했었죠."

세실이 문득, 내 쪽을 봤다.

"그리고, 『우리는 이제 잠들어야 마땅하다』고."

"마지막에만 멋있는 말을 했었지."

"변태 기사였지만 말이야."

그래도 정보는 줬다.

그리고 그 녀석을 소환한 놈들 중에 『용 같은 마법사』가 있다는 말도.

지난번에 우리가 휴양지에서 히드라와 싸웠을 때, 마룡의 안구가 나타났었다. 어쩌면 말이야, 그게 「하얀 길드」와 관계가 있을 가능성도 있겠네.

"······조사하러 가볼까."

"그래요. 나도······ 저를 필요로 한 이유를 알고 싶어요."

핀이 내 손을 잡고, 말했다.

"장소가 이 근처라고 했었지."

나는 짐 속에서 지도를 꺼냈다.

"변태 기사는 북쪽에 옛 전장이 있다고 했었지. 많은 기사들이 죽은 곳이고, 그런 곳을 『기사 고스트』 소환 의식에 이용하고 있다고."

의식은 거기서 행해졌다고, 흑기사가 말했었다.

"그렇게 되면 역사에 관한 정보가 필요하겠네요. 아이네 씨의 특기 분야예요."

"물어볼게······ 어라, 답장이 왔잖아?! 빠르네······ 아이네."

이리스한테 메시지를 보냈더니 바로 답장이 왔다.

아이네와, 그리고 레티시아도 같이 있어서 그런가. 둘 다 이런 걸 잘 아는 것 같으니까.

『타버린 들판』이라고 하네. 옛날에…… 데리릴라 씨 때보다 조금 뒤에 있었던 시대에 전쟁이 벌어졌던 곳이고, 고스트가 나타나기 때문에 사람들이 가까이 가지 않는 곳이라는데. 그리고 아이네가 리타한테 전해달래.『리타 양의 신성력이 중요해. 나 군이랑 세실 양이랑 레기 양이랑, 새 가족을 잘 부탁해』— 라네."

"내 답장도 전해줘.『어떤 수단을 써서라도 주인님과 모두를 지킬 거야』라고."

"저도, 고스트 정도는 어떻게든 할 수 있어요."

『이 몸도 언데드는 평범하게 벨 수 있지만…… 주인님을 전선에서 싸우게 하고 싶지는 않구나.』

"나도, 방패 정도는 될 수 있어요."

다들 의욕이 넘치네.

『기사 고스트 소환』의식이 행해졌던 옛 전장이라.

뭐랄까…… 보기 드물게 평범한 모험자처럼 탐색하러 가는 것 같은 기분이 드네.

클리어한다고 해서 보수가 나오는 것도 아니지만.

"그럼 말이야, 제안할 게 두 가지 있는데, 들어볼래?"

내가 말했다.

"첫 번째. 기껏『날개의 도시 샤르카』에 왔으니까,『천룡의 날개』에 인사하러 가자."

이건 의식 같은 것이다.

이번 『사원 여행』은『천룡의 날개』에 인사하는 것부터 시작됐다.

그 뒤로 비룡 가르페와 만나고 미라 비룡 라이지카와 이야기를 하고 시로와 만나게 됐다.

성녀 데리릴라 씨라는 소중한 친구도 생겼다.

그런 여행의 마지막에는, 『천룡의 날개』에 인사를 하는 게 도리겠지.

"두 번째 제안인데, 이건 세실이랑 리타한테."

사실은 어제 커틀러스와 핀의 스킬을 재구축할 때, 『능력 재구축』이 LV6으로 레벨 업 했다.

할 수 있는 일이 한 가지 늘어났다.

"내 손으로 세실과 리타를 『합체』시켜보고 싶어."

"흐에?!" "으에에에에에에에?!"

세실과 리타가 새빨개졌다.

"""""무사히 여행을 마쳤습니다. 고맙습니다!!"""""

짝짝.

나와 세실, 리타, 커틀러스는 『천룡의 날개』 앞에서 손을 맞대고 기도했다.

커틀러스는 여기서부터 여행을 출발한 게 아니지만, 뭐, 하는 김에.

'……우리가 살아있는 동안에는, 시로를 잘 돌볼게요.'

나는 눈을 감고서『하얀 사람』에게 말을 걸었다.

'잔류 마력이 있다면 시로에게 주세요. 그리고 일하지 않고 먹고살 방법이 있으면 가르쳐주고.'

눈을 뜨고, 나는『천룡의 날개』를 올려다봤다.

봐도 봐도 정말 크다. 세실과 리타는 두 번째지만, 이번에도 넋을 놓고서 보고 있다. 처음 보는 커틀러스는 입을 떡~ 벌리고 있는 상태다.

하늘까지 닿을 것 같은 날개는, 갈 때 들렀을 때랑 똑같을 텐데…….

"뭔가 색이 바랜 것처럼 보이네……."

"여기저기, 금도 갔네요……."

"위쪽, 무너지려는 것 같지 않아?"

나와 세실, 리타가 나란히 고개를 갸웃거렸다.

"혹시 말이야, 시로가 눈을 뜬 탓에, 구세대 천룡의 날개는 자기 할 일을 마친 건가……"

『맞아~ 아빠~.』

희미하게, 시로 목소리가 들려왔다.

『여기 있던 사념은, 자기 할 일을 마쳐서 사라져가고 있어. 하지만, 시로한테 메시지랑, 스킬을 줬어. 웃고 있어…….』

둥실, 우리 앞에『하얀 사람』이 나타났다.

키가 크고 하얀 옷을 입은 여성이다. 플라티나 블론드의 긴 머리카락을 흔들면서 웃고 있다.

『'차세대 천룡이 눈을 뜨게 돼서, 참으로 기쁠 따름입니다'라
고 했어~.』

시로가 통역해줬다.

『'왕가의 사람들이 주인님 휘하가 된 것 또한 기쁜 일입니다.
그에 의해…… 이 세계를 속박하고 있는 오랜 저주는…… 언젠
가 풀리게 될 것입니다'…… 라네.』

"오랜 저주?"

『시로는, 잘 모르겠어~.』

『천룡의 팔찌』에서, 어딘가 곤란해하는 것 같은 목소리가 들려
왔다.

『그리고, 여기서 북쪽에, 옛날 전쟁터가 있으니까 조심하래.
아빠가 어제 말했던 곳인가? 정화를 할 수 있다면 해달래.』

"그건 상관없는데…… 그렇구나, 『하얀 사람』은 사라져가고
있는 건가."

나는 세실과 리타, 커틀러스 쪽을 봤다.

"또, 그 하얀 사람이 있었어요. 나기 님."

"뭐? 시로 어른 버전? 보고 싶어!"

"신기한 사람도 다 있군요. 제게 말을 걸어주셨습니다."

세실과 커틀러스에게는『하얀 사람』이 보였다. 리타한테는 안

보였는데.

하지만, 커틀러스는『옛 피』를 지니지 않았다.

그런 커틀러스에게도『하얀 사람』이 보였다는 건, 왕가도 용이랑 관계가 있다는 걸까……?

『아빠~ 천룡의 날개가, 시로한테 스킬을 줬어~.』

팔찌에서 시로의 목소리가 들려온다.

『이걸로 시로는 훨씬 더, 아빠한테 도움이 될 수 있어.』

『레비테이션』

시로가『천룡의 날개』와 접촉하면서 발현한 스킬.

팔찌를 장비한 자 주위에 부유 필드를 만들어낼 수 있다.

속도는 느리지만 전후좌우로 이동하는 것도 가능.

"부유 능력인가. 대단한데, 시로."

『에헤헤~.』

팔찌를 쓰다듬어줬더니 시로가 기뻐하는 목소리로 웃었다.

마침 잘됐네. 흑기사의 소원을 들어주는 데, 이 스킬을 쓰도록 하자.

그렇게 해서.

우리는 잠시 쉰 다음에, 북쪽에 있는 옛 전장『타버린 들판』으로 향하기로 했다.

제16화 「『능력 교차 (스킬 크로싱)』와 돌아가지 않는 돌아가는 길」

『타버린 들판』

성녀가 사라진 시대에 일어난 전쟁의 흔적.

많은 기사들이 명예와 보물을 둘러싸고 싸웠다고 전해진다.

함부로 발을 들이면 죽은 사람이 발을 붙잡거나, 고스트가 공격하기도 하는 위험지대다.

주위에 정화 능력을 지닌 나무를 심어서 숲속에 있는 공백 지대가 되었지만, 아직도 『저주받은 땅』으로 유명하다.

『으어어어어어어어어어어.』

『명예를…… 새로운 싸움을…….』

『정말이지…… 요즘…… 젊은 것들은…….』

지상에 무거운 공기가 감돌고 있다.

지면에서 마른 나뭇가지 같은 손이 뻗어 나와서, 지나가는 사람들의 발을 붙잡으려고 한다.

정말로 『저주받은 땅』이라는 느낌이다.

"……이런 데서 의식을 한 건가. 은퇴기사들이."

"아마도, 엄청나게 둔감한 사람들인 것 같아요."

"제정신이면 이런 데 오지도 않을 거야."

"…………."

""""무섭다~.""""

높이 수십 미터 상공에서 지상을 내려다보며, 우리는 한숨을 쉬었다.

여기서 보면 지면이 아주 멀리 떨어진 것처럼 보인다. 숲속에 뻥 뚫려 있는 공간 『타버린 들판』은, 항공사진으로 학교 운동장을 보는 것 같다. 거기에 반투명한 고스트와 죽은 사람들이 우글거리고 있다.

넘쳐나는 언데드도, 멀리 떨어진 지면도, 여러 가지 의미로 무섭다.

『괜찮아. 아빠~.』

왼팔에 찬 『천룡의 팔찌』에서 시로 목소리가 들려왔다.

『아빠네가 잔류 마력을, 잔뜩 먹여줬으니까, 일주일 정도는 떠 있을 수 있어. 이대로 여기서 살 수도 있을 거야!』

"아무래도 그건 정신이 못 버틸 것 같다…… 시로."

우리가 공중에 떠 있는 건, 시로의 스킬 『레비테이션』의 효과 덕분이다.

『타버린 들판』은 발을 들이면 죽은 자들이 발을 붙잡는다. 그렇다면 떠 있으면 되는 일이고.

그래서 우리는 『타버린 들판』에 들어서기 직전에 『레비테이션』을 기동했다.

『레비테이션』은 우리 주위에 반투명한 구체를 만들어낼 수 있다. 그것을 띄워서, 느리기는 하지만 전후좌우로 이동도 할 수 있다.

우리는 구체 안에 들어간 채로 고도 수십 미터까지 상승했고, 그대로 천천히 수평 이동을 해서 여기까지 왔다.

고스트도 좀비도 우리를 알아차리지 못했다.

사실 알아차려봤자 이 거리에서는 할 수 있는 일도 없겠지만.

"지금까지는 몰랐는데, 난 높은 곳도 괜찮은 것 같네……."

"그, 그그그그그러신가요. 나기 님…… 대단해요……."

"나, 나는 하나도 한 무섭지만."

"리타 양, 나기 님 가슴에 얼굴을 묻고 계신 것 같습니다만."

"나기가 무서워할지도 모르니까, 시야를 가려주는 거거든. 내 시야를 가리는 게 아니거든!"

"음~ 그렇다면 저는 나기 님 등으로 시야를 가릴래요. 에잇!"

리타는 내 가슴에, 세실은 내 등에 얼굴을 묻었다.

그건 좋지만. 마침 『합체』할 생각이었으니까.

"커틀러스는 괜찮아?"

"아뇨, 난 핀이예요. 커틀러스는 기절했고."

……못 견뎠구나.

숲에 남아 있어도 됐는데.

"그럼, 바로 정화하고 돌아가자."

나는 세실과 리타에게 말했다.

"아이네도 이리스도 라필리아도…… 그리고, 레티시아도 기다리고 있으니까. 지금부터 하는 퀘스트는, 그냥 덤이야. 실패하면 그냥 돌아가면 되는 거니까."

"예! 나기 님." "일단 해보자고."

세실과 리타가 나한테 몸을 기댔다.

그럼, 작전 개시.

"발동 『능력 재구축 LV6』!"

나는 세실의 가슴에 손을 댔다.

"―――으응."

세실의 가슴 중앙에 『마력 실』을 연결했다.

다음엔 리타. 리타는 자기가 먼저 내 손을 잡고, 가슴 중심으로 가져가 줬다.

마찬가지로 『마력 실』을 연결하면 준비 완료.

"기동―『능력 교차』!"

스킬을 기동했다.

이 스킬을 사용하는 방법은 어렵지 않다. 스킬들을 『마력 실』로 이어주기만 하면 된다.

한 번이라도 『능력 재구축』으로 재구축한 스킬은 두 번 다시 재구축 할 수 있다. 개념을 이동할 수 없게 돼버리니까.

하지만 이 스킬은 일시적으로, 치트 스킬의 『개념』만을 『모방(에뮬레이트)』해서 이용할 수 있다.

"간다. 세실, 리타."

"아, 예." "괘, 괜찮아."

나는 『능력 재구축』 창에 세실의 『고대어 영창』과 리타의 『신성력 장악』을 불러냈다.

『고대어 영창 LV1』

『주문』을 『상세하게』 『영창하는』 스킬

『신성력 장악 LV1』

『소유자』의 『신성력』을 『알아차리는』 스킬

『개념』은 움직일 수 없다. 그저 『연결』할 뿐이다.

두 개의 스킬 사이에 교차하도록 『마력 실』로 연결해서, 유사적으로 새로운 효과를 만들어낸다. 이게 이 스킬의 효과다.

"……나기 님…… 저………… 왠지…… 가슴…… 커진 것…… 같은."

"……나, 나도………… 세실의…… 시야…… 보이는 것 같아……."

세실과 리타가 나를 봤다.

두 사람 모두 얼굴이 새빨개져서, 이상한 감각 때문에 당황한 것 같다.

"저와, 리타 언니가" "나랑— 세실이" "하나로" "감각이 합쳐져서" "둘이서 동시에" "나기…… 나기 님한테" "안겨 있는" "것 같아서"

"……동시에?"

나도 모르게 들어 올린 손이 세실의 뒷목에 닿았다. 그랬더니—.

"히야옥?!" "아으응?!"

세실과 리타가 동시에 소리를 냈다.

두 사람 모두 깜짝 놀라서 서로 얼굴을 마주 봤다.

"이, 이건." "감각이, 두 배가 된 거야?"

"두 사람 몫으로" "나기가 만진 감각이, 한 번에."

나는 세실과 리타의 스킬을 『마력 실』로 연결해뒀다.

그 탓에 세실과 리타는 서로의 몸이 겹쳐진 것처럼 느끼는 것 같다.

"아프진 않아? 그리고 열이 난다든지, 심장이 너무 빠르게 뛴다거나, 팔다리가 저리지는 않고?"

"그, 그건 괜찮, 아요."

세실은 갈색 피부를 새빨갛게 물들이고는, 황홀해 하는 눈으로 그렇게 대답해줬다.

"그, 그냥…… 그러니까, 뭐라고 할까, 나기 님이 건드려주시는 행복이, 두 배가 돼서 전해지는 것 같다고 할까……."

"두 사람 몫의『욱신욱신』이 느껴지는 것 같아……."

나는 세실과 리타의 스킬『개념』을 실로 연결했다.

"……이러면, 되려나?"

두 사람의 스킬 개념은 통상 상태에서는 이렇게 되어 있다.

『고대어 영창 LV1』

『주문』을『상세하게』『영창하는』스킬

『신성력 장악 LV1』

『소유자』의『신성력』을『알아차리는』스킬

거기에『마력 실』을 이용해서 다음 순서대로 연결해 나갔다.

『소유자』─『주문』─『신성력』─『상세하게』─『영창하
는』─『알아차리는』

응, 아마 이 정도면 되겠지.

(─『적용한다.』)

머릿속에서 그렇게 중얼거렸더니, 스킬『능력 교차』에서 새로
운 창이 열렸다.

거기에『마력 실』을 연결한 순서대로, 두 개의 스킬 개념이 표

시됐다.

『소유자』─『주문』─『신성력』─『상세하게』─『영창하
는』─『알아차리는』

"…………저도 알 수 있어요. 나기 님과, 리타 언니와…… 제
가 연결되는 게, 느껴져요. 마력과 스킬이 합쳐지고…… 거기서
부터…… 뭔가."
"응. 나기랑 세실이란 나한테서…… 태어나려고 하는 게 있
어…… 뭐야 이거?"
연결된 세실과 리타 사이에서, 창의 문자가 변화해갔다.
그냥 나열돼 있기만 했던 『개념』 사이에 말이 채워지고─.

─6개의 개념을 가진 스킬이 『모방』됐다─.

『고대어, 신성력 마법 영창』
『소유자』의 『주문』을 『신성력』으로 『상세하게』 『영창하는』 것을
『알아차리는』 스킬

소마 나기의 『능력 교차』에 의해 유사적으로 만들어진 스킬.
세실 파롯의 마법을, 리타 멜페우스의 『신성력』으로 발동할 수
있게 된다.

이것을 통해서 발동한 마법은 『파이어 볼』이건 『플레임 월』이건 정화의 힘을 지닌 것이 된다.

사용 횟수 제한 : 1회 한정.

사용 직후에 『고대어, 신성력 마법 영창』은 원래 스킬로 돌아간다.

『능력 교차』는 소멸하고, 일정 시간 이후에 부활한다.

『능력 교차』는 『스킬 합체 에뮬레이터』다.

두 개의 스킬을 조합해서 일시적으로 6개념 치트 스킬을 만들어낼 수 있다.

물론 연속 사용은 불가능하다. 딱 한 번뿐이고, 세팅한 개념이 제대로 된 스킬로 구현되지 않으면 부서져 버려서 사용 횟수만 소비하는 말도 안 되는 능력이다.

"그럼, 영창을 개시하겠습니다."

세실이 내 손을 잡고서 선언했다.

"두 번 다시 변태 기사와 만나는 일이 없도록, 확실하게 정화할 거야."

리타는 내 왼손을 잡았다. 나를 사이에 두고, 세실과 리타가 연결된 상태다.

"『이 세계의 자비로운 여신님의 힘을 불러냅니다. 만물을 사랑하고 사람들의 이정표가 되는 것. 망설임을 물리치고 빛의 존재는 빛으로, 어둠의 존재는 어둠으로. 올바른 길을 보여주시는 희망이 되시는 분—.』

"———내 힘— 받아줘, 나기— 세실."

리타의 손바닥을 통해서, 내 쪽으로 『신성력』이 흘러 들어왔다.

그것이 내 몸을 그대로 통과해서 세실 안으로. 그때마다 세실이 움찔, 하고 떨었다. 내 몸과 『고대어, 신성력 마법 영창』 스킬이, 세실과 『신성력』을 적합하게 만들어주고 있다. 『신성력』이 세실의 말과 어우러지면서 마법으로 변해간다.

"『청정을 고하고, 하늘을 도는 것의 모습을 빌어 쏟아진다』."

"『신성한 힘의 이름으로』."

세실의 영창에, 리타도 영창하기 시작했다.

"『찬양하라. 생명은 그 자비를 찬양하라……』"

"『자비는 만물에. 사람에게도 데미 휴먼에게도 작은 아이에게도』."

영창은 세실이 담당하고, 리타는 『신성력』 공급을 담당한다.

리타에게서 흘러 들어오는 것은 나를 통해서 세실 안으로.

세실이 가느다란 팔을 벌렸다. 마치 세상을 안으려는 것처럼.

『으어어어어어어어어어어.』

지상에서 언데드들이 소란을 피우기 시작했다.

하지만, 놈들의 손은 여기까지 닿지 않는다.
절대적으로 안전한 지점에서, 우리는 정화 마법을 발동했다.

"『고대의 언어에 의해 바라나니』!"
"『자비로우신 여신님의 이름하에』!"

""『발동! 신성 고대어 마법!『신성 정화 광륜 (홀리 헤일로)』!!!""

다음 순간── 지상에, 빛이 가득 찼다.
정확히 말하자면 은색 입자를 지닌─ 신성력으로 만들어낸
빛의 고리가.

『으어어어어아아아아아아!!』

빛의 고리가, 언데드들을 감쌌다.

『아아아아아아아아아················· 아아, 아······.』

언데드 무리── 갈색과 흰색의 파도가── 사라져간다.
마치 한쪽 구석부터, 보이지 않는 거인에게 잡아먹히는 것처럼.
갈색 부분은 좀비겠지. 그쪽은 후두둑 무너졌고, 흙과 섞여서
알아볼 수 없게 돼버렸다. 하얀 부분은 스켈레톤이다. 고스트는
처음 일격으로 완전히 소멸된 것 같고. 원래 반투명해서 알아보

기 힘들지만, 어쨌거나, 움직이는 것들은 하나도 안 보인다.

그래도 『신성 성화 광륜』은 아직도 언데드를 찾고 있는 것처럼, 지상에서 계속 빙글빙글 회전했고—.

마침내, 하늘로 올라가기 시작했다.
천천히. 지상에서, 우리 앞을 지나서, 하늘로.

그리고는 팡, 하고 터져서 사라졌다.

그것이 『신성 정화 광륜』의 효과가 끝난 순간이었다.

우리는 언데드가 전부 사라진 것을 확인한 뒤에 지상으로 내려왔다.

토지는 완전히 정화했다. 이제 여기서 의식을 해봤자 기사 고스트가 나타나는 일은 없을 것이다.

"결국 『천룡의 날개』에서 시작해서, 『천룡의 날개』에서 끝난 여행이었네."

『하얀 사람』이 의뢰한 토지 정화를 끝내고, 우리는 오래된 제단 앞에 서 있다.

여기가 수상한 의식을 행했던 곳인 것 같다. 돌로 만든 정자고, 중앙에는 마법진이 그려져 있다. 하지만 그것도 사라져가고 있었다. 조금 전에 『신성 정화 광륜』으로 깔끔하게 정화해버린 것이다.

여기서부터 숲까지는 돌을 깔아서 만든 좁은 길이 이어져 있다. 자세히 보니 길옆에는 둥근 돌을 끼워 넣는 곳 같은 우묵한 부분이 있다. 주위에 있는 것은 묘지 같은 곳에서 흔히 사용하는 마물을 물리는 부적이다. 마력의 근원을 끼워 넣고 주문을 외우면, 고스트가 통로에 다가오지 못하게 만드는 장치인 것 같다.

"잘도 이렇게 거창한 걸 만들었네……."

"기사 단체는 왕도에서도 꽤 힘이 있는 집단이라고, 어머니가 말씀하셨어요."

내 의문에, 핀이 대답해줬다.

"귀족들에게 고용되고 각자의 영지에서 싸우는 기사 정도가 되면, 인맥도 넓으니까요. 그 집단 정도 되면, 하급 귀족 정도의 힘은 가지게 되겠죠."

"그걸 좀 더 유익한 쪽에 쓰면 좋을 텐데 말이야."

"『너무 커진 조직은 사람을 초월한 의지를 지니게 된다』— 이런 말을 들은 적이 있어요."

갑자기, 세실이 중얼거렸다.

"제가…… 아버지와 어머니께 들은 말이에요. 어릴 적에 『왜 마족은 멸망한 거죠?』라고 여쭤봤을 때."

"세실의 아버지와 어머니가?"

"예. 『너무 커진 조직은 사람을 초월한 의지를 지니게 된다.

그 조직의 높은 사람도 제어할 수 없을 만큼. 설령 한 사람, 한 사람은 마족을 싫어하지 않아도―』라면서."

"……블랙한 기업이 태어나는 이유도 그런 걸까."

그리고 이쪽 세계에 블랙한 길드가 존재하는 이유도.

"그러고 보니 내가 있던『이트루나』교단도 그런 느낌이었어."

"어머니는『그 조직의 정상에 오르면, 아버지도 커틀러스를 인정하겠지. 조종당하는 게 아니라 조종하는 쪽이 되렴』이라고. 하지만…… 그런 건 아무 의미도 없겠죠."

은퇴기사 가른가라는 기사 단체의 방식 그 자체를 실행했고, 자멸했다.

하지만 만약에 가른가라가 없어진다고 해도 이 제단은 남고, 다른 사람이 의식을 실행할 것이다.

그렇다면 그런 조직을 움직이는― 중심에 있는 사람은 누구일까?

"……의외로, 텅 비어 있는 건 아닐까."

나는 정자 구석에 있는 돌 비석을 봤다.

이『타버린 들판』에서 일어난 전투에 대해 적혀 있다. 소위 말하는『기념비』다.

여기서 많은 기사와 병사들이 전쟁을 벌인 것은, 데리릴라 씨의 시대 이후의 일. 전쟁의 이유에는 여러 가지 설이 있는데, 지금도 확실히 밝혀지지는 않았다. 이 땅을 지배하는 자는 왕을 뛰어넘는 힘을 얻게 된다는 예언이 있었다든지, 공주님의 사랑을 받기 위해서 기사들끼리 싸웠다든지, 이 땅에 있었던 마을을 없애버리려고 했던 귀족 때문에 기사들이 의분에 불타올랐다든지, 등등 다양하다.

사실은 이미 알 수도 없는데, 깔끔하게 죽지도 못한 사람들만이 여기서 계속 발버둥 치고 있었다.

아직 끝난 게 아니다. 좀 더 뭔가가 있을 것이다, 라면서.

"……편안히 잠드세요."

나와 세실, 리타, 핀은 나란히 기도를 올렸다.

자, 이 근처에 『왕가와 관계된 것』이 있을 텐데.

그냥 두면 언제까지 커틀러스와 핀을 노릴지 모르는 일이다. 그리고 왕가와 관련된 물건을 확보해두면, 만에 하나 그쪽과 대립하게 됐을 때 비장의 카드가 될지도 모르고.

……위험해 보이는 물건이면 바다에 버려버리자.

"세실은 『마력 탐지』로, 다른 곳보다 마력이 강한 곳을 찾아줘. 리타는 주변 경계. 나랑 핀은 이상한 곳이 없는지 찾아보자."

"""알겠습니다~!"""

우리는 흩어져서 탐색을 시작했다.

은퇴기사 가른가라와 『하이스펙 소매치기 군단』은 커틀러스를 찾고 있었다. 그 목적이 『왕가의 피』라면, 그것과 관계된 뭔가가 있을 것이다.

"……왕가와, 관련된 물건이라."

나는 『의식 공유·개량형』을 기동.

『스크린샷』으로 촬영한 『왕가의 동전』 이미지를 불러냈다.

세 개를 나란히 놓아봤다. 하나는 소매치기가 가지고 있던 것. 두 번째는 커틀러스가 보여준 가짜. 마지막 하나는 핀이 보여준 것.

세 개 다 비슷해 보이면서도 미묘한 차이가 있다.

"글자가…… 새겨져 있네?"

소매치기 군단의 동전과 핀의 동전에는 글자가 새겨져 있다.

지금까지 알아차리지 못했던 것은, 그것이 좌우로 반전된 모습이었기 때문이다. 『의식 공유·개량형』의 창에 비친 것을, 뒤쪽에서 보면 확실하게 알 수 있다.

"『그것은 성과이자 죄. 왕가가 짊어진, 시작의 용사가 행했던 모험의』…… 인가."

……무슨 뜻이지.

용사라면 『내방자』를 뜻할 테고.

시작의 용사…… 인가.

지금까지 생각해본 적도 없었지만, 이세계 사람 소환은 언제부터 시작됐던 걸까. 마족의 잔류사념 아슈타르테는 『내방자』에 대해 알고 있었다. 아슈타르테는 과거에 존재한 마족들의 의사가 집합한 존재였다. 그런 아슈타르테가 『내방자』의 존재를 알고 있다는 얘기는…….

"아주 오래전부터, 이세계 사람을 소환했다는 건가……."

……기회가 생기면 조사해보자.

이 세계가 왜 이렇게 블랙한 건지, 그 비밀을 풀기 위한 단서가 될지도 모른다.

"나기 님! 마력이 강한 곳을 찾아냈어요!"

"주공! 수상한 글자가 적힌 곳이 있어요!"

고개를 돌려보니 세실과 핀이 같은 곳을 가리키고 있었다.

거기에는 희미하게, 글자가 새겨져 있었다.

"『그것은 성과이자 죄』인가."

""한눈에 알아본 건가요?!""

그야 뭐, 조금 전에 봤으니까.

제단 구석에 있는 돌바닥.

틈새에서 풀이 자라난 네모난 돌 위에, 『왕가의 동전』에 있는 것과 똑같은 문자가 새겨져 있다.

좌우 반전으로 적혀 있어서, 보통 사람 눈에는 돌에 흠집이 난 정도로만 보이겠지. 세실의 『마력 탐지』로 찾아내고, 거기다 『왕가의 동전』을 보고, 비로소 그게 왕가와 관련된 것이라는 것을 알 수 있었다. 그런 시스템으로 돼 있는 것 같다.

"세실. 『마력 탐지』로 함정이 있는지 살펴봐 줘."

"……바닥의 돌 자체에는 마력이 없는 것 같아요."

잠시 생각한 뒤에, 세실이 대답했다

"하지만 그 밑에서 신기한 마력이 느껴져요. 뭔가 특수한 아이템이 있는지도 모르겠어요."

"역시, 돌을 치워보는 수밖에 없나."

나는 글자가 새겨진 돌을 건드렸다. 주위에는 잡초가 우거져 있다. 그 잡초를 뽑았더니 손가락이 들어갈 정도의 틈새가 나타났다. 거기에 손가락을 집어넣고 힘을 줬더니…… 움직였다. 의외로 가볍네.

혹시 몰라서 시로의 스킬 『실드』를 언제든지 발동할 수 있게 준비한 뒤에.

"세실과 커틀러스는 떨어져 있어."

나는 천천히, 바닥의 돌을 들어 올렸다. 긴장했지만, 함정은 없다.

돌 밑에는 작은 가방이 들어갈 정도의 구멍이 있다.

거기 들어 있는 것은— 은색 상자였다.

모양은 직사각형. 상자 주위에 감아 놓은 건…… 담쟁이덩굴인가? 아니, 원래 그런 디자인인 것 같다. 상자 위쪽 절반은 뚜껑이다. 세실이 마력을 느꼈다는 건, 이건 매직 아이템인가……?

"……『신의 시대 기물(아티팩트)』."

갑자기, 핀이 입을 열었다.

"아티팩트라고? 『바랄의 갑옷』하고 친척인가?"

"예. 저급이기는 하지만, 이건 고대에 만들어진 매직 아이템이에요. 제 『즉시 신의 시대 기물 장악』이 반응했어요."

내 말을 들은 핀이 고개를 끄덕였다.

"그리고 제 의붓아버지— 아니, 은퇴기사 가른가라는 커틀러스를 이리로 데리고 올 셈이었어요. 그렇다면 이게 『왕가의 피』와 관련된 물건이겠죠."

"그렇구나. 왕가 사람한테는 『신의 시대 기물 적성』이 있다고 했지."

전에 핀이 가르쳐줬었지. 왕가의 피를 이른 사람 중에, 가끔씩 그런 스킬에 눈을 뜨는 경우가 있다고.

원래 『신의 시대 기물 적성』이라는 스킬은, 10분 동안 아티팩트와 접촉해서 그것을 지배할 수 있는 스킬이다. 은퇴기사 가른가라가 커틀러스를 노린 이유가 그것 때문이라면, 앞뒤가 맞는다. 왕가 사람들이 전부 그 스킬을 가지고 있는 건 아니지만, 국왕의 직계라면 충분히 가능성이 있으니까.

"열어봐도 될까요, 주공."

"괜찮아. 하지만, 충분히 주의하고."

"……여기까지 데려와 주신 데 대해 감사드립니다. 주공."

핀은 나를 향해서 깊이 고개를 숙였다.

"이것은 나와 커틀러스에게 있어 숙명 같은 것. 주공 덕분에 의붓아버지가 어째서 나를 필요로 했는지, 태어난 의미라는 것이 무엇인지, 알게 됐습니다. 그러니까—."

흐읍, 하고 숨을 들이쉰 뒤에, 핀이 상자를 향해 손을 뻗었다.

새하얀 손가락이 상자를 건드리— 기 직전.

상자 표면을 장식하고 있던 담쟁이덩굴이, 움직였다.

"핀!"

나는 핀의 어깨를 붙잡고 끌어당겼다. 동시에 시로의 스킬 『실드』를 전개. 키잉, 하는 딱딱한 소리가 나고, 반투명한 방패가 뭔가의 공격을 튕겨냈다.

"———?!"

짧은 비명소리와 함께, 핀의 손에서 핏방울이 튀었다.

내가 『실드』를 전개하기 직전에, 은색 담쟁이가 핀의 손바닥을 베어버렸기 때문이다.

"핀, 괜찮아?!"

"괘, 괜찮아요. 별 건 아닙니다. 그런데…… 지금 그건?"

"보세요! 나기 님…… 핀 언니."

세실이 소리쳤다.

"……상자가 피를…… 빨아들이고 있어요…….'"

나도 봤다. 소름이 돋았다.

상자에서 뻗어 나온 은색 덩굴이, 땅바닥을 기어 다니고 있다. 좀 전에 핀의 손에 상처를 낸 놈이다. 상자 표면을 장식하고 있던 수많은 담쟁이덩굴이 촉수처럼 꿈틀거리면서 핀의 피를 빨아들이고 있다.

끼긱, 소리가 났다.

핀의 피를 몇 방울 빨아들인 상자 뚜껑이, 살짝 열렸다.

아주 조금. 복사용지도 들어가지 않을 정도 틈새지만.

"……설마 이 상자…… 『왕가의 피』를 빨아들여서 열리는 건가?"

"정답이에요. 주공."

핀이 손바닥을 누르면서 말했다.

"덩굴이 저한테 닿았을 때, 아주 조금 정보가 흘러 들어왔어요. 이 상자는 『왕가의 피』를 계속 빨아들여서 뚜껑이 열리게 되어 있어요. 이 상자에는 열쇠 구멍도 자물쇠도 없죠. 『왕가의 피』만이 이 상자를 여는 유일한 열쇠예요. 필요한 양은 아마도…… 온몸에 있는 피의 10분의 3 정도."

처음이었다.

항상 씩씩하게 커틀러스를 도와주던 핀이, 울 것 같은 표정을 짓고 있었다.

"이것이, 상자를 열기 위해서 저희를 필요로 했던 이유. 이 자리에 필요했던 것은 『왕가의 피』. 상처를 입혀도 상관없는 왕가의 사람. 열쇠로 쓸 수 있는 공주라면, 누구라도 상관없었어요. 그리고 의붓아버지— 아니, 은퇴기사 가른가라는, 저희를 쓰는 방법을 알려고도…… 하지 않았죠."

"이제 됐어. 핀."

세실이 깨끗한 천을 줬고, 그걸 핀의 상처에 감아줬다.

"하나만 가르쳐줘. 핀이 이 상자를 지배하면, 다시는 못 쓰게 만들 수 있어?"

"산산조각을 내버리겠어요."

핀은 눈물이 고인 눈을 닦고, 웃었다.

"나도 커틀러스도…… 더는 못 참겠어요! 우리와 똑같은 꼴을 당하는 사람이 나오지 않게, 이 상자를 영원히 없애버리도록 하죠!"

"알았어. 리타, 들었어?"

"물론이지!"

고개를 돌려보니 세실 옆에 리타가 서 있었다.

핀의 비명을 듣고 달려와 준 것이다. 리타, 작은 아이들의 위험에는 민감하니까.

"이딴 상자, 우리한테는 상대도 안 돼. 당장 부숴버리자."

"""예!"""

우리가 그렇게 말한 순간, 상자가 겁먹은 것처럼 떨렸다.

하지만, 상관없다. 공략법은 생각해뒀다.

나는 시로의 『실드』를 전개. 반투명한 『원형 방패』로 상자가 들어 있는 구멍을 덮어버렸다.

덩굴은 출구를 찾아서, 구멍과 방패 틈새로 기어 나왔다. 그쪽은 리타가 『신성력』이 실린 주먹으로 물리쳤다. 그 뒤에는 『실드』를 상자에 가까이 가져가는 것뿐. 10초도 안 걸린다.

핀의 손가락이 상자에 닿을 정도로 다가가면 『실드』를 일시 해제. 이게 전부다.

"발동! 『즉시 신의 시대 기물 장악』!!"

펑.

상자가 산산조각이 나버렸다.

뚜껑도, 담쟁이덩굴도, 상자 본체도.

"……번거롭기는 했지만, 대단한 건 아니었네요."

핀은 자기 손바닥을 보면서 한숨을 쉬었다.

"……뭐야, 이거."

나는 날아간 상자 뚜껑 안쪽을 보고 있었다. 이쪽 세계 글자가 새겨져 있었기 때문에.

거기에 적혀 있는 문장에서, 눈을 뗄 수가 없었다.

『이 상자를 여는 것은 왕가에 있어 불필요한 자일 것.

따라서 대대의 왕가는「취급하기 편한 예비 피」를 남길 것.

　상자를 여는 영광스러운 역할을 달성한 자의 이름은 남기지 말 것.』

　"……!"

　나도 모르게 주먹을 꽉 쥐고 있었다.

　핀이 말한 대로였다. 이 상자는 우리에게는 시시한 물건이다. 핀의『즉시 신의 시대 기물 장악』이 있으면 순식간에 상자를 지배할 수 있다. 시로의『실드』가 없더라도 가벼운 상처 정도로 끝낼 수 있었다.

　하지만…… 은퇴기사 가른가라가 그런 사실을 알 리가 없다.

　그 녀석이 커틀러스를 여기로 데리고 와서 상자를 열게 할 생각이었다면— 방법은 시간을 들여서『신의 시대 기물 적성』을 쓰거나,『왕가의 피』로 열거나 둘 중 하나다. 어느 쪽이건 커틀러스에게는 돌이킬 수 없는 대미지를 입힐 것이다.

　하지만 그 녀석은 그저 명령받은 대로— 자기 자식을 여기로 데려오려고 했었다. 여기에 뭐가 있는지, 커틀러스가 무슨 꼴을 당하게 될지, 알려고 하지도 않았다.

　"……최악이네."

　구역질이 났다.

　은퇴기사 가른가라는 말했었다.「내 딸이 도움이 되기를 바랐다」「그러면 그 아이에게도 태어난 의미가 있다」라고. 그게 이거다.『왕가의 피』를 써서, 숨겨진 것을 꺼낸다. 단지 그것뿐.

"……일단 거뒀으면, 자기 자식인데! 도구처럼 취급하지 말란 말이야!!"

"……나기 님." "……주공."

"자기 자식이면 보통 지켜줘야 하는 거잖아?! 자식이 무슨 생각을 하는지, 고민은 없는지, 전혀 관심도 없는 거야? 왕가도 문제야.『취급하기 쉬운 예비 피』가 뭔데?! 커틀러스랑 핀을 뭘로 생각하는 거냐고?! 자식이 그냥『피』나『도구』일 뿐이라는 거야?! 이쪽 세계에서도 이런 짓을 하고있는 거냐고?!"

……아.

정신을 차려보니 세실과 핀이 눈이 휘둥그레져서 날 보고 있었다.

"미안…… 그냥, 옛날 생각이 좀 나서."

갑자기 소리를 지른 탓에 깜짝 놀랐겠지.

그리고, 지금은 핀이 더 괴로울 텐데.

"저도 커틀러스도…… 주공이 아버지였으면 좋았을 텐데……."

핀은 눈물을 훔치면서 웃었다.

"주공의 자제분과…… 그 어머님은 틀림없이, 행복해질 거예요."

"고맙습니다."

"왜 세실이 고맙다고 하는데?!"

핀이 깜짝 놀랐다.

"죄, 죄송해요…… 저도 모르게."

"자기도 모르게?"

"저기, 그러니까. 한마디로 저는, 이런 일 때문에 화를 내주시는 나기 님이 정말 좋아요…… 나기 님 자식은 행복하고, 그 엄마도 행복하다는 이야기잖아요. 그래서, 저는 행복하고……."

"그 이야기는 나중에. 세실."

나는 허둥대는 세실의 머리를 쓰다듬어줬다.

핀도 눈치를 챈 건지, 이상할 정도로 기분 좋게 웃고 있다. 리타는 배를 쥐고 웃고 있고. 정말이지.

"자, 그럼. 바로 내용물을 확인하고 돌아가자."

우리는 상자 안에 있던 물건을 들여다봤다.

거기에 있던 것은—.

"이건…… 부조인가?"

상자 안에는 물건이 두 개 들어있던 것 같다.

하나는 동판으로 만든 정교한 부조.

또 하나는 둥글게 말아놓은 스크롤이었다.

부조에 새겨진 것은 영웅이었다.

날개 없는 용이 땅바닥에서 발버둥 치고, 칼을 든 영웅이 그것을 토벌하고 있다. 아래쪽에 글자가 새겨져 있다. 『최초로 소환된 용사의 기록. 악룡을 물리치고 왕과 함께 세계를 다스리는 법을 만들었다』— 그게 언제인지는 모르겠지만, 이런 일이 있었다는 것 같다.

……어째서 이게 봉인돼 있었던 걸까.

"세실, 스크롤을 펼쳐봐."

"예. 나기 님."

세실은 스크롤을 묶어놓은 끈을 풀고, 펼쳤다.

빨간 눈으로 내용을 읽었다. 어째선지, 그 손이 떨리기 시작했다.

"왜 그래, 세실."

"이건…… 다른 세계로 가는 문을 여는 마법이에요…….""

"다른 세계로 가는 문을 여는, 마법?"

"여기에는 앞쪽 절반밖에 없지만…… 술식을 보면 알 수 있어요. 방대한 마력과 촉매를 써서, 다른 세계로 가는 문을 열기 위한 것이죠. 뒤쪽 절반을 찾으며…… 어쩌면."

세실이 내 쪽을 봤다.

얼굴이 새파랬다. 빨간 눈에는 눈물이 고여 있고.

"나기 님이 살던 세계로 가는 문을…… 열 수 있을지도 몰라요."

세실이 떨리는 목소리로 설명해줬다.

이 스크롤을 기동하는데 필요한 아이템에 대해. 필요한 마력은 내 『마력 실』을 이용해서 노예 모두와 연결하면 공급할 수 있다고. 스크롤의 뒤쪽 절반만 손에 넣으면, 틀림없이 다른 세계로 가는 문을 열 수 있다는 것까지.

"그렇구나."

세실이 하는 말을 들으며, 나는 여러 가지를 생각했다.

원래 살던 세계에서 있었던 일과, 이쪽 세계에 와서 있었던 일을— 멍하니.

세실과 리타와 커틀러스는 가만히 날 보고 있다. 레기는 마검 상태인 채로 살짝 떨고 있다. 오른팔이 뜨거운 건 『천룡의 팔찌』를 찾기 때문이다. 시로도 지금 이야기를 들었으려나.

아이네와 이리스와 라필리아는 항구도시의 저택에 있을까. 그러고 보니 레티시아도 합류했다고 했지. 다들, 우리가 돌아오기를 기다리고 있을 거야. 레티시아와 시로와 커틀러스는 처음 만나는 사이지. 돌아가면 자기소개부터 해야겠네. 다 같이 테이블에 앉아서, 저녁밥을 먹으면서.

—이쪽 세계에서 찾은 가족과 같이, 내 집에서—.

"……그렇구나. 역시 이 스크롤은 태워버려도 되겠네."

내가 말했다.

"아니다…… 그건 좀 아까운가. 전체가 손에 들어오면 왕가와 교섭하는 데도 쓸 수 있고, 원래 세계로 돌아가고 싶어 하는 내 방자한테 넘기는 방법도 있으니까. 이건 일단 세실이 가지고 있어. 아이네와 합류한 다음에는 수납 스킬 『언니의 보물 상자』에 넣어두고. 잃어버리지 마."

"나기 님, 나기 님!"

"왜, 세실."

"꽤, 괜찮으시겠어요? 이게 있으면, 원래 세계로 돌아갈 수 있을지도 모르는데요."

세실이 내 옷자락을 붙잡았다.

다른 손으로는 자기 목줄을 만지고 있고. 가끔씩, 넘쳐나는 눈물을 닦고 있다.

리타도, 불안한 표정으로 날 보고 있다. 동물 귀를 쫑긋거리면서, 가만히, 내 말을 기다리고 있다. 마치 당장이라도 내가 없어지는 건 아닐까, 라고 생각하는 것처럼.

핀도 두 손을 기도하는 모양으로 맞잡고서 날 보고 있다.

"원래 살던 세계로 돌아갈 생각은, 더 이상, 없어."

내 입에서 나온 말을, 머릿속에서 되풀이해봤다.

응, 위화감이 하나도 없네. 망설임도, 후회도, 찾아볼 수 없다.

"좀 전에 결심했어. 난 다시는, 원래 살던 세계로 돌아가지 않을 거야."

"좀 전에요?!"

"응. 모두의 얼굴을 봤더니, 내가 앞으로 뭘 하고 싶은지, 확실히 알게 됐어."

세실도, 리타도, 핀도 멍한 표정을 지었다.

마지막으로 내 등을 떠밀어준 건 세실과 핀이었다.

커틀러스의 부모님처럼— 아니, 내 부모님처럼 되기는 싫다고 생각했더니 딱, 하고 마음이 정해졌다. 전에 세실과…… 마족의 자손을 남긴다는 약속도 해버렸고.

그리고, 나한테 소중한 것들은, 이쪽 세계에 있으니까.

"내가 원래 살던 세계에 가게 된다면, 그건 모두에게 내가 살던 세계를 보여주고 싶어졌을 때야. 『소마 나기가 태어난 세계로 사원 여행』이라는 느낌이려나. 어쨌거나 다시 이쪽으로 돌아오겠지만."

이쪽 세계에는 모두가 있다. 집도 있다. 일도, 이쪽 세계에서는 내 마음대로 고를 수 있다.

원래 살던 세계로 돌아갈 이유는, 어디서도 찾아볼 수 없다.

그리고…… 세실, 리타, 아이네하고는 『혼약』도 해버렸으니까. 모두를 남겨두고 원래 살던 세계로 돌아가서, 언젠가 전생해서 다시 만났을 때 「그때 두고 갔었지~」라면서 혼나는 건 싫거든.

"그『이세계로 가는 문을 여는 스크롤』은, 그냥 『신기한 아이템』이야. 『그걸 버리다니, 말도 안 돼!』라는 메시지가 나오는 것도 아니고. 그러니까 불안해할 필요는ㅡ."

내가 거기까지 말했을 때ㅡ.

"나기 님ㅡ!" "나기ㅡ!"

세실과 리타가 나한테 달려들었다.

둘이서 내 몸을 붙잡고, 꼬옥 끌어안았다.

"둘 다 너무 쉽게 울지 말라고. 얼굴이 엉망이 됐잖아?"

"그렇지만, 그렇지마안……."

"나기는 이세계에서 억지로 소환됐잖아? 돌아가고 싶다……고 하면, 난, 도와줄 거거든. 주인님을 돕는 건, 당연한 일이잖아."

세실과 리타가 울먹이는 목소리로 중얼거렸다.

나는 손을 뻗어서 두 사람의 머리를 쓰다듬어줬다. 가족을 울리다니, 나도 아직 수행이 부족하네. 핀은 손가락을 입에 물고서 "늦었다⋯⋯"고 중얼거리면서 어깨를 축 늘어뜨렸고.

"자, 그럼. 이 자리를 어떻게 할지가 문제인데."

『하얀 길드』에서는 이 스크롤을 태워버리라고 지시했었다.

증거를 은멸하기 위해서라도, 같은 느낌으로 하는 게 좋겠지.

그런 이유로―.

"갑니다. 고대어판『파이어 볼』!!"

우리는 시설까지 통째로, 세실의 고대어 마법『파이어 볼』을 써서 태워버리기로 했다.

나중에 몰래 『천룡의 날개』가 마지막 힘으로 저주받은 땅을 정화했다'는 소문을 퍼트려야지.

그렇게 해서, 길면서도 짧았던 우리들의 『사원 여행』은 무사히 끝났고―.

""""다녀왔습니다~!!"""" "시, 실례하겠지 말입니다!"

"어서 와. 나 군!" "수고하셨어요! 그리고 처음 뵙겠습니다 커틀러스 님, 핀 님!!" "목욕물 데워놨으니까 들어가세요오! 제가 등을 씻어 드릴게요오!"

항구도시 이르가파로 돌아온 우리들을, 아이네와 이리스와 라필리아가 맞이해줬다.

그날은 오랜만에 다 같이 저녁을 먹고— 차례로 목욕을 하고—

그리고 현안 사항이었던 방을 정하고(결국 2인 1실이 됐다)—

일찌감치 자기로 했다.

이런저런 일 때문에 피곤한 탓인지 다른 사람들은 금세 잠든 것 같았지만, 나는,

"—시작의 용사가 쓰러트린 악룡…… 이라."

천룡의 흔적을 지우려고 했던 『내방자』.

휴양지에 나타난 수수께끼의 안구. 성녀 님의 예상으로는 『악룡의 눈알』.

흑기사가 말했던 『용 같은 마법사』.

그리고 『타버린 들판』에 남아 있던 전설의 부조.

어쩌면, 나쁜 용 같은 것이 아직 이 세계에 있고—

그게 『블랙한 길드』와 뭔가를 꾸미고 있을지도 모른다.

—그런 생각이 머릿속 한구석에 남아 있는 탓에, 쉽게 잠이
오지 않았다.

번외편 「리타와 커틀러스와 선배 노예의 지도」

"이야기를 듣고 싶지 말입니다! 리타 선배님!!"

"서, 선배님?!"

전투가 끝난 뒤에, 피곤하니까 하룻밤 더 묵기로 정하고 하루를 푹 쉰 다음의, 저녁 때.

우물가에서 얼굴을 씻고 있던 리타는, 그 목소리를 듣고 자기도 모르게 고개를 돌렸다.

뒤에, 커틀러스가 서 있었다.

눈부신 것을 보는 것 같은 눈으로, 리타를 가만히 보고 있다.

"……커틀러스. 선배님이라니, 나 말이야?"

"예. 주공을 섬기는 것에 대해, 리타 선배님의 이야기를 듣고 싶지 말입니다."

"어째서?"

"노예로서 조심해야 할 일이나, 마음가짐 같은 것들이 있을 것 같습니다. 그래서, 주공의 자랑스러운 노예인 리타 공께 이야기를 듣는 게 좋을 것 같아서."

"자랑스러운 노예……?"

리타의 심장이 쿵, 하고 뛰었다.

─뭐야. 나기, 날 그렇게……?

"하, 하지만, 그거라면 세실한테 물어보는 게 좋을 것 같은데. 나기의 첫 노예거든."

"세실 공은 『나기 님께 제일 도움이 되는 건 리타 언니니까요』

라고 말씀하셨습니다."

"세실도 참…… 뭐야."

"레기 님은『수인 계집에게 이야기를 듣는 쪽이 재미있는 반응을 끌어낼 수 있을 것이다』라고 말씀하셨습니다."

"레기 너, 정마아아아아아아아아알! 뭐야 진짜————!!"

"그러니까, 여쭤봐도 되겠지 말입니다? 리타 공."

"어쩔 수 없네……."

리타는 재빨리 얼굴을 씻고, 우물가에 있는 적당한 돌 위에 앉았다.

"그래서, 뭘 듣고 싶은데?"

"그렇지 말입니다…… 먼저……."

커틀러스는 볼에 손을 대고 고개를 갸웃거렸다.

"리타 님이, 주공의 노예가 됐을 때의 이야기가 좋지 말입니다!"

커틀러스의 얼굴은 너무나 진지했다.

이건 제대로 대답해줘야겠네— 그렇게 생각하고, 리타는 가슴에 손을 얹었다.

"—내가, 나기랑 만난 건."

기억을 끄집어냈다.

나기와 처음 만났던 그때의, 일을—.

자신이 아직 이트루나 교단이 신관장이었던 때, 마차에 탄 나기를 「인간말종」이라고 불렀던 일—

첫 재구축 때 창피한 목소리를 잔뜩 냈고, 게다가 몸을 제어할 수 없게 돼버려서 수인이라는 걸 들켰던 일—

세실이랑 나기의 등을 닦아줄 권리를 놓고 다퉜고, 꼼수를 써서 몸을 닦을 권리를 차지한 것까지는 좋았는데, 그것 때문에 나기 냄새가 너무너무 좋아졌던 일—

그리운 추억들이 머릿속에 떠오른, 리타는—.

"…………나, 잠깐 나기한테 벌 좀 받고 올게."

"으아. 말하던 중에 어디로 가시는 거지 말입니까?!"

"그렇지만……."

리타는 눈물을 글썽이고 있었다.

나기와의 만남이 생각났기 때문이다.

멋대로 오해를 했고, 첫인상은 최악이었고, 하지만 같이 싸우면서 사이가 좋아졌고— 너무너무 좋아졌고—.

지금은 사이가 좋아졌다. 지금의 관계는, 아주 좋다고 생각한다.

하지만, 만남은…… 좀 더 좋은 방법이 있었을지도 모르는데…….

"그래. 아이네의 『기억 청소』로, 나기의 옛날 기억을 지워달라고— 아! 하지만, 그러면 소중한 추억도 사라지잖아. 어떻게…… 어떻게 하면 좋지~!"

"리타 님! 머리를 쥐어뜯으면서 뒹굴지 말아주시지 말입니다! 대체 무슨 일이~?!"

"헉."

그랬다, 커틀러스가 같이 있었다.

이런, 이러면 안 되지. 후배 앞에서 창피한 꼴을 보일 수는 없다. 보여줬으니까 어떻게든 해결해야 한다. 노예가 못난 꼴을 보여서 주인님을 창피하게 만들면 안 되니까.

"처, 첫 만남은…… 그래, 나기랑 같은 마차를 탄 게 계기였어!"

"그, 그러십니까."

"그리고 같이, 사람들을 지키기 위해서 싸웠고, 그런데 인정해주지 않아서…… 방황하고 있는데 나기가 도와줬어. 이상이야!"

리타는 선배답게 가슴을 활짝 펴고서 이야기를 마무리했다.

쭈뼛쭈뼛 커틀러스의 반응을 살폈더니—

"여, 역시 대단하시지 말입니다!"

두 눈이 반짝반짝 빛내면서, 열심히 듣고 있었다.

"리타 님은 주공과 같이 싸우면서 서로를 이해한 것이지 말입니다!"

'—으앙~. 미안해~!'

리타는 마음속에서 사과했다.

거짓말은 안 했다. 안 했는데 마음이 아프다.

"그, 그래서, 다음엔 어떤 걸 듣고 싶어?"

더이상 따지고 들면 위험할 것 같아서, 리타는 다른 이야기를 꺼냈다.

"그, 그렇지 말입니다. 리타 님의 무용담을!"

"무용담……."

그렇구나, 커틀러스는 그런 걸 좋아할 것 같으니까."

그거라면 안전하지. 그러니까—

"난 전선에서 싸우는 거랑, 정찰 담당이야."

"그렇다면 참고가 될 이야기를 들을 수 있을 것 같지 말입니다. 저도 전위니까요!"

"먼저…… 그래. 나기는 정보를 특히 소중하게 여기거든."

"전술을 세우기 위해서군요?"

"그래. 최대한 편하게 싸우고, 우리가 다치지 않게 해주거든."

리타는 또다시 가슴에 손을 얹었다.

"나는 그런 나기의 목적을 돕는 게 일이야. 예를 들어서—."

지금까지 싸웠던 기억들을 꺼내봤다.

자신과 주인님이 협력해서 싸웠던, 일들을—.

온천 도시에서 『가짜 마족』과 싸우기 위해서 그자의 결계를 파괴한 것. 그 뒤에 스킬이 욱신욱신해서, 나기가 잔뜩 해줬던 일을—

『해룡의 성지』에서 적을 사로잡기 위해 『속박 가창』으로 달콤한 러브송을 불렀던 일을—

『완전 수화』를 써서 늑대 모습으로 변하고, 산을 한 바퀴 돌면서 안전한지 확인했던 일을—

그 뒤에 나기랑 같이 온천에 들어갔고, 갈아입을 옷을 깜박했다는 걸 알아차렸던 일을—

나기가 벗어준 웃옷과 천으로 몸을 가린 것까지는 좋았지만,

그 상냥함이 너무 기뻐서 꼬리를 열심히 흔들었더니 허리에 감았던 천이 날아가서 하반신이 훤히―.

"으아아아아아아아와우우우우우우우우우웅!! 다시 하게 해줘, 나기―――!!"

"리, 리타 님. 어디로――?! 나무 위에 주공은 안 계시지 말입니다!!"

커틀러스가 불렀지만 신경 쓰지 않았다.

리타는 수인의 운동능력으로, 가까이에 있는 나무를 수직으로 달려 올라갔다.

그대로 높은 가지에 앉아서, 나무줄기에 매달려서 벌벌 떨었다.

'호, 혹시, 나…… 나기한테 창피한 꼴만 보여준 거야……?'

"으앙―――――."

"왠지 죄송하지 말입니다!"

나무 밑에서는 커틀러스가 고개를 깊이 숙이고 있다.

"그, 그렇지 말입니다! 일단 기분을 바꿔서, 리타 님의 능력을 보고 싶지 말입니다!"

"……능력?"

"예!"

커틀러스가 손꼽으며 세기 시작했다.

가창 능력, 운동 능력, 신성력, 기타 등등.

커틀러스는 리타한테 배우고 싶은 게 많은 것 같다.

"꼭, 선배로서, 그 힘의 일부나마 보여주셨으면 싶지 말입니다…… 안 될까요…….”

“그, 그렇다면 어쩔 수 없네!”

타악, 리타가 나뭇가지를 찼다.

공중제비를 돌면서, 깔끔한 자세로 땅에 내려섰다.

“소마 나기의 노예가 가진 힘, 커틀러스한테 보여줄게.”

“잘 부탁드리지 말입니다!”

“그럼, 먼저 리타 님의 노래를 듣고 싶지 말입니다.”

“괜찮긴 한데. 왜 처음에 노래야?”

“제가, 음유시인의 기사 이야기를 듣는 걸 좋아하지 말입니다.”

두 사람이 온 곳은 마을 변두리.

마물과 도적을 막기 위한 벽이 있는 곳이다.

“주공도 세실 님도, 리타 님의 노래는 정말 아름답다고 하셨습니다. 그래서, 꼭 듣고 싶지 말입니다.”

“어, 어쩔 수 없네…….”

리타는 좌우를 둘러봤다. 다른 사람 기척은, 없다. 물론 마물의 기척도 없다.

마을과 외부를 가로막는 돌벽은, 리타의 신장 두 배 정도 높이. 위쪽에는 아무도 없고, 그 너머에도…… 응, 아무도 없네. 수인의 『기척 감지』에 걸리지 않는 건 실력이 정말 좋은 도적 정도지만, 그런 놈들이 이런 데 있을 리도 없으니까.

"그럼, 부른다?"

리타는 흐읍, 심호흡을 했다.

듣는 사람은 커틀러스 뿐. 다른 사람은 아무도 없다.

그럼, 솔직한 마음을 담아서 불러도 되겠지—

—그렇게, 리타는 노래를 부르기 시작했다—

"주인님의 눈동자가 좋아, 깊고 깊은, 까만색.

빨려들 것 같은 눈동자에 나를 비춰줘.

주인님 손이 좋아, 항상 상냥한, 그분의 손.

크고 따뜻한 손으로 나를 만져줘.

주인님 목소리가 좋아, 듣기만 해도 기쁜, 그분의 목소리

항상 그래 주지는 않아도 되니까 날 불러줘 .

주인님 냄새가 좋아, 살갗에 스며드는, 그분의 기척.

안아주는 것 같아서, 난 항상——."

"멍————."

정신을 차려보니, 눈앞에 있는 커틀러스의 온몸이 새빨개져 있었다.

몸이 아파서 열이 나는 사람처럼 눈이 풀어져서, 창피한 것처럼 손으로 입을 막고 있다.

"헉?!"

리타는 자기도 모르게 정신을 차렸다.

어라? 어라라? 그냥 생각나는 대로 노래를 불렀을 뿐인데, 왜 이렇게 됐지?!

그리고—『속박 가창』을 발동했네?

뭐야. 나, 아주 달콤한 러브송을 부르면 나도 모르게 스킬을 발동하는 건가?!

파티 멤버인 커틀러스한테는 효과가 없었지만…… 다른 사람, 없지? 이렇게 창피한 노래를 들은 사람, 없지?! 응, 없지?!!

"리타 님은…… 주공을 정말 좋아하시는 것 같지 말입니다……."

"와우우우우우우. 말하지마아아아아아아?!"

달콤한 러브송 때문에 넋이 나간 커틀러스를 옆구리에 끼고, 리타는 서둘러 그 자리를 떠났다.

—몇 분 뒤에. 순찰하던 마을 사람들은…….—

작은 마을에도 경비를 담당하는 사람은 있다.

젊은 남성들이 교대로 아침과 저녁과 밤에, 무기를 들고 외벽 바깥쪽을 돌아보는 것이다.

그날도 남성 2인조가 벽 바깥쪽을 둘러보고 있었는데—.

"뭐, 뭐야?! 수상한 남자들이 쓰러져 있잖아?!"

"몸에 마력 사슬이 감겨 있네?! 구속 마법인가?"

"게다가 이놈들…… 도적이야."

"들은 적이 있어. 『기척 차단』 스킬이 뛰어난, 실력 있는 도적들이 마을들을 털고 다닌다는 얘기를."

경비 담당 마을 사람들은 움직이지 못하는 남자들을 내려다보고 있었다.

남자들은 하나같이 시커먼 옷을 입었고, 손에는 단검을 들었다. 밧줄까지 준비한 걸 보면, 마을에 들어가려고 한 것 같다.

그들은 마력 사슬에 꽁꽁 묶여서 버둥대고 있다. 대체, 여기서 무슨 일이 일어난 걸까…….

"이런 일을 할 수 있는 건…… 혹시, 아까 도착한 모험자 분들인가?"

"해룡의 무녀를 모신다는 분들……?"

마을 사람들이 수군수군 이야기를 나눴다.

틀림없다. 다른 건 생각할 수도 없다. 해룡의 무녀를 모시는 분들이 마을을 지켜준 것이다. 이렇게 대단한 일을 하고도 말없이 가버렸다. 정말 대단한 분이다.

"아무튼 사람을 불러올게. 넌 여기서 이놈들을 감시해줘."

마을 사람이 뛰어갔다.

무녀를 모시는 모험자들이 조용히 넘어가 주기를 바란다면, 굳이 떠들고 다닐 필요는 없다. 비밀로 해두자.

하지만 은혜는 갚아야겠지. 마을의 명예를 걸고.

그렇게 생각하면서, 마을 사람은 경비 초소를 향해 뛰어갔다.

"다음에는 리타 공의 운동능력을 보고 싶지 말입니다! 나무

타기는 어떠십니까."

리타와 커틀러스가 온 곳은, 마을에서 가장 높은 나무가 있는 곳이었다.

조금 떨어진 곳에는 작은 무덤이 있다.

하지만, 묘지는 아닌 것 같다. 나무에 올라가는 정도는 용서해 주겠지.

"리타 공의 입체적인 싸우는 방법을 참고하고 싶지 말입니다!"

"그런 상대와 싸울 때를 위해서?"

"그것도 있습니다만, 제가 그렇게 싸울 수 있으면 편리하겠지 말입니다?"

열심히 부탁하는 커틀러스.

귀엽다고, 리타는 그렇게 생각했다.

커틀러스의 신장은 세실보다 조금 큰 정도. 손에는 『원형 방패』를 들고 있다. 그것으로 적의 공격을 견디며 접근해서, 칼이나 『호순 격파』로 공격하는 것이 그녀가 싸우는 방법이다.

물론 당장 리타처럼 할 수 있는 건 아니지만, 참고 정도는 할 수 있겠지.

"알았어. 그럼 천천히 할 테니까, 잘 봐."

리타는 큰 나무를 올라가기 시작했다.

본능이 이끄는 대로 올라가면 쉽지만, 『천천히』를 의식하면서 하려니까 조금 어렵다.

가능한 커틀러스에게 도움이 되도록, 최대한 굵은 가지를 골라가며 올라갔다.

"……어라?"

나뭇가지를 잡았을 때, 리타의 손끝에 뭔가가 닿았다.

검은색 반지. 표면에 뭔가 불길한 문장이 그려져 있다. 리타가 그것을 향해 손을 뻗었더니—

푸슈, 하고 검은 연기가 피어올랐다.

'아, 이런. 손에『신성력』을 집중했더니 나도 모르게 정화해버렸네. 그런데, 이 반지는 대체 뭐지—'

"리, 리타 공———!!"

"커틀러스?!"

나무 밑에서 비명 소리가 들려왔고, 리타는 황급히 나무에서 뛰어내렸다.

나무줄기를 차고 몸을 비틀며 착지했더니— 눈앞에 고스트가 있었다.

반투명한 귀부인 모습이었다.

"……고, 고스트지 말입니다…… 리타 공."

"나도 알아. 진정해, 커틀러스……."

자극하지 않는 쪽이 좋다. 없애는 건, 언제든 할 수 있다.

시끄러워지면 나기가 귀찮아진다. 리타가 그렇게 생각하면서 경계했더니—.

『…………고마워…….』

귀부인 고스트는 상냥한 미소를 지으며 고개를 숙었다.

""뭐?""

멍하니 입을 벌린 리타와 커틀러스 앞에서, 고스트가 사라져버렸다.

　리타는 손에 있는 반지를 봤다.

　이것 때문인지도 모른다. 어쩌면 나쁜 것일지도.

　나기한테 가지고 가는 건, 그만두는 게 좋겠지.

　"……여기 두면 괜찮으려나."

　리타는 검은 반지를 나무 밑에 내려놨다.

　그리고 가까이에 있던 묘를 향해 인사를 했다. 시끄럽게 해서
죄송하다고.

　"커틀러스."

　"예."

　"도망치자."

　"알겠지 말입니다!"

　리타와 커틀러스는 재빨리 그 자리를 떠났다.

　──근처에 있는 저택에서──

　"아가씨가 눈을 뜨셨습니다! 열도 내려갔습니다. 나리──!!"

　저택의 메이드가 큰소리를 질렀다.

　그 목소리를 들은 저택 주인이 뛰어왔다.

　그는 이 마을을 거점으로 삼는 상인이었다.

　그가 병으로 아내를 잃은 게 한 달 전. 그 뒤에 딸까지 똑같은
병에 걸려버렸다.

　신관에게 물어봤더니 마법 아이템에 의한 저주의 영향으로 보

인다고 했다.

그러고 보니, 생전에 아내가 누군지도 모를 행상인에게 반지를 샀다고 했었다.

그것이 병의 원인일지도 모르지만, 그 반지가 어디 있는지도 모른다. 말괄량이 같은 성격이었던 아내가 나무타기를 하다가 잃어버렸다는 것 같다.

거기에 『신성한 힘』을 부딪치면 저주를 풀 수 있을지도 모르지만…… 그 반지가 없으니…….

"아버님!"

"오오, 우리 딸!"

"꿈속에 어머니가 나타나셨어요. 저주는 풀렸다. 나무 밑에 반지가 있으니까 파괴하렴, 이라고."

그 말을 듣고 저택을 뛰쳐나간 상인은, 나무 밑에서 검은 반지를 발견했다.

틀림없다. 이게 저주의 반지다. 대체 누가…… 우리를 구해준 걸까…….

"……어쩌면, 해룡 케르카톨 님의 가호가 아닐까……."

그러고 보니 이 마을에 『해룡의 무녀』와 그 호위 분들이 와 계시다고 들었다.

설마, 그 덕분에 축복이……?

모르겠다. 확실한 것은 딸이 살았다는 것이다.

"……고맙습니다…… 정말 고맙습니다."

그는 무릎을 꿇고, 그저 눈물만 흘렸다.

리타는 풀이 죽어 있었다.

기껏 커틀러스가 『선배님』이라고 불렀는데, 멋있는 모습이라고는 하나도 보여주지 못했다.

"······오명을 만회해야겠어."

리타와 커틀러스가 찾아온 곳은, 마을 구석에 있는 작은 호수였다.

여기는 강과도 연결돼 있어서, 낚시하러 오는 사람들도 있다는 것 같다.

"지금부터 커틀러스한테, 내 『수상 보행』을 보여줄게."

"오오! 리타 님은 그럼 힘도 있으신 겁니까?!"

"응. 내 『신성력 장악』을 발끝에 집중하면, 몇 초 동안 물 위에 있을 수 있어. 몸이 가라앉기 전에 재빨리 이동하면, 그대로 물 위를 걸을 수도 있는 거지."

이건 최근에 나기와 같이 개발한 기술이다.

나기네 세계에는 무술의 달인이 『기의 힘』으로 수면을 걸었다는 전설이 있다는 것 같다. 어쩌면 『신성력』으로도 같은 걸 할 수 있을지도 모른다고 생각했고, 해봤더니 됐다.

아직 실험 단계라서 실전에서 쓸 수 있는 건 아니지만.

"이 기술이 있으면, 바다에서 적을 공격할 수도 있어. 커틀러스랑 둘이서 같이 공격하는, 그런 방법도 있겠지?!"

"대단하지 말입니다. 꼭 보여주시지 말입니다!"

"그럼…… 에잇!"

리타는 지면을 박차고 점프.

발끝에 『신성력』을 집중해서 수면에 똑바로 섰다.

그대로 좌우로 스스슥, 스스스슥, 이동. 마치 지상에서 걷는 것 같은 움직임에, 커틀러스가 자기도 모르게 박수를 쳤다.

"와~. 와~. 우와아아아아아아!!"

"뭐, 뭐야. 너무 놀라지 말라고, 커틀러스."

"당연히 놀라지 말입니다, 리타 공. 이런 힘을 가진 분은, 역사상의 기사 중에도 없지 말입니다."

"이건, 주인님이 주신 힘이니까."

리타는 기도하는 것처럼 손을 맞대고, 눈을 감고서 말했다.

마음속에서 나기에게 말하는 것처럼.

"주인님은, 나한테 새로운 힘을 쓰는 방법을 가르쳐주셨어. 아니, 그게 전부가 아니야. 나기는 항상 나한테 새로운 세상을 보여주고, 새로운 나를 찾아내줘."

"……리타 공."

"나기 생각만 해도, 나는 언제든지 행복해질 수 있어. 내 힘도, 마음도, 몸도, 전부 나기한테 바치기로 결심했어. 그게 수인의 충성심이고, 여자로서의 마음의 형태니까."

"리타 공은, 주공을 정말로 좋아하시는 것 같지 말입니다아."

"……응!"

리타는 금색 머리카락을 휘날리며, 고개를 끄덕였다.

속이는 건 포기했다.

커틀러스는 동료고, 창피한 모습도 보여줬으니까.

존경받지 못하는 건 어쩔 수 없지만, 소중한 마음을 속이는 건 안 되니까.

"나기는 세상에서 제일 소중한 사람이야. 계속 곁에 있고 싶은 사람이고, 주인님이자 『혼약자』. 그리고, 나도 사실은…… 세실이 바라는 것처럼, 나기랑 아—."

"어라? 리타랑 커틀러스, 이런 데 있었어?"

"——?!"

갑자기, 주인님 목소리가, 리타 귀에 들려왔다.

집중력이 떨어졌다.

첨벙.

『신성력』에 의한 수상 보행 능력을 잃은 리타는 그대로 물속으로. 당황한 나기와 커틀러스의 목소리가 들려왔고, 누군가가 물에 뛰어드는 소리가 났고— 그리고.

"—리타! 괜찮아? 리타?"

"……나기?"

물속에 있었던 건 겨우 십여 초. 물은 먹지 않았다.

자기 힘으로 나기 팔을 붙잡았고, 반쯤 자기 힘으로 물에서 기어 나왔다.

멍해져 있었던 건 아까 노래했던 엄청나게 달콤한 러브송의 후유증과, 나기가 좋아좋아라고 말해버린 것 때문에. 게다가 그대로 물에 빠져버렸기 때문에, 머릿속이 조금 혼란스러웠다.

"……물은 안 먹은 것 같네. 의식도, 있고. 인공호흡은……."

"인공호흡……?"

이쪽 세계에도 그런 것은 있다.

물에 빠진 사람에게 물을 토하게 하고, 숨을 불어넣는 것이다.

리타는 물을 먹지는 않았다. 하지만 주인님은 걱정하고 있다. 안 돼, 안 되지. 노예가, 주인님을 번거롭게 해서는 안 된다. 인공호흡…… 어떻게 하는 거지. 알아서 하자. 일단 턱을 들고, 기도를 확보하고, 그리고―.

"……어라? 리타."

쪼옥

"(후―――)"

노예가, 주인님을 번거롭게 해서는 안 된다.

그래서 리타는 스스로 나기에게 입을 대고, 힘껏 숨을 불어넣었다.

"저, 저기. 리타?"

"아으으…… 리, 리타 공……."

주인님 눈이 휘둥그레졌다. 커틀러스도 깜짝 놀랐다.

아, 놀라게 했네. 좀더, 내가 괜찮다고, 확실하게 전해야지.

"저기, 리타. 의식이 있다는 건 알았으니읍——."

"(후——.)"

입술을 떼고, 숨을 들이쉰 뒤에, 나기와 입술을 맞대고 숨을 불어넣었다.

뭔가 순서가 잘못된 것 같기도 하지만, 불어넣은 숨은 나기의 호흡과 섞이고, 넘쳐나서, 리타의 볼을 어루만졌지만—

그래도 리타는 「괜찮다는 걸 보여주기 위한 『거꾸로 인공호흡』」을 반복했고——

정신을 차린 뒤에 『생각나면 얼굴이 빨개지는 기억 (트라우마)』이 또 추가됐다는 걸 깨닫고는, "와우——"하고, 머리를 쥐어뜯으면서 데굴데굴 구르는 꼴이 돼버렸다.

"그럼, 신세 많이 졌습니다."

"아뇨, 무슨! 정말 고맙습니다——!"

다음날.

나기 일행이 출발하려고 했더니, 어째선지 여관 사람 말고 다른 마을 사람들까지 배웅하러 왔다.

전부 모르는 사람들이다. 어째선지 눈물을 흘리고 있는 가족까지 있다.

게다가 숙박비는 무료. 가는 길에 먹으라면서 도시락까지 주셨다.

"……왜 이렇게 된 거지."

"모르지 말입니다. 리타 공은 짐작 가는 게……?"

"와우우우우우우웅."

리타는 마차 구석에서 몸을 웅크리고 떨고 있을 뿐.

"빠, 빨리 출발하고 싶거든. 이 마을, 창피한 기억이 너무 많단 말이야."

""""""또 와주세요———!""""""

"죄송해요. 다신 안 올 거야——."

남몰래 마을을 구했다는 사실은 알지도 못하고.

꼬리를 살랑살랑 흔들면서, 리타는 마차가 마을을 벗어날 때까지 머리를 쥐어뜯고 있었지만——

몇 초마다, 리타가 손가락으로 입술을 쓰다듬으며— 나기와 닿았을 때의 감촉을 떠올리고 있었던 것은, 누구에게도 말할 수 없는 비밀이었다.

작가 후기

안녕하세요, 센게츠 사카키입니다.

『이세계에서 스킬을 해체했더니 치트급 아내가 증식했습니다』 7권을 구입해주셔서 감사합니다.

『치트 아내』도 드디어 7권째에 돌입했습니다.

이번에는 노예 소녀들과의 『사원 여행』 후반전 이야기입니다.

항구도시로 돌아가게 돼서 여행을 준비하는 나기 일행.

그 전에 시장에서 장을 보다가 작은 사건에 말려들게 되고…….

그리고 만나는, 한 기사 지망생.

체격이 작은 그 인물의 비밀, 그 정체와 속성은……?

물론 중간에 들른 마을에서 관광도 하고, 데이트도 하고.

새로운 캐릭터도 가입해서, 『알콩달콩 여행』은 앞으로도 계속됩니다.

이번에도 오리지널 에피소드를 추가해서, 인터넷 연재판과 조금 다른 전개가 됐습니다.

그것을 계기로 만들어낸 『그녀』란…… 과연.

꼭 직접 확인해주세요.

그건 그렇고.

현재 일본에서는 카타세 미나미 님이 그려주시는 만화판 『치트 아내』가, 드래곤 에이지에서 연재 중입니다.

나기와 세실과 리타가 만화 속 세계에서 알콩달콩도 하고 배틀도 하고 있습니다. 단행본도 2권까지 발매 중이니까, 꼭 읽어주세요!

그럼, 마지막으로 감사 인사입니다.

서적판『치트 아내』를 읽어주시는 독자 여러분, 항상『소설가가 되자』에서 인터넷 연재판을 응원해주시는 여러분, 정말 감사합니다!『치트 아내』도 7권까지 왔습니다. 앞으로도 부디 잘 부탁드리겠습니다.

일러스트 담당 토자이 님, 이번에도 훌륭한 삽화를 그려주셔서 정말 감사합니다! 커틀러스의 캐릭터 디자인이 상상보다 훨씬 씩씩하고 귀여워서 정말 최고였습니다! 담당 편집자 K님, 항상 감사합니다. 자잘한 부분만 신경 쓰는 작가입니다만, 앞으로도 부디 잘 부탁드리겠습니다.

그리고, 이 책을 읽어주시는 독자 여러분께도 최대급의 감사를.

만약 이 이야기가 마음에 드셨다면, 부디, 다시 뵙기를 바랍니다.

센게츠 사카키

ISEKAI DE SKILL WO KAITAI SHITARA CHEAT NA YOME GA ZOUSHOKU
SHIMASHITA
Vol.07 GAINENKOUSA NO STRUCTURE

©Sakaki Sengetsu, Touzai 2018
First published in Japan in 2018 by KADOKAWA CORPORATION, Tokyo.
Korean translation rights arranged with KADOKAWA CORPORATION, Tokyo.

이세계에서 스킬을 해체했더니 치트급 아내가 증식했습니다 7

2021년 8월 14일 1판 1쇄 발행

저　　　자 센게츠 사카키
일 러 스 트 토자이
옮 긴 이 김정규
발 행 인 유재옥
본 부 장 조병권
편　　　집 정영길 조찬희 박치우
미　　　술 김보라 서정원
라이츠담당 한주원
디 지 털 박상섭 이성호 최서연
발 행 처 ㈜소미미디어
제 작 처 코리아피앤피
등　　　록 제2015-000008호
주　　　소 서울시 마포구 토정로 222, 403호 (신수동, 한국출판콘텐츠센터)
판　　　매 ㈜소미미디어
마 케 팅 한민지
전　　　화 편집부 (070)4164-3962, 3963 기획실 (02)567-3388
　　　　　 판매 및 마케팅 (070)4165-6888, Fax (02)322-7665

ISBN 79-11-384-0069-5 (04830)
　　　979-11-6190-566-2 (세트)